ROSA TERUZZI

Die verschwundene Braut

ROSA TERUZZI

Die verschwundene Braut

Roman

Aus dem Italienischen übersetzt
von Renée Legrand

1

Die Frau in Schwarz

Es läutete gegen sieben Uhr abends. Zweimal ein kurzes, resolutes Klingeln.

»Oh nein!«, rief Vittoria, nachdem sie durch das winzige Küchenfenster einen kurzen Blick auf die schwarze Gestalt hinter der Gartentür geworfen hatte.

Sie sprang vom Tisch auf, schob heftig ihren Stuhl zurück und stieg die steinerne Treppe hinauf, die in das obere Stockwerk führte, wobei sie ihrer Mutter mit erhobenem Zeigefinger ein Zeichen machte.

»Ich bin nicht zu sprechen!«

Libera versuchte nicht einmal, zu widersprechen. Wenn ihre Tochter auf diese Weise den Mund verzog, deuteten sich am Horizont düstere Wolken an.

Seufzend spülte sie sich die Hände ab, zog ihre Schürze aus und ging zur Tür, wo die Frau erneut auf die Klingel drückte.

Sie war klein, hatte graues Haar und war wie die Witwen in den Filmen des Neorealismus von Kopf bis Fuß in Schwarz gekleidet.

»Ich suche die Inspettrice Deidda«, sagte die Frau unwirsch und sah sie dabei kaum an.

Ihr Blick war auf die hölzerne Eingangstür des alten Bahnwärterhauses gerichtet, in dem Libera und ihre Tochter Vittoria wohnten. Von diesen Häusern gab es in der Stadt nur noch wenige. Sie lagen am Naviglio Grande, dem ältesten Kanal Mailands, zwischen den Gleisen der Strecke Mailand-Mortara und der Südstrecke, auf der gerade der Vorortzug nach Rogoredo vorbeidonnerte.

Die Frau in Schwarz spähte ins Innere des Hauses, während sie erneut und mit fordernder Stimme sagte:

»Ich will jetzt mit der Inspettrice Vittoria Deidda sprechen, bitte.« Sie trat ungeduldig mit dem Fuß auf.

»Sie ist nicht zu Hause«, erklärte Libera unbehaglich und zog die Tür rasch hinter sich zu. Sie gehorchte der Anweisung ihrer Tochter, wenn auch mit Widerwillen - so wie jedes Mal, wenn sie gezwungen war zu lügen.

Erst jetzt schenkte die alte Frau ihr einen Blick: Ihre kleinen Augen, die aussahen wie dunkle Geldmünzen, musterten sie ernst und abwägend. Dann schüttelte sie energisch den Kopf.

»Ich komme wieder«, sagte sie, drehte sich auf dem Absatz um und ging auf den Schienenübergang zu, die Handtasche fest unter den Arm geklemmt, mit für ihr Alter erstaunlich geradem Rücken und hocherhobenen Hauptes. Erste bläuliche Blitze zuckten am Himmel und kündigten ein herannahendes Gewitter an.

»Ich komme wieder«, sagte sie erneut, und es klang fast wie eine Drohung. Ein paar Sekunden später bog sie in die Via Pesto ein, nicht ohne noch einmal einen Blick auf das alte Bahnwärterhaus geworfen zu haben.

Libera sah der kleinen schwarzen Gestalt verblüfft nach, dann ging sie ins Haus und zog die Tür hinter sich zu.

»Wer war das?«, fragte sie ihre Tochter, die jetzt oben an der Treppe auftauchte. Vermutlich hatte sie die ganze Zeit am Fenster ihres Zimmers gestanden und gewartet, bis die Fremde endlich den Rückzug antrat.

»Ah, das ist eine echte Nervensäge«, sagte Vittoria.

Sie kam herunter, nahm wieder ihren Platz unter der alten Hängelampe in der Küche ein und vertiefte sich in ihr Buch. Wenn Vittoria ein so konzentriertes Gesicht machte und ihren Mund dabei unwillkürlich zusammenzog, sah sie genauso aus wie ihr Vater. Für einen Moment wurde Libera das Herz schwer. Dann trat sie zum Tisch hinüber.

»Ich hatte den Eindruck, dass die Frau ein dringendes Anliegen hat und Hilfe braucht. Woher weiß sie überhaupt, wo du wohnst?«

»Eine echte Nervensäge«, wiederholte Vittoria, ohne von ihrem Buch aufzublicken. »Mit der vergeude ich nicht mehr meine Zeit!«

Und mit mir auch nicht, fügte Libera in Gedanken hinzu. Sie zuckte die Schultern und ging hinaus, um die Werkstatt abzuschließen, die im Anbau ihres kleinen Bahnwärterhaus untergebracht war, das sie von ihrem Großvater geerbt hatte. Um diese Zeit würde keine Braut mehr vorbeikommen, um bei ihr einen Brautstrauß zu bestellen. Sie ging wieder ins Haus, um sich etwas zu essen zu machen. Vittoria würde sicher zu einer ihrer geheimnisvollen Verabredungen gehen wie jeden Donnerstagabend. Seit fast drei Monaten blieb ihre Tochter an diesen Tagen sogar die ganze Nacht weg. Sie zu fragen, wo und mit wem sie diese Nächte verbrachte, hätte sicher auch sie selbst zu einer Nervensäge gemacht. Libera seufzte. Auch mit Iole, ihrer Mutter, war heute Abend nicht zu rechnen. Sie hatte die Lebensweise eines Hippies beibehalten, trieb sich überall in der Weltgeschichte herum und tauchte dann und wann überraschend bei ihr auf. Dann blieb sie ein paar Monate und wohnte im Gästezimmer. »Um mich nicht zu sehr von der Familie zu entfernen«, pflegte sie zu sagen, was Vittoria mit »Nonna ist wohl mal wieder das Geld ausgegangen!« kommentierte. Ihr gefiel der unkonventionelle Lebensstil ihrer Großmutter ganz und gar nicht, und sie machte daraus keinen Hehl. Und tatschlich konnte niemand wissen, wann Iole das nächste Mal wieder auftauchen würde.

Die Grille und die Ameise nannte Libera die beiden liebevoll in Gedanken – nur dass die Grille in diesem Fall fast siebzig und die Ameise erst fünfundzwanzig Jahre alt war.

Um die Ameise machte Libera sich am meisten Sorgen. Vittoria war ein Einzelkind gewesen, und heute war sie eine angehende Inspektorin von eher zurückhaltendem Wesen. Für sie schien es nur ihre Arbeit zu geben, gerade bereitete sie sich auf ihren Abschluss in Rechtskunde und die Inspektorenprüfung vor. Von Freunden wusste Libera nichts, nur von Kollegen. Seit der Zeit im Gymnasium hatte Vittoria auch keinen Freund mehr gehabt.

Ihre Großmutter, der das nicht entgangen war, hatte einmal in munterem Plauderton zu ihr gesagt:

»Wenn du eine Lesbe bist, kannst du es mir ruhig sagen.« Natürlich trat Iole auch heute noch für die in der 68er-Zeit propagierte freie Liebe ein. Damals war Libera zur Welt gekommen, doch inzwischen herrschten ja offenbar wieder eher konservative Ansichten.

Jedenfalls hatte Vittoria ihrer Nonna einen Blick zugeworfen, der deren Lächeln erstarren ließ.

Die beiden führten oft endlose Diskussionen, und dann nannte Iole ihre Nichte eine Virago und Rächerin.

Man musste kein Therapeut sein, um zu verstehen, wen Vittoria rächen wollte und warum. Ihre sonst eher freundliche Ausstrahlung hatte sich in letzter Zeit verdüstert. Seit Mitte Mai, um genau zu sein. Als Libera behutsam versucht hatte, den Grund für die schlechte Laune ihrer Tochter herauszufinden, erhielt sie nur ein abweisendes Knurren zur Antwort.

»Meiner Meinung nach ist sie verliebt, aber er ist verheiratet oder will nichts von ihr wissen«, hatte Iole gemeint, die wie immer zu allem eine Meinung hatte. »Das ist in ihrem Alter die einzige einleuchtende Erklärung.«

Eine halbe Stunde später machte Vittoria sich wie jeden Donnerstag auf den Weg.

»Wir sehen uns dann morgen Abend«, sagte sie, ohne jede weitere Erklärung.

Libera nickte ergeben. Sie bereitete gerade eine sommerliche Pasta-Sauce aus Tomaten, Kapern und Schalotten zu, und das im regenreichsten Juli, den sie in den letzten dreißig Jahren erlebt hatten. Sie stellte sich auf die Zehenspitzen, um ihrer Tochter einen Kuss auf die Stirn zu geben, und bemerkte erschaudernd die Pistole, die Vittoria in der hinteren Tasche ihrer Jeans unter ihrer geblümten Bluse trug. Vittoria war bei all ihrer Entschlossenheit auch fragil und durchaus hübsch. Manchmal machte Libera sich Sorgen um ihre verschlossene Tochter. Auch jetzt hätte sie gern gewusst, warum man zu einem Rendezvous eine Waffe mitnahm, wenn es denn überhaupt ein Rendezvous war, doch sie verkniff sich die Frage. Vittoria hätte ihr sowieso keine Antwort gegeben. Schon als junges Mädchen hatte ihre Tochter sich nicht gern in die Karten schauen lassen.

Nach dem Essen zog Libera aus dem vollgestopften Bücherregal im Flur einen Roman von Scerbanenco hervor – *Der Kanal im Nebel* – und machte es sich auf dem Sofa gemütlich, um ein paar Seiten zu lesen. Sie liebte die Magie von Scerbanencos Büchern und ließ sich gern davon verzaubern. Doch heute gelang ihr das nicht. Immer wieder schweiften ihre Gedanken ab, und das Bild der geheimnisvollen Frau in Schwarz schob sich vor ihre Augen. Wer war diese Fremde? Was wollte sie von ihrer Tochter? Bedeutete ihr Auftauchen vielleicht eine Gefahr für Vittoria?

Schließlich legte sie das Buch beiseite, zog sich eine wasserdichte Laufjacke an, trat in den Nieselregen hinaus und ging auf der Altaia joggen. Das Laufen war außer dem Lesen die einzige Betätigung, die ihr das Gefühl gab, wirklich frei zu sein, ganz wie ihr Vorname sagte.

Sie ließ die Kirche San Cristoforo hinter sich, ein Gebäude aus rotem Backstein mit einem zierlichen Turm, und lief dem düsteren Stadtrand entgegen, immer weiter am dunklen, ruhig fließenden Wasser des Kanals entlang, über feuchtes Unkraut und niedergedrückte Mohnblumen, die am Ufer wuchsen. Zu ihrer Rechten lagen kleine Gärten, stillgelegte Fabriken, der Bahnhof San Cristoforo, ein kleiner Park und ein Altersheim, dann kamen die Häuser von Corsico längs des Kanals und wieder Fabriken und schließlich neue, kleine, moderne Wohnviertel, dahinter Siedlungen aus den 70er Jahren mit ihren winzigen Vorgärten davor: zwei Rosen, eine Magnolie, eine duftende Jasminhecke oder Feuerdorn mit Stacheln und orangefarbenen Beeren.

Trotz des Laufens wurde ihr nicht leichter ums Herz. Also lief sie noch weiter durch den feinen Nieselregen, an Lastwagenparkplätzen vorbei und über Brücken aus Stein oder Stahl, die über das Wasser führten. Schließlich erreichte sie den unbeleuchteten Radweg, der nach Trezzano führte – mit seiner schmucklosen Kirche aus hellem Quaderstein und den Riesengebäuden aus Beton, in deren alten Höfen mit den zerbröckelten Mauern jahrhundertealte Bäume wuchsen.

Anderthalb Stunden später kam sie nach Hause zurück, völlig erschöpft und kein bisschen erleichtert. Keine der beiden Fragen, die sie umtrieben, war beantwortet. Es ging ja nicht nur um diese merkwürdige Frau in Schwarz, sondern auch um Vittoria und ihre mysteriösen Verabredungen. Wo ging ihre Tochter jeden Donnerstag hin, warum schaltete sie dann immer ihr Telefon aus? Wenn sie in einen Mann (oder eine Frau) verliebt war, warum verabredete sie sich immer nur an diesem Tag? Warum sprach sie zu Hause nicht darüber? Und warum nahm sie ihre Dienstwaffe mit?

Libera war kalt. Sie schlüpfte ins Bett und legte sich unter das Leinentuch und die Steppdecke mit dem Blümchenmuster, die sie wegen des feuchten und regnerischen Sommers noch gar nicht weggeräumt hatte.

Gegen drei Uhr morgens wurde sie durch das heisere Lachen ihrer Mutter geweckt, die auf dem Weg nach oben mit jemandem sprach.

»Nicht so laut«, sagte sie, während sie an Liberas Tür vorbeikam. »Hier schläft meine Tochter, und die ist ganz furchtbar moralisch.« Sie kicherte und zog ihren geheimnisvollen Begleiter hinter sich her.

Libera dankte Gott, dass Vittoria nicht zu Hause war.

»Morgen muss ich mit Mama wirklich mal ein ernstes Wörtchen reden«, sagte sie zu dem Foto ihres Mannes Saverio, das in einem Rahmen auf der Kommode stand. Der Mond schien hell ins Zimmer, und sie schaute etwas bekümmert auf den schlanken jungen Mann mit dem olivfarbenen Teint und den grünen Augen, der sie aufmerksam ansah. Es waren Augen wie die seiner Tochter, und sein Blick war so ernst und feierlich, als trüge er noch seine Uniform.

Libera seufzte. Dann fiel sie wieder in Schlaf und träumte von zwei kleinen dunklen Augen, die sie vorwurfsvoll anstarrten.

Als Libera am nächsten Tag auf die Umgehungsstraße zuging, begegnete sie der Frau in Schwarz. Die alte Dame lief grußlos an ihr vorüber, und Libera fragte sich, ob sie zufällig in der Gegend war. Später war ihr, als sähe sie die Alte in einer Bar in der Straße Ludovico il Moro am anderen Ufer des Naviglio. Sie saß an einem Tischchen unter einem vom Wind geschüttelten Sonnenschirm, den Blick starr auf sie und die Kirche gerichtet.

Die Sache beschäftigte sie so sehr, dass sie abends noch einmal ihre Tochter darauf ansprach.

Vittoria zuckte mit den Schultern. »Bitte, Mama, lass dich bloß nicht von dieser Frau einwickeln«, sagte sie ungewöhnlich freundlich, vielleicht dank der Gnocchi in Tomatensauce, ihr Lieblingsessen, wenn Libera es kochte. »Ich weiß, sie kann sehr überzeugend sein. Darauf bin ich anfangs auch reingefallen, und ich habe ihretwegen sehr viel Zeit verloren. Aber wir können nichts für sie tun, wenn sie nicht bereit ist, die Realität anzuerkennen.«

»Und wie sieht die Realität aus?«, mischte Iole sich ein, die sich gerade eben erst an den Tisch setzte und zu spät kam wie immer.

Vittoria verdrehte seufzend die Augen.

»Die Realität ist, dass vor nahezu dreißig Jahren ihre Tochter verschwunden ist. Sie ist lange tot, aber ihre Leiche werden wir wohl nie finden. Der Mörder ist damals straffrei davongekommen. Der Fall ist abgeschlossen, aber das will sie einfach nicht akzeptieren.«

Der letzte Satz klang wie ein Urteil, das unumstößlich war.

Gerade sie muss das sagen, dachte Libera. Der Gedanke kam spontan, und sie bereute ihn sogleich. Sie wusste, dass sie leicht zu durchschauen war, das hatten Freunde und Bekannte ihr oft genug gesagt. In ihren haselnussbraunen Augen waren ihre Gedanken und Gefühle so deutlich zu erkennen wie ein Lippenstiftabdruck auf einem weißen Blatt Papier.

Ausgerechnet sie musste von Akzeptieren sprechen.

»Bei mir ist das etwas anderes«, entgegnete Vittoria da schon düster. Sie ließ die Gabel auf den noch vollen Teller fallen und runzelte die Stirn. »Bei mir ist das etwas anderes, verstehst du? Man hat noch nicht herausgefunden, wer Papa getötet hat.«

»Und bei diesem Mädchen, hat man es da herausgefunden?«

Vittoria stand geräuschvoll auf, warf ihre Serviette auf den Tisch, und zum ersten Mal in fünfundzwanzig Jahren verzichtete sie auf die Gnocchi ihrer Mutter.

»Es ist vollkommen klar, dass es ihr früherer Verlobter war, wer auch sonst?«

Libera wusste, dass sie von ihr nicht mehr erfahren würde. So war es schon, seit sie klein war. Wenn Vittoria eingeschnappt war, konnte sie tagelang schmollen, kein Spielzeug, keine Süßigkeit konnte sie davon abbringen.

»Nun, wenn *du* nicht darüber reden willst, heißt das noch lange nicht, dass *wir* es nicht tun dürfen«, erklärte Iole ruhig, während sie sich die übrig gebliebenen Gnocchi ihrer Enkelin auf den Teller schob. »Wer ist denn diese Frau? Warum weiß ich davon nichts?«

Vittoria verdrehte die Augen und zog es vor, die Küche zu verlassen.

»Du warst nicht zu Hause, als sie hier war.«

»Sicher?«

»Ganz sicher«, entgegnete Libera mit einem leicht gereizten Unterton. »Ich hätte es sonst bemerkt. Man kann ja nicht gerade behaupten, dass du besonders leise bist.«

Iole hob den Blick von ihrem vollen Teller und starrte ihre Tochter überrascht an, dann brach sie in Lachen aus und rückte das Haarband zurecht, das die Pracht ihrer roten Locken zusammenhielt.

»Ah, ich verstehe. Du hast mich heute Nacht gehört, als ich mit Thomas zurückgekommen bin«, sagte sie und tippte Libera scherzhaft mit dem Zeigefinger in die Seite. »Nächstes Mal versuche ich erst gar nicht, leise zu sein.«

»Muss es denn unbedingt ein nächstes Mal geben, Mama?«

Iole sah sie mit einem unbekümmerten Grinsen an.

»Weißt du, meine Liebe, irgendwann werde ich alt, aber auf die Liebe werde ich bis zum Schluss nicht verzichten, und das solltest du auch nicht tun!«

Dann beugte sie sich vor und holte aus ihrer Ledertasche ihr Tablet heraus — eins der wenigen Dinge, die ihr wirklich wichtig waren.

Iole zog durch die Welt, wie sie es schon als junge Frau getan hatte: im Rucksack eine Creme, die Zahnbürste, zwei Blusen, ein paar Unterhosen und ein Foto, das Libera mit Vittoria auf dem Arm zeigte und das sie stets in ihrer bunten Stoffbrieftasche bei sich trug.

Aber auf Smartphone und Tablet konnte sie nicht verzichten, das waren ihre Spielzeuge, ohne die sie weder Fotos machen noch chatten noch Kontakt zu ihren tausend extravaganten Freunden halten konnte.

»Versuchen wir es doch mal mit Google«, sagte sie jetzt und gab eilig ein paar Schlüsselwörter ein: »junge Frau«, »verschwunden«, »Mailand«.

»Das war vor fast dreißig Jahren, hat Vittoria gesagt, oder?«, fragte sie nach und Libera nickte mit gleichmütiger Miene, während sie ihrer Mutter dabei zusah, wie sie auf dem Tablet herumtippte. Iole suchte und scrollte und schaute immer missmutiger drein, während sie die Einträge überflog.

»Nichts zu machen«, sagte sie nach einer Viertelstunde. »Wir brauchen wenigstens einen Namen und ein Datum. Du solltest deine Tochter danach fragen.«

Dann finden wir sie nie, dachte Libera. Seufzend räumte sie die Teller ab, im Anschluss ging sie hinaus, um die Fensterläden zu schließen.

Draußen, auf dem Bürgersteig unter der Eisenbahnüberführung nahm sie eine Bewegung wahr. Sie schaute genauer hin und meinte, im Dunkeln jemanden zu sehen, der sich auf sie zubewegte, und als die Person in den Lichtschein der Straßenlaterne trat, war es eine kleine Frau in Schwarz.

Ich werde noch verrückt, dachte Libera, schob den Riegel vor die Tür und zwang sich, nicht auf die Straße zu schauen, wo eine verzweifelte Mutter herumlief und in ihrem Kummer seit dreißig Jahren nach einem Hinweis auf ihre Tochter suchte. Vielleicht lebte die Tochter tatsächlich noch und war nur weggelaufen, überlegte sie, vielleicht ist sie heute eine Frau, sogar älter als ich, die einen Mann und Kinder hat. Oder sie ist am Tag ihres Verschwindens doch ermordet worden. Ich weiß nichts über diese Frau, aber ich verstehe das Leid einer Mutter.

In der Nacht hatte sie immer wieder denselben Albtraum. Sie irrte durch die Dunkelheit und suchte ihre kleine Tochter. Sie war in einem Labyrinth oder vielleicht nur in einem verhexten Haus mit endlos langen Korridoren und dunklen Ecken. In der Ferne hörte sie Vittoria weinen, aber wenn sie nach ihr rief, antwortete sie nicht.

Sie hatte sie verloren, und ihr wurde klar, dass es für immer war.

2

Die Werkstatt der magischen Blumen

Libera erwachte noch vor dem Morgengrauen. Sie hatte unruhig geschlafen und beschloss, gleich aufzustehen und in die Werkstatt zu gehen. Es wartete viel Arbeit auf sie. »Ich erwarte den perfekten Brautstrauß und den perfekten Blumenschmuck«, hatte die bekannte, überbezahlte Hochzeitsplanerin gesagt, als sie vor ein paar Monaten zu ihr gekommen war. Diese Frau hatte sich aufgeführt wie eine strenge Lehrerin – in ihrem enganliegenden, eleganten Hosenanzug von Prada, den sich eine echte Lehrerin sicherlich nie hätte leisten können.

»Keine Blumen in Violett, die bringen Unglück, und auch kein Gelb, das macht einen blassen Teint ...«, betonte sie mit ihrem Mailänder Akzent. Dann wedelte sie mit ihren sonnengebräunten Händen in der Luft und meinte in komplizenhaftem Ton: »... und bitte keine Sonnenblumen, das sieht immer gleich nach Mädchen vom Lande aus.«

Ganz sicher war die über vierzigjährige Journalistin, die einen Vater von drei Kindern heiraten wollte und der besten Hochzeitsplanerin von Mailand die Organisation überlassen hatte, alles andere als ein Bauernmädchen.

»Es soll eine Hochzeit werden, die Furore macht, bekommen Sie das hin?«, meinte die gestrenge Lehrerin im Prada-Anzug, während sie in Liberas Werkstatt auf und ab ging und sich mit kritischen Blicken umsah. Vielleicht kontrollierte sie, ob die Pfingstrosen auch wirklich Pfingstrosen waren, vielleicht versuchte sie auch, hinter das Geheimnis von Liberas magischer Blumenwerkstatt zu kommen, von dem in den Zeitungen immer die Rede war, wenn es um Blumen für eine Hochzeit ging. An ihrer gerümpften Nase konnte man ablesen, dass ihr dies offenbar nicht gelungen war.

»Austausch der Ringe in einem Pavillon auf einer kleinen Privatinsel im Lago Maggiore. Feuerwerk, fünf verschiedene Menus, sechs Brautjungfern in pfirsichfarbenen Kleidern in bester amerikanischer Tradition, Blumenschmuck und Gestecke von den angesagtesten Floristen. Verstehen Sie, was ich meine?«

»Was ich verstehe, ist, dass Sie eigentlich nicht mich beauftragen wollen«, entgegnete Libera ruhig, während sie einen Zweig Thymian in den Braustrauß einer weniger anspruchsvollen Dame steckte, die glücklicherweise ohne Hochzeitsplaner auskam.

»So ist es, in der Tat«, entgegnete die Lehrerin verdrossen, »aber meine Kundin besteht darauf, dass Sie den Brautstrauß machen, mit Ihren heiligen Händen. Ich wette, das ist nur wegen dieses Artikels im *Corriere*, in dem steht, Ihre Blumen seien ›magische Glücksbringer‹. Meine

Klientin ist selbst Journalistin und müsste doch eigentlich wissen, was ihre Kollegen für einen Unsinn schreiben.«

Dann war sie abgerauscht, nachdem sie einen letzten abschätzigen Blick auf Liberas bescheidene Werkstatt geworfen hatte, in der es einen Schreinertisch, ein Bücherregal, zwei Korbstühle, weißgestrichene Kästen voller duftender Kräuter und große Vasen mit Blumen gab. Draußen war der kleine Garten, den Libera selbst pflegte und der der Ursprung ihres berühmten »Geheimnisses« war: der Ort, an dem Grünpflanzen, Obst, Beeren und Kräuter wuchsen, die sie mit den Blumen mischte, was ihre Sträuße so einzigartig machte.

Das alles hatte sie von ihrem Großvater Spartaco gelernt. Ioles Vater, ein Eisenbahner aus dem Valtellina, war ein praktischer und freundlicher Mann, der sie aufgezogen hatte, während ihre Mutter auf der Suche nach sich selbst in bunten Kleidern durch die Welt reiste.

Nonno Spartaco hatte für sie gekocht, hatte ihre Pullover gestopft und ihr das Einmaleins beigebracht. Er hatte sich ihre Geheimnisse angehört, ihr die Liebe zu Büchern vermittelt und ihr Abenteuerromane vorgelesen, lauter Geschichten von Prinzessinnen in Gefahr, gezückten Schwertern und Segelschiffen auf stürmischem Meer.

Sonntags ging er mit ihr durch die Straßen von Mailand spazieren und erklärte ihr die Geschichten und Geheimnisse der Kirchen, Straßen und Monumente, oder sie nahmen den Zug und fuhren zusammen ans Meer oder in die Berge, und es gab keine Blumen und Pflanzen, die er nicht kannte. »Schönheit wird die Welt retten«, sagte er immer wieder. Und damit meinte er sowohl die Fresken in den Kathedralen als auch die Wälder (häufiger dachte er dabei wohl an die Wälder).

Spartaco hatte sich über die überstürzte Hochzeit seiner Enkeltochter mit Saverio, einem jungen Polizisten, der im Drogendezernat der Mailänder Kripo arbeitete, nicht besonders gefreut. Libera hatte den jungen Mann nämlich erst ein halbes Jahr zuvor kennengelernt. Eine Trauung im Rathaus ohne Musik und Gäste, ohne schöne Kleider und ohne Iole, die nicht rechtzeitig aus Indien zurückgekehrt war. Immerhin hatte er auf den Brautstrauß bestanden. Darauf zu verzichten wäre undenkbar gewesen.

Er selbst hatte ihn zusammengestellt, mit Blumen aus dem Garten. Rosen, Astern und Dahlien, aber er hatte auch Beeren, Basilikumblätter und eine stark duftende Weintraubenranke hinzugefügt.

Liberas Ehe hatte es leider kein Glück gebracht.

Das Glück war erst viel später gekommen, als sie Witwe war und sich nach der Schließung ihrer kleinen Buchhandlung an all das erinnerte, was ihr der Großvater beigebracht hatte. Und so hatte sie – beinahe aus Verzweiflung – ihre Blumenwerkstatt für Brautsträuße eingerichtet.

Seitdem waren mehr als zwei Jahre vergangen, aber immer noch konnte Libera nicht an dem Lingerie-Laden am anderen Ufer des Kanals vorbeigehen, in dem früher ihre hübsche Buchhandlung gewesen war (*Unterwäsche wird vollkommen überschätzt*, hätte Iole gesagt), ohne dass es ihr in der Seele wehtat. Es war immer ihr Traum gewesen, inmitten von Büchern zu leben, und die Schließung der kleinen Buchhandlung war für sie eine persönliche und finanzielle Niederlage gewesen.

Für einen Moment blieb ihr Blick an dem gebeizten Holzregal hängen, in dem sich die übriggebliebenen Bücher drängten, die sich nicht mehr verkauft hatten – oder besser gesagt, von denen sie sich nicht hatte trennen wollen: ein Exemplar von *Leichte Mädchen sterben schwerer* von Giorgio Scerbanenco und die sechs Romane von Oreste del Buono versammelt in *Metropolen des Verbrechens* sowie zwanzig Kriminalromane von Kommissar Maigret, die in den 60er Jahren für nur 250 Lire verkauft wurden. (Was wäre wohl der passende Hochzeitsstrauß für die scheue Madame Maigret gewesen?, fragte sich Libera gelegentlich und stellte sich ein kleines Bouquet aus Heidekraut und Kornblumen vor.)

Es standen auch die einundzwanzig Romane dort, die Ponson du Terrail einst Rocambole gewidmet hatte, in einer Ausgabe aus Florenz von 1917, außerdem der Conan Doyle, die kleinen roten Bücher von Sabatini, die sie von ihrem Großvater geerbt hatte, und mindestens fünf Exemplare von *Dr. Jekyll and Mister Hyde*, Liberas Lieblingsbuch, in dem das Unbewusste noch vor Sigmund Freud entdeckt worden war.

Weiter oben gab es eine ganze Reihe, die der großen Jane Austen gewidmet war, den praktisch denkenden und zugleich romantischen Heldinnen ihrer Bücher, von der listigen Lady Williams aus *Jack and Alice*, das die Schriftstellerin mit nur fünfzehn Jahren geschrieben hatte, bis zu Charlotte aus *Sanditon*, dem Roman, den sie vor ihrem Tod schrieb und nicht mehr vollenden konnte - die Geschichte einer ruhigen, freundlichen Frau, die Intelligenz und Humor besaß. Von jedem Buch standen dort mehrere Ausgaben, vor allem Taschenbücher und sogar eine chinesische Übersetzung der *Abtei von Northanger* gab es, die geduldig darauf wartete, dass eine Braut aus dem Land der aufgehenden Sonne, die in die Werkstatt gekommen war, um einen Strauß zu bestellen, sich an der sanften Hinterlist von Jane Austens leichtzüngigen Dialogen erfreute, bis sie an der Reihe war

Am Anfang war das nicht notwendig gewesen.

Monatelang hatten Heiratskandidatinnen kaum darum gewetteifert, Liberas Dienste in Anspruch zu nehmen. Bis an einem regnerischen Apriltag Antonietta Pirotta Bartolini hereingekommen war, die sich vor dem Gewitter in den Blumenladen flüchtete. Jene Antonietta, die wenig später als Schauspielerin Karriere im Fernsehen machte und in all ihren Interviews - auch dem berühmten im *Corriere* - die magische Wirkung von Liberas Brautstrauß bei ihrer Hochzeit mit einem Unternehmer aus Vincenza pries.

Das war nun fast zwei Jahre her. Die Hochzeit der Fernseh-Diva war die beste Werbung für ihren Blumenladen und hatte Libera vor dem Schiffbruch gerettet.

»Sehr glücklich scheint Sie die Arbeit an diesem Strauß aber nicht zu machen«, sagte da eine ernste Stimme in ihrem Rücken, und sie fuhr erschrocken hoch. Es war neun Uhr und der Himmel versprach neuen Regen, was der Traumhochzeit der Journalistin Segen bringen würde. *Sposa bagnata, sposa fortunata*, Regen bei der Hochzeit bringt der Braut Glück, lautete das Sprichwort.

Libera sah sich um und war nicht besonders überrascht, als sie die Frau in Schwarz entdeckte, die im Eingang stand und sie wohl schon eine Weile beobachtet hatte.

»Bitte, kommen Sie doch herein und setzen Sie sich«, sagte sie und legte den Kurkuma-Zweig beiseite, der mit seinen weißen Blüten den »perfekten Brautstrauß« zur Vollendung bringen sollte. »Aber ich glaube nicht, dass meine Tochter bereit ist, Sie zu treffen.«

»Das weiß ich doch«, erklärte die Frau und setzte sich höflich auf den Stuhl, der wie ein dunkler Fleck inmitten der Pracht der Farben in der Werkstatt stand. »Deswegen möchte ich ja mit Ihnen sprechen.«

»Mit mir?«

»Ja, mit Ihnen«, entgegnete die Frau. »Mit Ihnen und Ihrer Mutter. Ich möchte, dass Sie die Inspettrice Deidda dazu bringen, die Ermittlungen in meinem Fall wieder aufzunehmen.«

Unmöglich, dachte Libera, der sofort das trotzig verzogene Gesicht Vittorias durch den Kopf ging. Da ihr eigenes Gesicht ein offenes Buch war, deutete die Frau ihre Miene gleich richtig.

»Meine Carmen hat auch nicht immer das getan, was ich wollte. Besonders dann nicht, wenn es um Männer ging«, meinte sie.

Zum ersten Mal tauchte auf ihrem sonst so ernsten Gesicht die Andeutung eines Lächelns auf, das jedoch nicht bis zu den Augen reichte. »Sie war dickköpfig und rebellisch, aber wenn sie merkte, dass sie mir damit wehtat, versuchte sie es wiedergutzumachen. Und genau das passierte auch an dem Tag, als ich sie zum letzten Mal sah, wissen Sie?«

Sie blickte nachdenklich auf den Strauß, den Libera zusammengestellt hatte, wobei sie den Anweisungen der Heiratsplanerin bis ins Detail gefolgt war: ein riesiger, auffälliger Strauß großer Blumen, mehr für das Image gedacht als für die Liebe.

Die Frau in Schwarz hatte recht. Libera machte die Arbeit an diesem protzigen Strauß wirklich keinen Spaß, aber es lenkte sie wenigstens ab.

»In meinem Strauß waren damals nur Lilien und Rosen«, sagte die Frau. Dann zog sie einen Packen gefalteter Blätter aus ihrer Tasche und reichte ihn Libera.

Diese sah sich die Blätter an und stellte fest, dass es Kopien von ausgeschnittenen Zeitungsartikeln waren, Artikel aus den 80er und 90er Jahren und nur einer aus jüngster Zeit. Auf allen war das Foto eines Mädchens mit dunklem lockigem Haar zu sehen, die eine Perlenkette und große goldene Kreolen trug. *Carmela Minardi, 34 Jahre, Angestellte*, hieß es in der Zeile darunter. Das ganze Leben eines Menschen in 35 Schriftzeichen, Leerzeichen inklusive.

»Ich lasse Ihnen die Kopien hier. Die Originale habe ich«, meinte die Frau. »Lesen Sie es sich in aller Ruhe durch und bilden Sie sich Ihre eigene Meinung. Hier oben steht mein Name, Rosalia Minardi, und meine Telefonnummer. Ich habe zwar auch ein Mobiltelefon, aber das ist meistens ausgeschaltet.«

Sie stützte sich mit den Händen an der Tischkante ab und stand auf.

»Warten Sie«, meinte Libera spontan.

Während die alte Dame, die sich nun als Signora Minardi vorgestellt hatte, mit ihr redete, waren ihr zwei Gedanken gleichzeitig durch den Kopf geschossen. Der erste war, dass es ihr niemals gelingen würde, ihre Tochter dazu zu bewegen, dieser Frau auf der Grundlage ein paar alter Zeitungsartikel zu helfen. Der zweite, dass sie sich nichts sehnlicher wünschte, als dass Vittoria genau das tat, und dieser Wunsch war begleitet von dem unterschwelligen Gedanken, wie es ihr, Libera Cairati, verwitwete Deidda, wohl ergangen wäre, wenn ihre Tochter auf einmal verschwunden gewesen wäre? Wie konnte man überhaupt weiterleben, wenn etwas so Schreckliches passierte?

In gewisser Weise war dieser Schmerz ihr nur allzu vertraut. Am 25. Oktober 1992, nach einem scheinbar ganz normalen Tag, den sie sich in den Wochen danach immer wieder in Erinnerung zu rufen versucht hatte, hatte ihr Mann sein Sakko angezogen und das Haus verlassen, um noch einen Freund zu treffen, wie er sagte. Er war nie wiedergekommen.

Seine Kollegen vom Polizeipräsidium fanden ihn, nachdem sie einen anonymen Anruf erhalten hatten. Er saß in dem alten blauen NSU Prinz von Spartaco auf dem Parkplatz eines Supermarkts auf dem Fahrersitz, den Kopf auf dem Steuer, als schliefe er. Jemand hatte ihm aus nächster Nähe in die rechte Schläfe geschossen. Jemand, der neben ihm gesessen hatte, sagten die Rechtsmediziner. Niemand wusste, wer es gewesen war.

Immerhin hatte Libera einen Toten gehabt, für den sie Tränen des Schmerzes und der Verzweiflung weinen konnte. Sie kannte das Ende der Geschichte, doch den Anfang hatte sie nie herausgefunden: den Namen des Mörders und sein Motiv.

Die Frau, die vor ihr stand, jedoch lebte in einer Hölle, in der es gar nichts gab, nicht einmal eine Leiche, die man beerdigen konnte.

»Immer nur warten zu können ist eine furchtbare Strafe«, sagte Rosalia Minardi und setzte sich wieder. »Ich bin jetzt bereit zu handeln. Sie können mich alles fragen, was Ihnen von Nutzen ist.«

Ihr Gespräch wurde unterbrochen, noch bevor es angefangen hatte. Plötzlich stand die Hochzeitsplanerin in der Werkstatt und verlangte mit lauter Stimme nach dem »perfekten Strauß«, der unter allen Umständen – sie betonte hierbei jede einzelne Silbe – um zehn Uhr fünfzehn an diesem Vormittag übergeben werden müsse, keine Minute später, ansonsten verlange sie Schadenersatz.

»Dann gehe ich jetzt besser mal und lasse Sie in Ruhe arbeiten«, sagte Rosalia Minardi und stand wieder auf. »Ich wohne in der Via Morghen in Bovisa. Sie können kommen, wann immer Sie wollen. Aber rufen Sie vorher an, sonst ist vielleicht nur mein Mann zu Hause.«

Wenigstens lebt ihr Mann noch, dachte Libera, als sie Signora Minardi nachblickte, die in ihrer dunklen Kleidung und um Haltung bemüht, zum Ausgang schritt. Ein solcher Kummer war zu zweit sicher leichter zu ertragen.

»Von Domenico kann ich nichts erwarten, er hat den Kampf aufgegeben«, sagte Rosalia Minardi da. »Und er ist ja auch ein Mann, und wie man weiß ...«

Sie führte den Satz nicht zu Ende, aber in ihrer Stimme lagen Vorwurf und Bedauern. Dann trat sie hinaus und zog die Tür leise hinter sich zu.

Während die Hochzeitsplanerin in der Werkstatt auf und ab lief, auf Anrufe und SMS antwortete und Libera mit harschen Worten drohte, machte diese den »perfekten Strauß« fertig und musste dabei die ganze Zeit an Rosalias Worte denken.

Nicht nur die Männer gaben den Kampf auf. Hatte sie es im Grunde nicht auch getan und sich mit den offiziellen Erklärungen zu Saverios Tod begnügt, ohne je Druck auf die Ermittler oder die Zeitungen auszuüben, ohne eine Nervensäge zu werden wie Rosalia? Hatte sie sich nicht mit ihrer Tochter eingeigelt und nichts anderes getan, als Fotos von ihrem Mann einzurahmen und seine Kleider im Schrank aufzubewahren?

War es das, was ihr Vittoria jeden Tag vorwarf, mit ihrem Schweigen, ihrer Härte und ihrer Entscheidung, selbst zur Polizei zu gehen? War ihre Resignation vielleicht der Ursprung dieser großen Kälte, die zwischen ihr und ihrer Tochter herrschte? Im Laufe der Jahre hatte Libera alles versucht, um das Eis zu brechen, um das

Herz der kleinen Rächerin zu erreichen, die unter einem Dach mit ihr lebte, doch es blieb immer eine Eisschicht zwischen ihnen. Vittoria hatte ihr nicht verziehen, dass sie aufgegeben hatte.

»Hoffen wir mal, dass dieses Gebinde keinen allzu ärmlichen Eindruck macht ...«

Die schrille Stimme der Hochzeitsplanerin riss Libera aus ihren Gedanken. Die Frau im Hosenanzug nahm den riesigen Strauß mit angewiderter Miene entgegen (auf dass er ihr ja nicht ihren edlen Blazer beschmutzte!) und gab ihn an ihre Assistentin weiter, die ängstlich und stumm draußen vor der Werkstatt wartete.

Mit eiligen Schritten preschte die Hochzeitsplanerin bis zum Gartentor vor, dabei trat sie mit den Absätzen auf wie ein preußischer General bei der Parade. »Auf Wiedersehen«, sagte sie.

»Auf Nimmerwiedersehen«, entgegnete Libera klar und deutlich und war davon wahrscheinlich selbst am meisten überrascht.

»Bravo!«, rief eine laute Stimme aus dem Haus. Einen Moment später kam Iole in einem Kaftan heraus, in der Hand ein volles Glas (ein Averna noch vor dem Mittagessen!, dachte Libera). Sie nahm einen Schluck und grinste. »Da erkenne ich endlich meine Tochter wieder!«

Sie sahen noch, wie die Hochzeitsplanerin in ihren SUV sprang, der in zweiter Reihe geparkt war. »Bloß weg aus dieser Gegend«, befahl sie ihrer Tägerin, die eilig in Richtung Lorenteggio losfuhr.

3

Ein Tag mit lauter unlösbaren Problemen

»Was machen wir jetzt?«, fragte Iole, als sie zusammen in die Küche zurückgingen. Sie wandte sich um, und es war deutlich zu sehen, dass sie keine Unterwäsche trug.

»Wie meinst du das – was machen wir jetzt?«, fragte Libera streng.

»Na, mit der Frau in Schwarz«, sagte Iole und fuhr fort, sich auf dem Sofa die Nägel zu lackieren, ein Vorgang, den sie unterbrochen hatte, als sie nach draußen gekommen war, um zu sehen, was in der Werkstatt vor sich ging.

»Die Frau in Schwarz, wie du sie nennst, heißt Rosalia Mirandi. Und das ist, wenn überhaupt, Vittorias Sache, nicht unsere.«

»Aber sie hat sich an dich gewandt, damit du dich um ihr Anliegen kümmerst, Libera. Sollen wir uns jetzt ein paar Gedanken machen oder darauf warten, dass deine starsinnige Tochter nein sagt und es gar nicht erst probiert?«

Es gar nicht erst probiert.

Widerwillig ging Libera in ihre Werkstatt, um den Stapel Zeitungsartikel zu holen, den ihr Rosalia überlassen hatte. Ein paar Artikel gab sie ihrer Mutter, die anderen las sie selbst.

»Aha«, sagte Iole nach einer halben Stunde. Libera blickte auf und bemerkte, dass ihre Mutter sich, während sie selbst in ihre Artikel vertieft gewesen war, einen Jogginganzug angezogen hatte und auf ihrem Tablet herumwischte.

»Die Frau hieß Carmela Domenica Minardi, genannt Carmen, und war vierunddreißig Jahre alt, als sie im August '88 verschwand«, berichtete sie, während sie sich Notizen machte.

»Sie heißt«, korrigierte Libera sie. Ihre Mutter warf ihr einen zweifelnden Blick zu.

»Sie war Buchhalterin in einer Baufirma, einem Familienunternehmen. Zwei Eigentümer und ein Dutzend Angestellte. Sie war bei allen beliebt, heißt es hier«, sagte sie und zeigte auf den Artikel einer großen Zeitung. Libera nahm einen anderen.

»Hier steht, sie sei deprimiert gewesen, weil ihr junger Verlobter – ein Arbeitskollege – sie verlassen hatte.«

»Männer!«, sagte Iole und breitete die Arme aus.

»Die erste Vermutung lautete deshalb, dass sie freiwillig gegangen ist, vielleicht, um Selbstmord zu begehen.«

Iole nahm die Lotus-Haltung ein, legte die gefalteten Hände vors Gesicht und schloss die Augen. »Ich sehe sie vor mir«, sagte sie, als könnte sie das tatsächlich. »Eine Frau, weder schön noch hässlich, weder alt noch jung. In den 80er Jahren lebte sie noch bei den Eltern. Jeden Morgen nahm sie den Bus und den Zug, um zur Arbeit zu fahren. Ihre einzigen Freundinnen kannte sie noch aus der Grundschule. Der Verlobte hat sie am Vorabend der Hochzeit verlassen. Sie hatte kein Geld für eine Shoppingtherapie und offenbar nicht den Mut, sich einen Liebhaber zu suchen, Gründe genug, sich zu erschießen.«

»Sie hat sich aber nicht erschossen, sonst hätte man ja ihre Leiche gefunden«, entgegnete Libera. »Und vergiss nicht, dass Manuel Panattiere, ihr Ex-Verlobter, drei Monate nach Carmens Verschwinden wegen Mordes verhaftet worden ist.«

»Aber sie haben ihn nach achtundvierzig Stunden wieder freigelassen.«

»Weil ihm seine neue ›Freundin‹ ein Alibi verschafft hat«, sagte Libera und deutete mit dem Finger auf eine rote Schlagzeile: »*Wir haben es den ganzen Nachmittag miteinander getrieben.*«

Darunter das Foto einer jungen Frau mit blondem zerzaustem Haar und einem Dekolleté wie die Gewinnerin eines Schönheitswettbewerbs. Paola Cianciulli, dreiundzwanzig, Literaturstudentin, hieß es in der Zeile darunter. Sie machte ein Gesicht, als sei sie nicht gerade begeistert, es auf die erste Seite der Zeitschrift geschafft zu haben.

Diese Frau hatte ihm ein Alibi verschafft, aber ob das alles seine Richtigkeit hatte, war doch stark zu bezweifeln. Libera runzelte die Stirn und studierte die anderen

Artikel, die während der Verhandlungen, die trotz des Alibis stattgefunden hatten, erschienen waren. Als Witwe eines Ermittlers und Mutter einer angehenden Inspektorin fühlte sie sich plötzlich auf den Plan gerufen. Zwischen den Zeilen waren die Zweifel an der Richtigkeit des Urteils herauszulesen: *Aufgrund mangelnder Beweise wurde Manuel Panattiere in erster und zweiter Instanz freigesprochen und die Anklage musste fallen gelassen werden, dennoch bleibt ein gewisses Unbehagen. Von der verschwundenen Frau gibt es weiterhin keine Spur ...*

»Rosalia hat immer weiter auf ihre Tochter gewartet«, sagte Iole und schob Libera den letzten Artikel aus dem Stapel hin. Er stammte aus einer Tageszeitung vom Juli 2003.

Auf einem Foto sah man Rosalia in ihrer Wohnung auf dem Bett ihrer Tochter sitzend, ein Foto von Carmen in der Hand. Damals war sie zehn Jahre jünger, wirkte aber schon alt. Das Warten hatte ihr die Kräfte geraubt und sie ausgezehrt.

Sie hat keine Hoffnung mehr, dachte Libera erschauernd.

Und worauf sollte Rosalia auch noch hoffen? Auf die sehr unwahrscheinliche Möglichkeit, dass ihre Tochter einfach fortgegangen war und sechsundzwanzig Jahre nichts mehr von sich hatte hören lassen? Darauf, dass ihr Mörder endlich Reue zeigte und ihr verriet, wo er die Leiche verscharrt hatte? Oder dass jemand – vielleicht eine junge starrsinnige Inspettrice – sich ihrer Sache annahm, um doch noch die Wahrheit herauszufinden?

»Einen Zeugen gab es jedenfalls«, sagte Iole und sprang auf, als hätte sie die richtige Antwort bei einem Fernseh-Quiz gefunden, bei dem es um Millionen ging. Sie zeigte auf das Foto eines Mannes mittleren Alters mit Schnauzbart, das in einem Artikel über ungelöste Kriminalfälle in der Lombardei gezeigt wurde – eine jener typischen Geschichten für die Saure-Gurken-Zeit, wenn die Spezialisten für Unfälle und Verbrechen im Sommerurlaub waren.

»Dieser Mann schwört, Carmen Minardi am Nachmittag ihres Verschwindens in Colico gesehen zu haben. Sie nahm offenbar den Bus nach Como und stieg in dem Dorf aus, in dem Manuel Panattiere wohnte.«

Libera beugte sich über den Artikel.

»Er sagt, er habe sie durch das Fenster einer Bar im Bahnhof gesehen«, fuhr sie fort, während sie die Zeilen las. »Das Problem ist nur, dass er um zwei Uhr nachmittags bereits drei Wermut getrunken hatte. Deshalb haben sie ihm nicht geglaubt.«

Seufzend legte Iole alle Artikel in einem ungeordneten Stapel zusammen und schob ihn danach zu Libera hinüber.

»Mit diesem Material werden wir Vittoria nie dazu kriegen, sich um den Fall zu kümmern.«

»Das hätten wir sowieso nicht geschafft.«

»Wenn wir aber etwas Neues entdecken würden?«

Libera sah sie skeptisch an. »Du meinst etwas, das Polizisten und Journalisten sechsundzwanzig Jahre lang übersehen haben?«

»In Romanen passiert das ständig«, entgegnete Iole und zeigte auf die Bücherregale ihrer Tochter, in denen es von Kriminalromanen nur so wimmelte.

In Romanen schon, dachte Libera. Dann ging sie hinauf ins Schlafzimmer, um die Artikel von Rosalia Minardi in der Kassette mit den Abrechnungen zu verstecken, an die Vittoria niemals heranging. Sie wusste noch nicht, ob sie ihre Tochter noch einmal auf die Sache ansprechen sollte und wie sie das am besten tun könnte. Sie hatte sich nie in Vittorias Arbeit eingemischt: Gegen Verbrechen hegte sie eine tiefe Abneigung – außer denen in ihren Krimis. So war es auch mit Saverio gewesen, und dies war einer der Streitpunkte zwischen ihrer Tochter und ihr, als Vittoria in die Pubertät kam und sich fragte, wer sie eigentlich mit drei Jahren zur Halbwaisen gemacht hatte, und warum.

»Hat Papa denn nie mit dir über die Fälle gesprochen, an denen er arbeitete? Hat er je erzählt, dass ihn jemand bedroht hat?«, fragte Vittoria vorwurfsvoll. »Hast du dich nie ausgeschlossen gefühlt?«

Nein, Libera hatte sich nie von diesem Teil des Lebens ihres Mannes, mit dem sie nichts zu tun haben wollte, ausgeschlossen gefühlt. Doch das hatte sie ihrer Tochter nie gesagt. Vielleicht weil sie sich deswegen schämte.

Jedenfalls hatte sie anders als Vittoria nicht das dringende Bedürfnis, die Wahrheit zu erfahren oder Rache zu nehmen. Es war ihr nicht wichtig zu wissen, wer ihr Saverio genommen hatte, und sie glaubte auch nicht, dass es sie trösten würde, den Mörder im Gefängnis zu wissen. Vielleicht war das falsch, aber es war nun mal so.

»Ja, es ist falsch«, hatte Iole gesagt, als sie eines Tages ihren Mut zusammengenommen und ihrer Mutter, und zwar ihr allein gebeichtet hatte, was sie empfand.

Libera erinnerte sich noch genau an jenen Nachmittag. Es war drei oder vier Jahre nach Saverios Tod, Vittoria machte in der Küche ruhig ihre Hausaufgaben. Sie und ihre Mutter saßen auf dem Sofa.

Ausnahmsweise nahm Iole die Dinge in diesem Fall nicht so locker wie sonst.

»Du musst dir einen Privatdetektiv suchen, wenn die Polizei den Fall ad acta legt«, insistierte sie. »Alarmier die Zeitungen, setz eine Belohnung aus, versprich den Leuten, die dir Hinweise geben, Geld. Du hast das Recht, die Wahrheit zu erfahren, Libera. Sonst lebst du für immer in der Ungewissheit.«

Libera hörte nicht auf sie. Es gefiel ihr gar nicht, wenn ihre Mutter Weisheiten von sich gab, die in ihren Selbsterfahrungsgruppen tägliches Brot waren: *Sich immer die Wahrheit sagen und sie von anderen verlangen, die eigenen Wunden durch Schmerzen heilen.* Sie war der Meinung, dass sie genug gelitten hatte. Sie wollte einfach nur versuchen, normal weiterzuleben oder wenigstens so normal wie möglich – um sich selbst und ihrer Tochter willen.

Als sie jetzt in ihrem Schlafzimmer stand, wurden ihr die Beine plötzlich ganz schwer, und sie setzte sich aufs Bett.

»Habe ich unrecht?«, fragte sie das Foto von Saverio, der sie vom Nachttisch ernst ansah. »Oder irren sich Menschen wie Vittoria und Rosalia, die sich immer noch von der Vergangenheit verfolgt fühlen?«

Konnte man in solchen Dingen überhaupt recht oder unrecht haben? Und hatte sie es wirklich geschafft, die Vergangenheit hinter sich zu lassen?

Unruhig stand sie auf. Dann öffnete sie die Tür des Kleiderschranks, in dem immer noch die Sachen von Saverio hingen, und strich behutsam über einen beigefarbenen Pullover, der nach Lavendel roch.

Nach zweiundzwanzig Jahren verwischten sich die Gesichtszüge ihres Mannes mit denen ihrer Tochter, aber der Geruch seiner Haut war nur noch ein Geruch ohne Körper, nur eine Erinnerung, wie die Wärme seiner Umarmungen, wenn sie sich geliebt hatten.

»Komm runter, es gibt gleich etwas zu essen!«, hörte sie Iole von unten rufen, die in der Küche verdächtig mit dem Geschirr klapperte. Ihre Mutter beherrschte viele Dinge, aber nicht das Kochen, doch das schien ihr nichts auszumachen.

»Soll ich nicht lieber Pasta machen?«, fragte Libera, als sie die vier Eierkuchen sah, die mit Olivencreme bestrichen und mit Käse bestreut waren, angerichtet auf einer Platte, von der das Öl heruntertropfte.

»Ja, mach ruhig«, meinte Iole großzügig, »Gabriele freut sich bestimmt darüber.«

Gabriele? Warum hatte ihre Mutter ausgerechnet Commissario Gabriele zum Mittagessen eingeladen, den früheren Kollegen ihres Mannes, den Polizeipräsidenten, für den auch ihre Tochter arbeitete, den Mann, der seit jeher Interesse an ihr zeigte?

Iole schien den plötzlichen Stimmungsumschwung ihrer Tochter zu bemerken und fügte, um Vorwürfen vorzubeugen, schnell hinzu:

»Keine Sorge, ich will dich nicht unter die Haube bringen, ein Polizist in der Familie hat mir gereicht. Aber Gabriele kann uns bei unseren Ermittlungen sehr von Nutzen sein.«

»Welche Ermittlungen?«, fragte Libera unwirsch und schnitt eine Schalotte in kleine Würfel. Sie hatte sich entscheiden müssen, ob sie sich umziehen oder das gastronomische Desaster verhindern sollte, das sich in der Küche abzeichnete, und sich für Letzteres entschieden. Doch in ihren grünen Arbeitsklamotten fühlte sie sich nicht besonders wohl. Außerdem war sie wegen der Einladung wütend auf ihre Mutter, aber auch ein bisschen auf sich selbst – wegen der widerstrebenden Gefühle, die der Gedanke an Gabrieles Erscheinen in ihr weckte: eine Mischung aus Erregung und Abneigung.

»Du weißt doch, dass Vittoria es nicht mag, wenn wir ihren Chef einladen!«

»Erstens ist er nicht nur ihr Chef, sondern auch ihr Patenonkel, und außerdem ist er seit vielen Jahren ein Freund der Familie«, stellte Iole klar. »Zweitens bin ich die Nonna und lade ein, wen ich will. Drittens müssen wir es Vittoria ja nicht erzählen. Sie sagt uns auch nicht alles. Wissen wir, was in den letzten Monaten mit ihr los ist?«

Nein, wissen wir nicht, sie erzählt uns wirklich gar nichts, stimmte Libera ihrer Mutter in Gedanken zu, während sie unter dem Mispelbaum im Garten den Tisch deckten. Trotz der Jahreszeit – der Juli neigte sich dem Ende zu – war es noch frisch, und über den Wolken grollte der Donner des in Richtung Abbiategrasso abziehenden Gewitters. Das Läuten der Kirche San Cristoforo vermischte sich mit dem Lärm eines vorbeifahrenden Zuges.

»Es gefällt mir so gar nicht, dass ihr hier allein wohnt«, meinte Gabriele zur Begrüßung, als er sich unter den Sonnenschirm setzte. Er ließ einen prüfenden Blick, den er sich als Leiter der Abteilung Gewaltverbrechen im Polizeipräsidium angewöhnt hatte, über die Gleise hinter der grauen steinernen Einzäunung des Bahngeländes schweifen, wo zwischen Unkraut und wilden Mohnblumen eine Gruppe von Rumänen mit Bündeln beladen von der Recyclinganlage zu einem heruntergekommenen Wohnwagen am Ende der Via Pesto ging.

»Die Gegend scheint mir nicht mehr sicher.«

»Oh, wir kommen hier sehr gut zurecht. Wir sind die Königinnen des Bahnwärterhauses, musst du wissen. Und eine deiner Mitarbeiterinnen beschützt uns mit ihrer Pistole«, erklärte Iole lächelnd. Wie immer war sie hin- und hergerissen zwischen ihrem anarchistischen, gegenüber Autoritäten zutiefst misstrauischen Gemüt und ihrem weiblichen Instinkt, der den schlanken, athletischen Körper des Capo della Polizia, sein offenes Gesicht und seine geistreiche Ironie zu schätzen wusste.

»Nun, das will ich hoffen!«, meinte er und machte sich über Liberas Fusilli mit Artischocken, schwarzen Oliven und Auberginen her. »Die Pasta ist köstlich«, erklärte er begeistert. »Und diese wunderbaren Eierkuchen haben sicher Sie gemacht, Signora Iole, oder?« Todesmutig nahm er sich ein Stück von den unförmigen Gebilden, die auf einer Platte warteten, und legte es auf seinen Teller.

Sie lächelte ihn kokett an und stand vom Tisch auf. »Danke für die Blumen. Ich kümmere mich jetzt mal um den Nachtisch, während Libera dir von unserem kleinen Problem erzählt.«

Unser kleines Problem. Der Satz hallte in Liberas Kopf nach, als hätte jemand mit der Faust auf den Tisch geschlagen, an dem sie nun allein mit dem Polizeipräsidenten saß.

Seit Saverios Tod hatte sich Gabriele Ricci, sein Kollege und enger Freund, um die Witwe und ihre Tochter gekümmert. Er hatte dies all die Jahre getan, war als Patenonkel zu einer Art Ersatzvater für Vittoria geworden und zeitweise sogar Teilhaber der kleinen Buchhandlung, die Libera hatte aufgeben müssen. Erst in letzter Zeit war Libera dem Polizeipräsidenten aus dem Weg gegangen. Seit dem letzten Frühjahr, um genauer zu sein, denn da war etwas passiert, was die Vorzeichen ihrer freundschaftlichen Beziehung völlig verändert hatte und Libera mit leichter Panik erfüllte. Gabriele hatte sich überraschend von seiner Frau getrennt und war aus der gemeinsamen Wohnung ausgezogen, in der er mit ihr und den drei Kindern gelebt hatten, die jetzt bereits junge Erwachsene waren. In diesem Moment stieg in Libera ein Gedanke auf, den sie bisher immer energisch beiseitegeschoben hatte: dass Gabriele, der Freund ihres Mannes, dessen Stelle im Bahnwärterhaus einnehmen könnte.

Libera wusste nicht, wann sie es sich zum ersten Mal gewünscht hatte, erinnerte sich aber genau, dass der Gedanke bei ihr stets Angst und Gewissensbisse hervorgerufen hatte. Deshalb konnte sie sich auch nicht entschließen, den Schritt zu tun, auf den Gabriele ganz offensichtlich hoffte, und ging ihm aus dem Weg.

»Wie lange willst du eigentlich noch warten?«, hatte ihre Mutter sie eines Tages unverblümt gefragt. Und wenn Gabriele die Initiative ergriff? Wie würde sie reagieren?

Dies alles stand zwischen ihnen wie eine hochexplosive Sprengladung. Libera spürte Gabrieles Blick forschend auf sich ruhen, als er sie jetzt mit seiner angenehmen, heiseren Stimme fragte:

»Was für ein Problem? Hat es etwas mit Vicky zu tun?«

Gabriele war, soweit sie wusste, der einzige Mensch auf der Welt, der es sich leisten konnte, Vittoria mit ihrem Kindernamen anzusprechen – natürlich nur außerhalb des Polizeipräsidiums.

Am liebsten hätte Libera geantwortet: »*Ja, in den letzten Monat benimmt sie sich tatsächlich ziemlich rätselhaft*«, und dann hätte sie ihn gebeten, den Grund dafür herauszufinden. Doch natürlich tat sie es nicht. Gabriele war nicht Vickys Vater, und ihre Tochter würde es ihr nie verzeihen, wenn sie ihn in eine Sache einbezöge, die ihr Privatleben betraf.

»Mit Vittoria hat es nichts zu tun, es ist nur so eine Idee meiner Mutter«, entgegnete Libera. Dann besann sie sich und gab zu: »Ehrlich gesagt, auch eine von mir.«

Sie erzählte dem Polizeipräsidenten von Rosalia Minardis Besuch, von ihrer verzweifelten Bitte um Hilfe.

»Ich meine, man kann die alte Frau doch nicht damit allein lassen, sie geht daran zugrunde«, schloss sie und stellte überrascht fest, dass ihre Bitte aus tiefstem Herzen gekommen war.

Gabriele sah sie nachdenklich an und legte für einen Moment spontan seine Hand über die ihre, bevor er sie wieder zurückzog.

»Seltsam, dass du dich mal für einen Fall interessierst«, sagte er lächelnd. »Normalerweise lebst du doch sonst in einer ganz anderen Welt. Vicky, deine Mutter, deine Bücher, deine Blumen – das sind die Dinge, die dir wichtig sind.«

Er hat recht, dachte Libera und versuchte, es sich selbst zu erklären, bevor sie sagte:

»Ich glaube, es liegt daran, dass ich bisher noch nie jemanden persönlich kennengelernt habe, der Opfer eines Verbrechens wurde – von mir natürlich mal abgesehen.« Sie zuckte mit den Achseln. »Irgendwie hat mich die Geschichte dieser alten Frau berührt. Kann man ihr denn gar nicht helfen?«

Gabriele lehnte sich im Stuhl zurück und steckte seine Hände, die eben noch die ihren berührt hatten, in die Taschen. »Ich tue, was ich kann«, versprach er. Dann stand er auf.

»Du willst doch nicht etwa gehen, bevor es Nachtisch gibt«, rief Iole. Sie kam mit einer Platte aus der Küche, auf der ein Schokoladenpudding prangte.

»Er sieht verlockend aus, Signora Iole, aber ich fürchte, ich muss los«, entgegnete Gabriele. Er machte eine leichte Verbeugung in ihre Richtung und wandte sich dann Libera zu.

»Sieh zu, dass du ein bisschen Schlaf bekommst, meine Liebe, du siehst müde aus«, meinte er.

Die beiden Frauen sahen ihm nach, wie er mit festen Schritten den Weg zum Gartentörchen entlangging und dieses hinter sich schloss. Der Himmel hatte sich zu einem weiteren Gewitter zusammengezogen, und die ersten Tropfen fielen. In einem Hollywood-Film hätte an dieser Stelle ein Geigenorchester eingesetzt. Doch es war nur ein ganz gewöhnlicher Nachmittag eines ungewöhnlich regnerischen Julis am Stadtrand von Mailand. Deshalb war die einzige Begleitmusik das Pfeifen des Zuges aus Mortara, der in den Bahnhof Porta Genova einfuhr.

»Also *ich* würde mich auf ihn stürzen«, sagte Iole und sah ihre Tochter schelmisch an.

Libera hatte das Gefühl, dass es gut wäre, etwas Abstand zwischen sich und ihre Mutter zu bringen. Aber ihr war nicht danach, sich in ihre Werkstatt zurückzuziehen. Sie brauchte ein Stück Himmel über dem Kopf – und wenn es nur der graue Himmel von Mailand war.

Und so überließ sie Iole ohne Rücksicht auf deren Protest das Abspülen des Geschirrs, ging aus dem Haus, überquerte den Naviglio und wartete auf der anderen Seite auf die Linie 2, die sie bis zum Dom bringen würde. Im Zentrum angekommen, mischte sie sich unter die Schar der Passanten, die sich an diesem wolkenverhangenen Julinachmittag auf der Via Torino drängten. Libera überquerte die Piazza und betrat die Galeria. Sie sah die Auslagen mit den eleganten Handtaschen, Kleidern und Schuhen, doch nur die Romane im Schaufenster einer kleinen Buchhandlung ließen sie einen Moment innehalten. Gern hätte sie sich eine gefüllte Teigtasche gekauft wie als junges Mädchen, hätte die vertraute Architektur der Scala oder des Palazzo Marino bewundert, doch sie brauchte ihren privaten Rückzugsort, um nachzudenken. So ging sie mit gemächlichen Schritten durch die Via Manzoni, wunderte sich einmal mehr, dass die stets eiligen Mailänder bei ihrem geschäftigen Hin und Her zwischen einer Verabredung und dem nächsten Telefonat all die Schönheit nicht wahrnahmen, und bog schließlich in die Via Palestro oder die *Risera* ein, wie ihr Großvater sie immer genannt hatte. Hier war der Garten ihrer Vertraulichkeiten, der romantische Park der früheren Villa Reale mit seinem gepflegten Rasen, dem Teich mit den Enten, dem Cupido-Tempel, dem kleinen Torre Merlata, einem steinernen Grabmal mit Tatzen und langen, gebogenen Krallen. Dieser Ort war nur für Kinder bis zu zwölf Jahren und ihre Begleiter gedacht, so stand es auf dem Schild am Eingang zu lesen, aber Libera, die sonst Vorschriften durchaus beachtete – vergaß sie absichtlich.

Sie kam an einer jungen Frau vorbei, die sich mit einem störrischen Kind namens Agata abmühte, und setzte sich auf die Holzbank unter den alten Zürgelbaum, den sie so sehr mochte. Er war beeindruckend groß und schien unerschütterlich. Liebevoll berührte sie die glatte graue Rinde des Stamms. Dieser Baum war einer der ersten, die ihr Großvater Spartaco ihr gezeigt hatte.

»Eigentlich heißt er *Celtis Australis*, aber er wird ›Spacasassi‹ genannt«, hatte er ihr erklärt und ihr anschließend ein paar jüngere Exemplare auf der Verkehrsinsel der Via Bergognone gezeigt, deren Wurzeln so kräftig waren, dass sie den Asphalt durchbohrten.

Libera lehnte sich auf der Bank zurück und versuchte ihrer Verwirrung Herr zu werden.

Das Mittagessen mit Gabriele, seine Hand, die für einen Augenblick auf ihrer geruht hatte, hatte sie in Verlegenheit gebracht. Libera war sechsundvierzig, und lange war ihre Haut von keinem Mann mehr zärtlich berührt worden. Warum konnte sie sich nicht auf Gabriele einlassen? Wovor hatte sie Angst?

Hatte es vielleicht etwas mit Vittoria zu tun?

Sicher würde es ihrer gestrengen Tochter nicht gefallen, wenn sie ihren Vater durch einen anderen Mann ersetzte, der noch dazu ihr Chef war. Sie würde es nicht ertragen, dass Gabriele an dem weißgestrichenen Holztisch in der Küche saß, auf dem Sofa lag und fernsah, sich im Bad mit den lavendelblauen Wänden einschloss oder – schlimmer noch – im selben Bett lag wie ihre Mutter. Sicherlich würde sie fortgehen. Und nie wieder würde Libera die herzlichen Umarmungen erhalten, die sie sich von ihrer Tochter so sehr wünschte.

Gedankenverloren blickte sie eine Weile in die grünen Blätter des alten Baums, als ob dieser eine Lösung hätte. Dann stand sie auf, verließ den Park, spazierte durch die Via Boschetti und kam an dem grauen Haus vorbei, das für sie das schönste in Mailand war. Ein elegantes Gebäude mit schmiedeeisernen Balkonen und hohen Fenstern, die auf den Park und eine Statue von Christoph Columbus hinausgingen, die ihn schlank und schnauzbärtig wie einen Seeräuber zeigte. Das Haus war nur wenige hundert Meter von der Via Fatebenefratelli entfernt, und damit vom Polizeipräsidium, wo Vicky ihr Büro hatte.

»Ich bin gerade in der Nähe und dachte, wir könnten vielleicht zusammen einen Kaffee trinken«, schlug sie ihrer Tochter in verlegenem Ton vor, als diese ans Telefon ging.

»Du bist vielleicht gut, Mama. Ich habe viel zu viel zu tun«, entgegnete Vittoria. »Was machst du denn in der Stadt? Du hast wirklich Glück, dass du so viel Zeit hast.«

Libera hörte, wie jemand hinter ihrer Tochter lachte, während diese auflegte.

Einen Moment blieb sie unschlüssig auf der Straße stehen. Dann beschloss sie, zu Fuß nach Hause zu gehen.

Nach vierzig Minuten Gewaltmarsch kam sie dort an, den Kopf voller schwerer Gedanken. Sie öffnete das Gartentörchen, das in den Angeln quietschte, und hörte plötzlich die Stimme einer Frau, die aus dem Haus zu kommen schien. Sie schien sehr aufgeregt zu sein.

Was ist das los?, fragte sich Libera alarmiert und lief auf das Haus zu. Konnte ihrer Mutter etwas passiert sein? Hatte sie vielleicht einen fremden Mann ins Haus gelassen, den sie nur aus dem Internet kannte? War sie etwa überfallen worden?

Je näher Libera der Haustür kam, desto deutlicher wurde die Stimme. Es war die einer erwachsenen, wahrscheinlich älteren Frau. Sie schrie, als ob sie jemand erwürgen wollte.

»Verpiss dich!«

Libera ging zur Tür.

»Halt's Maul, du Hure!«

Libera blieb erschocken stehen. Das war auf jeden Fall nicht ihre Mutter – Iole hätte nie eine solch vulgäre Sprache verwendet. Wer aber war dann die Frau, die in ihrem Wohnzimmer herumschrie wie eine Furie?

Vielleicht eine eifersüchtige Ehefrau?

Ihre Mutter hatte immer schon die freie Liebe praktiziert – Gefühle der Eifersucht waren ihr gänzlich unbekannt –, aber nicht alle Menschen dachten so wie Iole, und vielleicht hatte die betrogene Ehefrau eines ihrer Gelegenheitsliebhaber weniger Verständnis für die freie Liebe gehabt. Seufzend suchte Libera in der Handtasche nach ihrem Schlüssel, und als sie ihn endlich gefunden hatte und ins Wohnzimmer stürzte, hörte sie eine andere Stimme.

»Hör endlich auf zu reden, Fettsack!«

Libera blieb verwundert stehen.

Die Stimme gehörte zu einer Frau mit blondem Pagenkopf, die an der Tür zur Küche stand und mit Abscheu auf den Fernseher starrte, in dem sich zwei ältere Frauen um einen attraktiven Mann stritten.

Es war Franca, Ioles beste Freundin. Als sie Libera bemerkte, wandte sie sich um und zog missbilligend die Augenbrauen hoch.

»Das hat sich deine Mutter angeguckt, als ich eben gekommen bin! Dann bekam sie einen Anruf von irgendeinem Ahmed, ist gleich abgerauscht und hat auch noch die Fernbedienung mitgenommen.«

Typisch Mama, dachte Libera.

»Wenn du nur einen Moment später gekommen wärst, hätte ich diese furchtbaren Leute mit einem Hammer zum Schweigen gebracht«, fuhr Franca fort. »Menschen, die aus allem ein Drama machen, kann ich nicht ausstehen.«

Während die beiden Frauen weiterplärrten, wandte Franca dem Fernseher den Rücken zu und ging zum Küchentisch, wo sie offenbar vorher gesessen hatte. Sie trug elegante Hosen und schlug die Beine übereinander. Dann zündete sie sich eine Zigarette an, es war bereits die fünfte, wie man unschwer an den Kippen im Aschenbecher erkennen konnte.

Libera zog den Stecker aus dem Fernseher und es wurde still. »Hat sie gesagt, wann sie wiederkommt?«

»Keine Ahnung.« Franca zuckte mit den Schultern. »Deine liebe Mutter hatte es plötzlich sehr eilig. Wie du siehst, hat sie sogar das schmutzige Geschirr stehenlassen. Aber sie meinte, sie sei zum Abendessen wieder da.«

»Um zu kochen?«, fragte Libera ironisch und zog ihre Jacke aus. Dann band sie sich eine Schürze mit Blumenmuster um, die ihr bis zu den Knien reichte, und ging zur Spüle.

Franca sah ihr kopfschüttelnd nach.

»Erinnere mich daran, dass ich euch zu Weihnachten eine Spülmaschine schenke. Ich verstehe sowieso nicht, wie man im Jahr 2014 noch ohne Putzhilfe auskommen kann.«

»Das konntest du schon im Jahr 2004 nicht verstehen«, entgegnete Libera lachend.

Wenn du nicht reich geboren wirst, such dir einen reichen Mann! Das war Francas Motto, das für sie zu drei Ehen führte, die alle mit einer Scheidung endeten, die, was das Finanzielle betraf, für Franca jeweils äußerst zufriedenstellend verliefen. Sie war so alt wie Iole, aber ihre Lebenswege hätten nicht verschiedener sein können. Während die eine auf der Piazza ihren BH verbrannte und Revolution machte, studierte die andere Betriebswirtschaft und Volkswirtschaft, und lernte an der Uni ihren ersten Mann kennen. Während die eine freie Liebe und tantrischen Sex praktizierte, bei dem auch eine Tochter entstanden war, reichte Franca ihre erste Scheidung ein und trieb sich in den feinen Salons von Mailand herum. Sie wünschte sich einen Mann, der nicht nur viel Geld hatte, sondern auch vorzeigbar war, und heiratete schließlich einen Crivelli, einen Mann aus einer der ältesten Familien der Stadt, und legte ihren Namen Tagliabue ab, der typisch für die Gegend in Brianza war.

Während Iole alle Winkel Indiens erkundete, Yoga-Kurse besuchte und sich in Selbsterfahrung übte, reiste Franca mit Kreuzfahrtschiffen und Privatjets herum, als führe sie mit der Straßenbahn, und besuchte Immobilienmakler in der halben Welt, um Villen und andere Immobilien aufzukaufen, die sie großzügig auch ihrer Freundin Iole und deren Tochter zur Verfügung stellte.

»Ich werde hier im Haus wohl keinen Gin Tonic finden, was?«, fragte sie jetzt und schüttelte ihr gepflegtes Haar, das hervorragend zu ihrer grauen Seidenbluse passte.

»Wir haben einen sehr guten Brunello.«

»Gut, dann nehme ich den. Gibt es auch Leberpastete?«

»Wir sind Vegetarier«, erinnerte Libera sie und schob ihr einen Teller mit Focaccia, Hummus aus Kichererbsen und Sesampaste und Pecorino hin, bei dem die Freundin ihrer Mutter eine Augenraue hochzog:

»Tausendfünfhundert Kalorien pro Bissen, meine Liebe! Mein Personal Trainer bringt mich um!«

Dann lächelte sie und zeigte dabei unbekümmert ihre tausend Fältchen, die sie nie hatte loswerden wollen. Franca hasste alle Ärzte (einschließlich den, mit dem sie lange Zeit verlobt gewesen war) – und Schönheitschirurgen ganz besonders. Sie lud ihren mit Botox gespritzten Freundinnen zuliebe immer einen zu ihren Cocktailpartys am Freitag ein, machte aber aus ihrer Abneigung gegen diese Spezies keinen Hehl.

»In drei Wochen gebe ich ein Fest für dieses Monster von Zuffoli. Die gründet jetzt ihren eigenen Verlag«, sagte sie und klopfte ihre Asche über dem Käseteller ab. »Ich brauche zehnmal Tischschmuck. Wie alles aussehen soll, entscheidest du, das Budget kennst du ja ...«

Franca zahlte stets sehr großzügig und trug auch zum Unterhalt des Hauses bei, schon seit der Zeit, in der sie ihre Hausangestellte in Liberas Buchhandlung in der Via Lodovico il Moro schickte, um reihenweise Klassiker zu kaufen. Aber die Signora Crivelli interessierte sich mehr für das praktische Leben und hatte von Verlagen noch nie etwas gehalten.

»Ein Verlag, also wirklich! Das wäre das Letzte, was mir einfallen würde. Die Zuffoli hat wohl zu viel Geld! An ihrer Stelle würde ich mir einen jungen Liebhaber leisten, der kostet weniger und macht mehr Spaß.«

Sie lachte und sah dann Libera an, die schweigend am Tisch saß und sich die Hände rieb, wie sie es schon als Kind getan hatte.

Ihr Gesicht wurde ernst.

»Was ist los, Mädchen? Macht dir irgendetwas Sorgen? Na, erzähl schon, wo drückt der Schuh?«

Libera zögerte. Konnte sie mit Franca über ihre schwierige Beziehung zu Vittoria sprechen? Über ihre zwiespältigen Gefühle Gabriele gegenüber? Über die unglückliche Frau, die immer noch nach ihrer verschwundenen Tochter suchte?

Ihr schauderte, als sie jetzt wieder an Rosalia Minardi dachte.

»Ja, es ist tatsächlich etwas. Ich habe eine Frau getroffen, die mich völlig aus der Fassung bringt«, brach es aus ihr heraus. Dann erzählte sie ihr Rosalias Geschichte von Anfang an.

Franca hörte ihr aufmerksam zu. Dann zog sie folgenden Schluss, voreilig, wie sie es immer tat. »Du solltest diese Frau schnell wieder vergessen. Du kannst ihr sowieso nicht helfen. Und diese Frau sollte lieber auch vergessen, was damals war und nicht zu ändern ist ...«

Libera zweifelte nicht daran, dass Franca es geschafft hätte. Sie gehörte zu den Leuten, die jede Krankheit, jeden Verrat, jedes Unglück schnell überwinden. Sie war nicht unsensibel, aber ihr Lebenswille war stärker als jede andere Empfindung.

»Sag deiner Mutter, dass ich nicht länger warten konnte«, meinte sie zehn Minuten später, zog ihren Blazer über und nahm die Schlüssel ihres Porsches vom Tisch. »Ich muss nach Hause und mich vom Masseur traktieren lassen.«

Iole tauchte erst am Abend wieder auf – mit einem geheimnisvollen Päckchen, das sie sofort in ihr Zimmer brachte. Sie schloss sogar die Tür hinter sich ab. Vittoria erschien erst nach zehn Uhr. Sie hatte eine gelbe Mappe unterm Arm, und Libera erkannte an ihrem angespannten Kiefer, dass sie verärgert war.

»Ricci schwört, dass dem nicht so ist, aber ich bin mir sicher, hinter seiner Entscheidung, den Fall Minardi wieder aufzurollen, steckst du!«, sagte sie und wies mit dem Zeigefinger auf Libera. Sie ließ sie erst gar nicht zu Wort kommen und fuhr in sarkastischem Ton fort:

»Wenn du erlaubst, beschäftige ich mich erst mal mit den Tätern, die den Bankautomaten in Gratosoglio ausgeraubt haben, und kümmere mich dann um deinen ganz besonderen Schützling!«

Damit ließ sie ihre Mutter stehen und stampfte mit der Grazie eines wütenden Stiers die Treppe hoch. Auf dem Treppenabsatz drehte sie sich noch einmal um.

»Wenn du dich noch einmal in meine Arbeit einmischst, schwöre ich dir, dass ich dieses Haus nicht mehr betrete!«, rief sie erbost. »Ich bin hier die Ispettrice!«

»Du meine Güte, jetzt haben wir aber Angst!«, sagte Iole ironisch. Sie saß auf dem Sofa und bereitete gerade ihren nächsten Yoga-Kurs vor, mit dem sie ihre jährliche Reise nach Indien finanzierte.

»Zum Glück hat sie uns nicht erschossen, aber ich fürchte, dein Gabriele hat ihr gegenüber wenig Fingerspitzengefühl gezeigt, und das wird der ganzen Sache kaum nützen.«

»In welcher Hinsicht?«, fragte Libera und verpasste so die Gelegenheit zu sagen: *Es ist nicht mein Gabriele.*

»In der Hinsicht, dass Vittoria immer nur das tut, was ihr in den Kram passt. Sie wird sich querstellen und nein sagen. Wenn sie entschieden hat, dass die Sache mit Carmen abgeschlossen ist, dann gibt es nur einen Weg, sie zu neuen Ermittlungen zu motivieren: Anstatt ihr Befehle zu erteilen, sollte man ihr einen Floh ins Ohr setzen und ihren Sinn für Rache provozieren.«

»Das ist mir ein bisschen zu kompliziert«, seufzte Libera. Sie nahm wieder den Roman von Scerbanenco zur Hand und setzte sich ein bisschen bedrückt zu ihrer Mutter aufs Sofa. Vielleicht war es ein Fehler gewesen, Gabriele um Hilfe zu bitten und hinter dem Rücken ihrer Tochter mit dem Polizeipräsidenten Absprachen zu treffen, um sie auf diese Weise zu zwingen, die Ermittlungen in einem alten Fall wieder aufzunehmen, den sie für aussichtslos hielt. In der Regel vertraute Libera dem Urteil ihrer Tochter, bisher hatte sie sich nie in ihre Arbeit eingemischt, aber diesmal hatte sie etwas dazu gebracht, aktiv zu werden: vielleicht die Beharrlichkeit der alten Frau, vielleicht ihr Schmerz.

»Lass mich nur machen«, sagte Iole. Sie erhob sich vom Sofa und rollte die Yogamatte für den Abendkurs aus, den sie online gab. Sie war noch immer beweglich wie ein junges Mädchen.

»Machen, was willst du denn machen?«, hakte Libera nach.

»Besser, du weißt es nicht«, antwortete Iole seelenruhig. Sie stimmte ein Om an und setzte sich in den Lotussitz. »Richte dich für morgen nicht auf einen ruhigen Sonntag zu Hause ein, denn es gibt auch für dich etwas zu tun.«

Als sich Iole später in ihr Zimmer zurückgezogen hatte, trat Vicky oben in den Flur und schnupperte in der Luft herum wie ein Spürhund. Dann kam sie mit entschlossenen Schritten die Stufen der Steintreppe herunter und baute sich vor dem Sofa, auf dem Libera las, auf, die Hände in die Hüften gestemmt.

»Nonna raucht mal wieder Cannabis«, sagte sie mit leiser, zorniger Stimme.

»Bestimmt nicht!«, versuchte Libera sie zu beruhigen. »Das sind indische Zigaretten, die entspannen sie.«

»Das ist Cannabis, und ich bin bei der Polizei, Mama. Wir sind hier nicht im Drogenzentrum. Ich meine, das gibt's doch nicht. Sie ist siebzig und deckt sich bei Dealern ein!«

In diesem Moment flog die Tür von Ioles Zimmer auf:

»Ich habe keinen Dealer, sondern einen großzügigen Freund«, rief sie mit ihrer durchdringenden Stimme und kicherte, »und, meine Liebe, siebzig bin ich noch nicht ganz!«

Sie warf der Enkelin gezielt einen Joint zu, der wie ein kleines Papierflugzeug nach unten schwebte. »Ich rate dir, auch mal einen Zug zu nehmen, mein Mädchen. Du hast es dringend nötig!«

4

Carmens geheimer Schatz

»Komm her, du Schafskopf!«, rief eine tiefe laute Stimme aus einem Zimmer am Ende des Flurs. Es folgte ein zaghaftes Murmeln, das Libera nicht verstand, dann ging es mit dem Bariton weiter: »Und das soll eine *Meldung* sein?«

Schüchtern blieb Libera an der Schwelle des Großraumbüros mit den vielen Glaswänden stehen.

Verbrechen und Unfallmeldungen stand auf einem handgeschriebenen A4-Bogen, der an der einzigen weit offenstehenden Tür befestigt war. Der Mann, der gerade ein schmächtiges Mädchen anbrüllte, war ein übergewichtiger Sechzigjähriger, der auf seinen Computer starrte, die Beine unterm Schreibtisch ausgestreckt, in der Hand eine Zigarre, trotz der überall hängenden Schilder, auf denen *No Smoking* stand.

»Was? Wir sind hier schließlich nicht in England«, sagte er zu Libera, als er ihren erstaunten Blick sah. »Ich hoffe, es macht Ihnen nichts aus, denn ich rauche trotzdem.«

Dann sprang er erstaunlich behände von seinem Sitz auf, zog die Hose seines Jogginganzugs hoch, die unter seinem Bauch gefährlich nach unten gerutscht war, fuhr sich über die Glatze und kam auf sie zu.

»Sie müssen die Signora Cairati sein, folgen Sie mir in den Konferenzraum!«, befahl er. »Ich bin Temperante Cagnaccio.«

Also hieß er wirklich so. Libera war erstaunt. Beim Lesen der Zeitungsausschnitte, die ihr Rosalia Minardi dagelassen hatte, hatte sie gedacht, es handele sich um ein Pseudonym.

Cagnaccio galt als scharfer Hund, der nicht lockerließ, und er gehörte zu den Journalisten, die den Fall Carmen am längsten verfolgt hatten.

Auch der letzte Artikel aus dem Jahr 2003 stammte aus seiner Feder. Deshalb hatte Libera, nachdem ihre Mutter am Morgen das Programm des Tages verkündet hatte (»Ich kümmere mich um Vittoria, du quetschst inzwischen diesen Journalisten aus«) um ein Gespräch mit Cagnaccio gebeten. Auch weil er bei der miesesten und beim Volk beliebtesten Zeitung von Mailand arbeitete, dem Mittagsblatt *La Città*, spezialisiert auf Sport und Vermischtes mit Sitz in der Via Tolstoi, nur wenige Schritte vom Bahnwärterhaus entfernt.

Aber dorthin zu gehen, fiel ihr alles andere als leicht.

Libera hatte kein Vertrauen zu Journalisten. Bei den wenigen Interviews, die sie infolge des Artikels über ihre »magische Blumenwerkstatt« im *Corriere* gehabt hatte, musste sie oft feststellen, dass ihre Worte – wenn sie Schwarz auf Weiß gedruckt waren – nicht ihre eigenen waren: Sie waren zu banal, manchmal furchtbar übertrieben (»die reinste Werbung«, hatte Iole gleich gesagt). Doch am meisten hatte ihre Meinung über Journalisten mit den Geschehnissen nach Saverios Tod zu tun, mit der Belagerung ihres Hauses durch die Reporter, den Fragen, ob ihr Mann irgendwelche Feinde oder gar *Feindinnen* gehabt habe (die süffisanten Gänsefüßchen waren eindeutig zu hören), und am Ende wurde immer gefragt: »Haben Sie ihm verziehen?«

Was hätte ich meinem Mann denn verzeihen sollen?, hätte sie den Männern mit den Notizblöcken und den ausgestreckten Mikrofonen am liebsten gesagt, wenn sie nicht eine Frau mit einem dreijährigen Kind auf dem Arm gewesen wäre, deren Welt gerade zusammengebrochen war.

Libera war gegenüber Journalisten befangen, sie scheute ihr schnelles Urteil, ihre Fähigkeit, in wenigen Worten etwas zu erschaffen oder zu vernichten.

»Und was soll ich sagen, warum ich komme? Soll ich ihn wirklich nach einem Mord fragen, der vor dreißig Jahren passiert ist?«, hatte sie ihre Mutter schüchtern gefragt.

Iole brach in Lachen aus. »Sag ihm, was dir in den Sinn kommt, der Typ fällt bestimmt auf dich rein. Sag einfach, du schreibst eine Arbeit über verschwundene junge Frauen wie Carmen, und versprich ihm, dass du ihn zitieren wirst. Journalisten sind unendlich eitel!«

Cagnaccio aber biss nicht an.

»Ich glaube Ihnen nicht, selbst wenn ich es gern täte«, erklärte er, als sie am Tisch des Konferenzraums saßen, einem düsteren Loch ohne Fenster, in dem es nach seinen offenbar lange nicht mehr gewaschenen Kleidern roch. »Um verschwundene Personen kümmert sich nach kurzer Zeit kein Schwein mehr, außer den Verwandten vielleicht, jedenfalls keine Journalisten. Und darüber soll jemand eine Forschungsarbeit schreiben wollen?«

Was er sagte, war vielleicht zynisch, aber er sagte es immerhin so, als tue es ihm leid. Libera spürte, wie sie sich etwas entspannte. Vielleicht war der berüchtigte Cagnaccio ja anders als seine Kollegen.

Gab es überhaupt Journalisten, denen man trauen konnte?

Sie spürte, wie sie rot wurde, als er sie jetzt einen Moment lang scharf ansah, und sie überlegte, ob sie ihm die Wahrheit sagen könnte.

»Wie auch immer«, meinte er dann und wedelte mit der Hand vor seinem Gesicht, als vertreibe er eine Fliege. Er nahm einen letzten gierigen Zug aus der Zigarre und ertränkte sie dann in dem kleinen Plastikbecher mit Kaffee, den er ihr angeboten, den sie aber nicht getrunken hatte.

»Was immer auch der wahre Grund ist, warum Sie sich für den Fall Minardi interessieren, ich werde Ihnen sagen, was ich über die Sache weiß. Aber unter einer Bedingung.«

»Nämlich?«

»Wenn es Neuigkeiten gibt, bin ich der Erste, der davon erfährt.«

Er wartete ruhig, bis Libera mit einem Kopfnicken einwilligte, dann legte er los.

»Zunächst einmal war diese Carmen nicht so heilig, wie alle behaupteten.«

Aha, dachte Libera. Kaum, dass irgendjemand einen gewaltsamen Tod erlitt oder verschwand, drang gleich das Böse aus den Schubladen, in denen er oder sie oder die Familie es verborgen hatten. Geheimnisse, Vergehen, Lügen, Verrat, kleine oder große Gemeinheiten wurden durch die Ermittlungen ans Licht gebracht. Sie entsprachen allerdings nicht immer der Wahrheit, manchmal waren sie wohl eher dem allzu menschlichen Wunsch geschuldet, unerklärliche Tragödien zu verstehen, indem man nach Schuldigen suchte, oder nach einem Grund für ein Motiv, der in der Vergangenheit des Opfers liegen musste. Es war, als ob man sich davon überzeugen wollte, dass einem selbst so etwas nicht passieren konnte.

Libera kannte diese Art, sich Verbrechen aller Art zu erklären, aus Romanen. Sie hatte sie in den Büchern von Anne Perry gefunden, jener englischen Autorin, deren Leben selbst an einen ihrer Krimis erinnerte. Als junges Mädchen war sie wegen Mordes an der Mutter einer Freundin verurteilt worden.

Bei einem Verbrechen kamen alle möglichen Sünden zutage, auch solche, die mit dem Verbrechen gar nichts zu tun hatten. Das war die Aussage der Bücher von Anne Perry, und wenn man ermitteln wollte, musste man sich zwangsläufig in diesen Sumpf begeben.

Libera zuckte die Schultern, sah den Journalisten an und fragte herausfordernd:

»Was soll die arme Carmen denn Böses getan haben? Sie ist schließlich das Opfer.«

»Zuallererst verfolgte sie ihren Ex-Verlobten«, antwortete er ruhig und malte eine Eins auf ein weißes Blatt, das auf dem Tisch lag. »Und zwar massiv. Heute würde man das Stalking nennen. Sie beschattete den armen Mann, rief ihn ständig an, und sie verfolgte sogar seine neue Freundin, eine äußerst attraktive Blondine.« Er zog die Augenbrauen anerkennend in die Höhe.

»Und wer behauptet das?«, fragte Libera skeptisch, »Panattiere und seine blonde Freundin? Es ist ja leicht, jemandem, der sich nicht mehr verteidigen kann, etwas anzuhängen.«

Cagnaccio sah sie ernst an und nickte. »Das stimmt. Aber auch andere – vor allem seine Kollegen – haben das den Ermittlern gegenüber geäußert. Carmelas Eifersucht war offenbar sprichwörtlich. Sie wollten das nur deshalb nicht schriftlich bezeugen, weil sie keinen Ärger haben wollten. Und weil sie es von Panattiere erfahren hatten.«

»Was für eine Geschichte!«

»Er selbst redete nicht besonders gern darüber, vor allem, nachdem die Minardi verschwunden war. Ihm war klar, dass verfolgt zu werden ein gutes Motiv für ein Verbrechen abgibt.«

»Das macht Sinn«, sagte Libera nachdenklich.

Bei ihrer nächsten Begegnung, würde sie Rosalia Minardi unbedingt fragen müssen, ob Carmen wirklich so besitzergreifend gewesen war, dass andere sich von ihr bedroht fühlten. Manche Charakterzüge lassen sich nicht verbergen, und eine Mutter, die seit sechsundzwanzig

Jahren nach der Wahrheit suchte, würde kein Interesse daran haben, eine so wichtige Sache zu verschweigen. Ein gutes Motiv, wie Cagnaccio es genannt hatte.

Doch damit war die wichtigste und einzige Frage nicht beantwortet: Was war Carmen Minardi am Nachmittag des 8. August 1988 zugestoßen?

»Es gibt da noch etwas«, sagte Cagnaccio und riss sie aus ihren Gedanken.

Er hatte eine Zwei auf das weiße Blatt geschrieben und daneben ein großes C in Druckbuchstaben. »Carmen Minardi hatte bei einer Bank in Mozzate ein Konto eröffnet. Als sie verschwand, waren darauf 25 Millionen Lire – mehr als sie in einem ganzen Jahr verdiente.«

Libera schluckte. »Wo kam das Geld her?«

»Das hat man leider nie herausgefunden.«

Cagnaccio zog eine neue Zigarre hervor, zündete sie in aller Ruhe an und paffte eine Weile. »Man vermutete, sie hätte es dem Unternehmen entwendet, weil sie mit den Lohnabrechnungen betraut war, aber der Eigentümer der Firma, der Commendatore Cosimo Carluccio, hat immer bestritten, dass Geld fehlte. Das wäre sicher ein guter Grund zu verschwinden, die Kasse mitnehmen und weg.«

»Aber das Geld ist ja auf dem Konto geblieben.«

»Vielleicht gab es noch anderswo einen kleinen verborgenen Schatz.«

Cagnaccio tippte sich mit dem Kugelschreiber an die Stirn und schrieb eine ganze Reihe Fragen zu Punkt zwei auf.

»Woher kam das Geld, von dem ihre Eltern nichts wussten? Wie hatte die Minardi es verdient? War sie mit einer gefährlichen Person in Verbindung getreten, um es zu bekommen? Hatte sie es ihr möglicherweise entwendet?«

Libera wurde kalt.

»Hören Sie, Sie zeichnen hier das Bild einer Kriminellen. Aber Carmen war doch eine ganz normale nette junge Frau, und selbst wenn sie möglicherweise sehr eifersüchtig war, so war sie doch eine unbescholtene Person!«

»Sie ahnen ja nicht, wie viele unbescholtene Menschen sich für ein paar Kröten ins Unglück stürzen«, bemerkte Cagnaccio. »Damals habe ich eine Weile ziemlich intensiv recherchiert, aber am Ende habe ich keinen Zusammenhang zwischen dieser Carmela und Leuten aus der Drogenszene oder dem Rotlichtmilieu finden können. Eine Spielerin war sie auch nicht. Dieses Geld bleibt das große Geheimnis.«

»Was ist Ihrer Meinung nach mit Carmen passiert?«

»Ich denke, Panattiere hat sie umgebracht. Er hatte dieses wunderbare Mädchen kennengelernt, und seine frühere Verlobte hat ihm keine Luft zum Atmen gelassen. Sie gab keine Ruhe, und er wollte sie endlich loswerden. Mir erscheint das plausibel, aber was wirklich passiert ist, das werden wir wohl nie herausfinden.«

Das werden wir nie herausfinden.

Libera rieb sich nervös die Hände. »Gab es da denn nicht vielleicht eine Cousine, eine Freundin oder eine Arbeitskollegin, der Carmen ihr Geheimnis anvertraut hat?«, fragte sie.

Dann dachte sie an sich selbst. Zwar hatte sie kein geheimes Konto, aber ein paar kleine Geheimnisse durchaus, Dinge, die sie nie erzählt hatte, auch nicht den Menschen, die sie liebte.

»Nein, da gab es niemanden, nicht, dass ich wüsste«, meinte Cagnaccio kopfschüttelnd und stand auf, um sie zur Tür zu begleiten. »Und glauben Sie mir, so ungewöhnlich ist das nun auch wieder nicht.« Er ließ sie auf dem Flur stehen und ging wieder zurück in das Redaktionsbüro, während die, die herauskamen, sich in respektvollem Abstand zu ihm hielten.

Alle hatten ein bisschen Angst vor dem *Dog*, wie er ehrfürchtig genannt wurde – ein Name, der ihm zu gefallen schien.

Denn *dog* hieß Hund, und das klang doch entschieden besser als *cagnaccio*, Köter.

»Die Spur mit dem Bankkonto ist interessant, und auch die Sache mit dem *stalking* würde ich nicht unterschätzen«, meinte Iole zufrieden, nachdem Libera ihr von dem Treffen mit Cagnaccio berichtet hatte. Die beiden Frauen waren allein in der Küche. Die Mutter saß am Tisch und machte sich Notizen. Die Tochter entspannte sich, indem sie Zitronenschale und Muskatnuss für einen Apfelkuchen rieb, von dem nur sie beide dick werden würden, denn Vittoria hatte angekündigt, den Sonntag anderswo zu verbringen.

Mit wem?, fragte Libera sich. Bis zum letzten Frühjahr hatte sie immer gewusst, wo ihre Tochter war.

»Ein Glück, dass Vicky nicht da ist!«, sagte Iole zufrieden und schob ihrer Tochter das Smartphone hin.

»Sieh dir mal diese Fotos an!«

»Das Polizeipräsidium von Mailand«, las Libera mit gerunzelter Stirn. Dann sah sie ihre Mutter fragend an.

»Ja, genau.« Iole lachte zufrieden. »Da ich allein zu Hause war, habe ich die Gelegenheit genutzt, in Vittorias Schubladen zu suchen und die Akte von Carmen zu finden. Ich habe alle Dokumente abfotografiert. Jetzt lade ich sie gerade herunter, und dann können wir sie lesen.«

»Also wirklich, Mama!«, protestierte Libera entsetzt. »Das kannst du doch nicht machen.«

»Und warum nicht?« Iole und stand auf, um ihren Laptop zu holen. »Keine dieser Informationen wird diesen Raum verlassen. Es sei denn ...«

Sie schwieg einen Augenblick und zeigte ein schiefes Lächeln, das sich allmählich auf ihrem ganzen Gesicht ausbreitete. »Es sei denn, wir tauschen sie gegen ein paar Hinweise deines Journalistenfreundes aus. Aber nur, wenn es sich wirklich lohnt.«

Libera starrte sie an, bis ihr klar wurde, was da gerade passierte: Ihre Mutter hatte sich wieder einmal voller Begeisterung in ein Projekt gestürzt, die sie fallen lassen würde, sobald ihre Euphorie nachließ. Vogelschutz für Kohlmeisen, das Überleben einer Platanenallee, der Bau eines Kindergartens in ihrem Viertel. Alles endete auf die gleiche Weise. Erst trieb Iole die Dinge mit Energie voran, nahm sogar Anzeigen wegen öffentlicher Ruhestörung in Kauf, schimpfte und drohte, und dann ließ sie die Sache irgendwann sausen und fing etwas Neues an.

Eine Zeitlang hatte sie sich darauf konzentriert, einen neuen Lebensgefährten für ihre Tochter zu finden. Dadurch kam es zu peinlichen Szenen mit Leuten, die Libera nicht das Geringste bedeuteten. Jetzt nahm sie sich der Probleme von Rosalia an. Doch es war für sie nur ein Zeitvertreib, fürchtete Libera. Sie würde Detektivin spielen, bis ihr die Lust verging. Was würde passieren, wenn sie die Ermittlungen beeinträchtigen würde, weil sie sich benahm wie ein Elefant im Porzellanladen? Oder wenn – Gott möge es verhindern – Vittoria Wind davon bekam? Wenn Carmens Mutter glaubte, dass sie ihr wirklich helfen könnten? Was würde dann passieren?

Und wollte sie, Libera, sich wirklich auf eine Sache einlassen, für die sie sich im Grund nicht geeignet hielt, nur weil diese trauernde Mutter einen solchen Eindruck auf sie gemacht hatte? Würde sie es schaffen, Iole zu bremsen, bevor sie irgendein Unheil anrichtete?

Sie stellte die Backform beiseite, trat zu ihrer Mutter und klappte den Laptop zu.

»Wir machen nichts von all dem«, sagte sie entschlossen, ohne Ioles Protest zu beachten. »Wir führen keine Ermittlungen durch, wir sind keine Polizisten. Wir können keine Leute befragen oder beschatten, und zudem haben wir keine Telefonlisten.«

»1988 hatte Carmen sicher noch kein Mobiltelefon.«

»Du hast genau verstanden, was ich meine. Sieh dich vor.«

»Was willst du machen, mich bei deinen Freunden im Polizeipräsidium anschwärzen?«

»Wenn notwendig, auch das.«

Iole sah Libera schweigend an und erkannte, dass sie es ernst meinte. Sie stand auf, nahm ihre Sachen und drehte ihr verächtlich den Rücken zu. »Feigling!«, zischte sie ihr von der Treppe aus zu, dann schloss sie sich im Gästezimmer ein. Und kurze Zeit später hörte Libera in Überlautstärke die Stimme von Gloria Gaynor, die *I will survive* sang.

An diesem Sonntagmittag Ende Juli deckte Libera den Gartentisch also nur für eine Person. Ihre Tochter war nicht da, und ihre Mutter war beleidigt. Immerhin regnete es nicht, eine Neuheit für diesen Sommer, aber es waren nur 18 Grad, und von Nordosten wehte ein kalter Wind, der die Glyzinien und das Geißblatt an der Pergola zerzauste.

»Ein Tischtuch aus Leinen, Wedgwood-Porzellan, Kristallgläser und Blumen. Ich sehe, dass ich bei etwas Wichtigem störe«, ertönte eine Stimme vom Gartentor her, als Libera gerade mit der Auflaufform aus dem Haus trat. Draußen stand ein Mann, der sich auf den Gartenzaun stützte, eine Art blonder Riese mit einem beeindruckenden Umfang und einem schurkischen Grinsen.

»Wir essen hier immer so«, entgegnete sie.

Es war eine Gewohnheit, vielleicht ein Ritual, das Libera nicht von ihrer Mutter geerbt hatte und das sie leider auch nicht an ihre Tochter hatte weitergeben können: Jede Mahlzeit, auch wenn es schnell gehen musste, wurde im Sitzen eingenommen, ohne dass das Radio oder der Fernseher liefen, an einem schön gedeckten Tisch.

Keine Plastikteller, keine schnell heruntergeschlungenen Panini. Selbst an Tagen, an denen sie viel zu tun hatte, und auch wenn sie einen Jogginganzug trug wie gerade jetzt, gab sich Libera Mühe, den Ort, an dem sie aß, schön zu machen, einen Platz in ihrer Welt, in ihrem Haus.

»Ich bin gekommen, um über einen Auftrag mit Ihnen zu sprechen, aber es ist Sonntag und Zeit fürs Mittagessen. Ich komme später wieder, wenn Sie gestatten«, meinte der Mann entschuldigend. Dann stellte er sich vor.

»Furio Mantovani.« Er schaute auf die Auflaufform und sog den Geruch des Essens ein. »Ich rieche Ingwer und Koriander und Kumin.«

»Kreuzkümmel und Kardamom, Knoblauch und Zwiebeln. Und sicher noch einige andere Gewürze. Sie haben eine gute Nase ...«

»Ich bin Koch«, entgegnete Furio Mantovani und machte eine Verbeugung wie in der Commedia dell'arte. »Aber ein einsamer und hungriger Koch. Wenn Sie mich zum Essen einladen, schwöre ich, dass ich keine Bemerkungen über Ihre Suppe mache.«

»Gemüsecurry mit Kichererbsenfladen«, korrigierte Libera ihn lächelnd. Sie konnte der Versuchung nicht widerstehen, die Gartentür zu öffnen. Dieser lustige, übergewichtige fremde Mann versetzte sie in fröhliche

Stimmung. Es war Sonntag, sie war allein, ihre Mutter spionierte sie gewiss durchs Fenster aus und würde eingreifen, wann immer es nötig wäre. Außerdem hatte sich der Koch als möglicher Kunde vorgestellt, oder etwa nicht?

»Ich habe gerade das Restaurant von der Canottieri übernommen. Im September will ich eine ganz besondere Einweihungsfeier machen«, meinte der Mann, aber erst, nachdem er schweigend ihr Curry und anschließend den Apfelkuchen gegessen hatte. »Und ich möchte, dass Sie den Blumenschmuck machen. Es heißt, Ihre Sträuße hätten etwas Magisches.«

»Das stimmt nicht«, entgegnete Libera lächelnd.

»Aber Sie gefallen mir, und ich arbeite nur mit Leuten, die mir gefallen, aus Prinzip.«

Libera musste an die abscheuliche Hochzeitsplanerin denken. Ich sollte es genauso machen, dachte sie, während sie sich antworten hörte:

»Meine Spezialität sind eigentlich Brautsträuße.«

»Sie sollten sich etwas weiter vorwagen«, erwiderte Mantovani und streckte ihr zum Abschied eine seiner Riesenhände entgegen. »Hat Ihnen schon einmal jemand gesagt, dass Sie aussehen wie Julianne Moore?«

»Nein«, log Libera und machte die Gartentür hinter ihm zu.

Der Wechsel der Musik kündigte im Bahnwärterhaus einen Waffenstillstand an.

Nach Gloria Gaynor und den Rolling Stones hatte Iole Queen gehört (»Schöne Musik«, hatte der Koch, der es vom Garten aus hörte, lobend gesagt). Es folgten Gregorianische Gesänge und das Om, was dem Ganzen noch eine spirituelle Note gab.

Entweder sie hat mir verziehen, oder sie führt etwas im Schilde, schloss Libera. Sie kannte ihre Mutter gut. Diese kam gerade mit heiterem Gesicht die Treppe herunter, in der Hand eine Mappe und das Buch *Durch Yoga zum eigenen Selbst* des Belgiers André van Lysebeth, der wie Iole ein Schüler des indischen Meisters Swami Sivananda war und Verfasser zahlreicher Aufsätze über das Atmen und das Tantra, die sie für ihre Kurse verwendete.

Inzwischen war es vier Uhr nachmittags, und Iole hatte offenbar ihre Zunge verschluckt, weil sie nicht sofort fragte, wer denn der Mann gewesen sei, mit dem Libera zu Mittag gegessen hatte. Ob er verheiratet oder Single sei, und mehr oder weniger heterosexuell.

»Also schön, du hast gewonnen«, flötete sie mit gesenktem Blick und band ihre Haare zu einem Pferdeschwanz zusammen (Sie will mich täuschen, dachte Libera).

»Wir beide fangen also keine Ermittlungen über die arme Carmen an. Aber das hindert uns ja nicht daran, uns eine Meinung zu bilden, oder? Vielleicht fällt uns etwas ein, und das können wir dann Vittoria sagen.«

»Wann hat sie sich je mit uns über ihre Arbeit unterhalten?«

»Überlass das mir«, sagte Iole listig.

Sie meint: *Lass mich nur machen, ich werde sie schon umdrehen*, übersetzte Libera.

Gerne hätte Libera bei so einem Katz-und-Maus-Spiel zwischen der libertären Großmutter und der rigiden Enkelin zugesehen, einem Duell mit unsicherem Ausgang bis zum Schluss, außer die ausgewählte Waffe wäre eine Pistole. Auf dem Schießplatz war Vicky immer die Beste.

»Also lesen wir die Dokumente, die wir Vittoria gestohlen haben, einfach nur, aber wir laufen nicht herum und stecken überall unsere Nase hinein«, hielt Libera fest. Sie dachte, es sei besser, die Dinge gleich klarzustellen.

»Du entscheidest, ob wir loslegen.«

»Und wir müssen darauf achten, dass wir mindestens drei Kilometer Abstand zu der sexbesessenen Paola einhalten - der neuen Freundin von Panattiere, die ihm das Alibi geliefert hat.«

»Ex-Freundin«, korrigierte Iole sie. »Der feine Herr hat sie in die Wüste geschickt, sobald man ihn im zweiten Prozess freigesprochen hatte.«

»Woher weißt du das?«

»Das habe ich in einer Mitteilung der Carabinieri von Dongo gelesen.«

Iole öffnete eine Akte, auf der stand: Workshop August 2014, und zog hundert fotokopierte Seiten heraus. »Wenn das alles ist, was sie im Präsidium in dieser Sache unternommen haben, können sie sich bei der Lösung des Falles nicht besonders angestrengt haben.«

Sie reichte Libera den Umschlag und erklärte feierlich: »Ich habe nur diese Kopie. Ich gebe sie dir, dann kannst du entscheiden.«

Da die ganzen Dokumente noch als Fotos auf ihrem Smartphone waren, beeindruckte das Libera nicht besonders. Woher sollte sie wissen, ob sich ihre Mutter nicht bereits Notizen gemacht hatte? Dass nicht irgendwo bei ihr im Hinterkopf schon ein Plan für die nächsten Schritte und für Befragungen existiert?

»Du musst mir schwören, dass du weder diese Paola noch Panattiere aufsuchst«, sagte sie. »Wenn du das tust und Vittoria davon erfährt, wird sie das Haus verlassen und nie mehr wiederkommen.«

Iole sah sie ernst an. »Keine Sorge, ich gehe nicht dorthin, aber du solltest nicht solche Angst haben, dass deine Tochter dich verlässt. Das wäre nämlich für sie genau das Richtige, und außerdem in ihrem Alter völlig normal.«

Dann änderte sie plötzlich den Ton und sagte mit verschwörerischer Miene:

»Weißt du, woher das stattliche Geldsümmchen kam, das Carmen auf dem Konto hatte?«

»Woher denn?«, wollte Libera wissen und fragte sich, wie ihre Mutter es an einem Vormittag geschafft haben konnte, beim Lesen von ein paar Dokumenten sechsundzwanzig Jahre nach dem Verschwinden der jungen Frau mehr herauszufinden als der Journalist, der sich monatelang mit dem Fall befasst hatte.

»Von einem Mann natürlich«, erklärte Iole strahlend und machte eine Geste, als hielte sie ein Champagnerglas in die Höhe. »Das Geld hatte sie von ihrem Geliebten, das ist doch sonnenklar. Der Chef ihrer Firma, dieser Commendatore. Deshalb konnte er der Polizei nichts sagen, schließlich wollte er nicht, dass seine Frau davon erfuhr.«

»Was für ein Liebhaber? Wer hat je behauptet, dass Carmen Minardi einen Liebhaber hatte? Wie bist du denn auf diese Idee gekommen?«

Die Vermutungen wurden immer abenteuerlicher, dachte Libera. Da verschwand eine junge Frau, und noch sechsundzwanzig Jahre später hielten sich irgendwelche Leute für befugt, sich skandalöse Geheimnisse über ihr Privatleben auszudenken.

»Es gibt keine andere Erklärung«, sagte Iole mit fester Stimme. »Wenn Carmen, wie wir annehmen, keine Kriminelle war und ihr Leben zu Hause und auf der Arbeit verbrachte, kann sie die Millionen nur dort bekommen haben und nur aus diesem Grund.«

»Warum hat sie sich dann mit einem Maurer zusammengetan und wurde depressiv, als er sie verlassen hat?«

»Weil sie ihn liebte, oder?«, antwortete Iole, die sich über Liberas Beschränktheit wunderte. »Mit dem anderen ging sie nur wegen des Geldes ins Bett.«

Arme Rosalia!, dachte Libera und fühlte sich der kleinen Frau in Schwarz plötzlich sehr nahe.

Wie viel war in all den Jahren über ihre Tochter geredet worden, wie viele falsche Bilder auf Grundlage kleiner Geheimnisse, wie viel Gemeinheiten waren im Lauf der Ermittlungen zutage gefördert worden!

War Carmen wirklich eine krankhafte Stalkerin gewesen oder nur eine verliebte Frau, die nicht drüber hinwegkam, dass ihr Verlobter sie verlassen hatte? Und das geheime Konto – verbargen sich dahinter schmutzige Geschäfte oder war Carmen einfach nur sehr geschickt und hatte das Geld vor ihrer Familie verbergen wollen, vielleicht weil es ein Lotteriegewinn oder das Geschenk eines Freundes war?

»Das scheint mir die einzige Erklärung zu sein, und das werde ich auch Vittoria sagen, wenn sie wieder besserer Laune ist, damit sie diesem Commendatore mal so richtig auf den Zahn fühlen kann.«

Viel Glück, wünschte ihr Libera im Stillen und verdrehte die Augen. Und viel Glück wünschte sie auch sich selbst und hoffte, dass die düstere Laune ihrer Tochter bald verfliegen würde. Zugleich warf sie sich vor, den Grund dafür nicht zu kennen.

Konnte es sein, dass eine Mutter so wenig darüber wusste, was in ihrer Tochter vorging?

Sie sah Iole an, die sich gerade eine ihrer speziellen Zigaretten drehte, ohne einen Gedanken an ihr Dilemma zu verschwenden. Und sie hoffte, dass es sein konnte.

Als Vittoria am Abend nach Hause kam, saßen Mutter und Großmutter nebeneinander auf dem Sofa und lasen.

»In Lorenteggio wurde ein Bankautomat überfallen«, sagte Iole obenhin. »Sind das dieselben Diebe, nach denen du gerade fahndest?«

Vittoria blieb mitten im Raum stehen. Sie nahm einen Stuhl, ließ sich geräuschvoll darauf fallen und warf ihren Rucksack auf den Boden. Dabei konnte man das Holster sehen, das sonst unter ihrer Jacke verborgen war.

Libera las in ihrem Gesicht Müdigkeit und Sorgen. Sie hatte offenbar keinen besonders angenehmen Tag verbracht. Oder litt sie vielleicht unter einer aussichtslosen Liebesbeziehung? Wie sollte sie ihre Tochter danach fragen, ohne dass diese noch mehr zumachte?

»Woher weißt du von dem Überfall?«, fragte Vittoria.

Iole blätterte in ihrem Buch, als sei es das Normalste der Welt.

»Oh, das kam im Regionalfunk in den Nachrichten«, erklärte sie. Dann klappte sie Van Lysebeths Buch zu, stand auf und ging zur Treppe.

»Seit wann interessierst du dich für die Nachrichten des Lokalsenders, Nonna?«

Iole blieb auf der ersten Stufe stehen. »Ich schreibe gerade an einem Artikel über eine neue Yoga-Therapie für kriminelle Wiederholungstäter«, log sie und klimperte mit den Wimpern ihrer siebzigjährigen Katzenaugen. »Ich brauche dafür deine Hilfe, wenn du mal ein bisschen Zeit für mich hast.«

Sie lächelte listig und wandte ihnen den Rücken zu.

»Hat dir deine Mutter eigentlich schon gesagt, dass sie einen neuen Verehrer hat?«, fragte sie im Hinaufgehen.

5

Männer, die Frauen schlagen

In dieser Nacht schlief Libera nicht. Kaum hatte sie ihr Schlafzimmer betreten, da kam sie auf die verwerfliche Idee, sich die Dokumente aus Carmens Akte anzusehen.

»Nur mal kurz reinschauen«, versprach sie sich selbst.

Als es hell wurde, lag sie auf ihrem Bett, noch angezogen, und die Kopien lagen um sie herum, hier und da mit einem rosafarbenen Marker versehen. Sie hatte ein seltsames Gefühl im Magen – eine Mischung aus schamhafter Neugier und menschlichem Mitleid für die junge Frau von vierunddreißig, die in den Berichten als langweilig und durchschnittlich dargestellt wurde. Ein ganz normales Mädchen – wenn es so etwas überhaupt gab – mit einem mysteriösen Schicksal.

Dass sie ein schlimmes Ende gefunden hatte – davon waren die Ermittler jedenfalls überzeugt –, ging deutlich aus den Unterlagen hervor. Und der einzige Mensch, der ein Motiv hatte, sie loszuwerden, war ihr Ex-Verlobter, ein Typ, der für Schlägereien und Gewalttätigkeit bekannt war. Er hatte sie sogar vor ihrem Verschwinden in Gegenwart ihrer Kollegen bedroht.

»Wenn du mich nicht endlich in Ruhe lässt, dreh ich dir den Hals um«, hatte er angeblich gesagt.

Aber das Alibi von Paola Cianciulli (»Wir haben es den ganzen Nachmittag miteinander getrieben«) hatte ihm für den besagten Tag in zwei Instanzen einen Freispruch beschert. Ihre Aussage hatte die Zeugin auch später noch bekräftigt – selbst nachdem Panattiere ihr den Laufpass gegeben hatte.

Ein Dokument hatte Libera besonders eingehend studiert. Es war ein Verhör aus dem Jahr 2001, das nach dem zweiten Freispruch von Panattiere, geführt worden war.

Es war von dem Kommissar unterschrieben, der die Befragung durchgeführt hatte.

Wahrscheinlich hatte der Kommissar den Verdacht, Paola habe Panattiere ein falsches Alibi gegeben, um ihren damaligen Freund zu schützen, und er hatte gehofft, dass sie inzwischen auf Rache an Panattiere aus war. Jetzt war sie ja keine Studentin mehr, die »attraktive Blondine«, wie Cagnaccio es in seinem Boulevardblatt geschrieben hatte, sondern eine vom Leben enttäuschte Lehrerin, der ihr Freund schon längst den Laufpass gegeben hatte.

Libera las sich das Verhör noch einmal aufmerksam durch und musste innerlich über die Bemühungen des Kommissars lachen, der offensichtlich versucht hatte, die Aussagen der Befragten, die bestimmt gepfeffert gewesen waren, in trockener Bürokratensprache wiederzugeben.

»Ich habe durchaus Gründe, gegen den erwähnten Panettiere Rachegefühle zu haben, nichtsdestotrotz möchte ich hiermit meine frühere Aussage bestätigen.«

So begann das Protokoll, aber in Wirklichkeit hatte Paola bestimmt so etwas gesagt wie: *Ich würde was drum geben, diesen verdammten Bastard in Schwierigkeiten zu bringen.*

Paola Cianciulli hatte den Nachmittag des 8. August minutiös beschrieben:

Um 13 Uhr 45 hatte Manuel Panattiere ein Unwohlsein vorgetäuscht, um die Baustelle in Imbersago, auf der er arbeitete, früher verlassen zu können. Dann hatte er sie abgeholt. (Aus »Er war ein krasser Lügner« war geworden: »Er benutzte jegliche Art Vorwand, um sich von der Arbeit entfernen zu können«). Er nahm sie in seinem Fiat Panda mit nach Gera Lario. »Und hier ergingen sie sich bis ca. 18 Uhr in körperlichem Zusammensein«, hatte Kommissar Migliavacca schamhaft geschrieben.

Der Abend endete mit einem Essen in einer Pizzeria und einem Kinobesuch in Menaggio.

»Und Sie haben die Signorina Minardi den ganzen Tag über nicht gesehen?«

»Keine Spur.«

Am Ende des Verhörs hatte der Kommissar der Zeugin noch zwanzig Fragen gestellt, die sie alle mit Nein beantwortete.

Nein, Manuel sei ihr an diesem Tag nicht nervöser vorgekommen als sonst.

Nein, er habe ihr nichts von Carmen erzählt, sie hätten sowieso kaum geredet, weil sie anderweitig beschäftigt gewesen seien.

Nein, sie habe nichts Ungewöhnliches gehört, während sie miteinander schliefen. Nur zwei Stimmen und das Quietschen von den Reifen eines Autos, das den Hügel hinauffuhr.

Das habe sie, Paola, aber nicht weiter gekümmert. Dem Kommissar hatte sie - so stellte sich Libera vor - vermutlich gesagt: »*Diese Geräusche bedeuteten nichts, denn diese Spinnerin hatte kein Auto. Sonst hätte sie sich bestimmt Tag und Nacht vor das Haus gestellt.*«

In dem Bericht stand es so: »Ich schloss daraus, dass es sich nicht um die Minardi handelte, da sie nicht motorisiert war und deshalb nicht in der Lage, sich der erwähnten Adresse zu nähern.«

Die Adresse war die von Manuel Panattiere in Gera Lario.

Ob er wohl noch dort wohnt?, fragte sich Libera und ruderte gleich zurück: Was geht dich das an?

Irgendwann hatte Kommissar Migliavacca wohl aufgegeben und seine Befragung beendet, die Cianciulli unterschrieb das Protokoll, spazierte aus dem Präsidium und ließ damit auch die ganze unschöne Geschichte hinter sich. Aber hatte sie den Ermittlern wirklich die Wahrheit gesagt? Oder hatte sie ihrem Freund zunächst aus Liebe ein Alibi verschafft und es später nicht zurückgenommen, aus Angst, wieder in den Fall hineingezogen zu werden und womöglich noch wegen einer Falschaussage angezeigt zu werden?

Paola Cianciulli wohnte in der Nähe der Via Padova - jedenfalls hatte sie dort vor dreizehn Jahren gewohnt.

Ob sie immer noch dort wohnte, fragte sich Libera, um sich gleich darauf zu sagen, dass sie das eigentlich nicht zu interessieren hatte.

Rasch sammelte sie alle Dokumente ein, legte sie in die Schublade, wo sie ihre Abrechnungen aufbewahrte, zog sich an und ging hinunter in die Küche, wo ihre Mutter gerade frühstückte und in ihrem Van Lysebeth las.

Libera wünschte ihr einen guten Morgen und nahm sich einen Kaffee. Dann sagte sie:

»Ich gehe noch mal zu Rosalia Minardi, rechne mit mir nicht zum Mittagessen.«

Liberas Hoffnung, dass Iole ihr anbot, sie zu begleiten, wurde enttäuscht.

»Ist gut«, sagte sie nur mit gleichgültiger Stimme.

»Ich werde ihr sagen, dass sich Vittoria wieder um den Fall kümmert und dass wir raus sind.«

Iole blickte von ihrem Buch auf, in das sie sich ein paar Randnotizen gemacht hatte.

»Du musst dich nicht rechtfertigen, Libera. Ich weiß, dass du nicht zu der alten Dame gehst, um zu schnüffeln. Ich muss jetzt meinen Kurs vorbereiten.«

»Arbeitest du nicht an deinem Artikel über Yoga und Kriminalität?«, fragte Libera provokant.

Ihr Blick fiel unwillkürlich auf das Buch ihrer Mutter und das Wort, das sie gerade in großen Buchstaben geschrieben und eingekreist hatte.

»*Carluccio?* Aber das ist doch der Name des Commendatore, des Chefs der Firma, in der Carmen gearbeitet hat!«

»Was für ein Commendatore?«, ereiferte sich die Mutter. »Hier ist von Yoga-Stellungen die Rede!« Dann klappte sie das Buch zu.

»Vicky lässt dich grüßen, sie musste heute schon früh aus dem Haus, weil ihre Bankomat-Freunde wieder mal zugeschlagen haben.«

Wenn Vittoria sich um die Bankautomatenknacker kümmerte, würde der Fall Carmen Minardi weiter auf Eis gelegt werden, dachte Libera, steckte ihren Autoschlüssel ein und ging.

Seit Jahren war sie nicht mehr in Bovisa gewesen, und das Viertel empfing sie wie ein alter Freund, der sich neu eingekleidet hat, glücklicherweise aber nur halbwegs, so dass sie ihn noch erkennen konnte.

Es gab immer noch denselben öden Parkplatz vor dem Bahnhof der Ferrovie Nord, dieselben Läden der Matratzenhersteller und Goldschmiede, denselben dichten Verkehr, dieselben gemütlichen Bars, in denen es Fernet Branca gab und *cassoeula* – den schmackhaften Wirsingeintopf, den die Mailänder so gerne aßen. Sie kam an kleinen Bistros vorbei und an veganen Läden, die mit Ankunft der Studenten des Polytechnikums wie Pilze aus dem Boden geschossen waren. Es standen noch dieselben alten Häuserzeilen dort, manche neu gestrichen, andere nicht, daneben ein paar Hochhäuser. Als sie in die Via Morghen kam, war Rosalia allein in ihrer Wohnung.

»Sonntags ist Domenico immer in der Garage bei seinen Mädchen«, sagte sie bitter.

Sie erzählte, ihr Mann habe, obwohl er Rentner sei, seine Autowerkstatt behalten, aber nur als Unterstellplatz für seine Autos – alte Alfa Romeos, die er selbst repariert hatte und zärtlich liebte.

»Stellen Sie sich vor, dass wir noch in einer Giulia von 1970 herumfahren!«

Sie sei nicht böse auf ihren Mann, meinte Rosalia. Aber sie habe sich bei der Suche nach ihrer gemeinsamen Tochter doch von ihm allein gelassen gefühlt. »Domenico hat bald das Handtuch geworfen und sich damit abgefunden, dass unsere Tochter verschwunden ist, wissen Sie«, erklärte sie bekümmert. »Er will nicht mehr darüber reden. Für ihn gibt es ein Vorher und ein Nachher, auch zwischen uns.«

Heute, an der Schwelle zu seinen Achtzigern, wolle Domenico in die Heimat zurück, nach Favignana, wo sie beide geboren seien.

»Aber ich kann doch nicht aus Mailand weg, solange ich Carmen nicht gefunden habe. In dieser Wohnung hat sie gelebt, ihr Zimmer ist noch da. In Favignana hätte ich nichts mehr von ihr.«

Carmens Zimmer sah noch genauso aus wie im August vor sechsundzwanzig Jahren (wie Saverios Schrank, schoss es Libera durch den Kopf, und sie verspürte einen Stich). Ein schmales Bett, Schulbücher, Spitzendeckchen. Auf der Kommode standen Fotos. »Das ist Carmen mit drei Jahren mit meiner Mutter in Sizilien«, sagte Rosalia mit leuchtenden Augen. »Und das hier war am Tag, als sie ihr Diplom bekommen hat, sie hat sich so gefreut. Das hier ist Carmen mit ihrem ersten Freund Marco. Ein netter Junge. Er ruft mich heute noch an und fragt, ob es Neuigkeiten gibt.«

Es gab noch Aufnahmen von Ferien am Meer und einige Fotos mit Domenico, Vater und Tochter posierten stolz vor einem beigefarbenen Oldtimer. »Fragen Sie mich nicht nach dem Modell, da kenne ich mich nicht aus. Ich mag Autos nicht und habe auch keinen Führerschein. Meine Tochter hatte übrigens auch keinen.«

An der Wand hinter dem Bett hing das Foto, das Rosalia auch den Zeitungen gegeben hatte: eine junge Frau mit Perlenkette in einer Strickjacke, die ruhig in die Kamera schaut. Es erinnerte an ein Heiligenbild.

»Gibt es gar kein Foto mit Manuel, ihrem Verlobten?«, fragte Libera und setzte sich auf den Bettrand, als Rosalia sie mit einer Geste dazu einlud.

Die alte Frau öffnete eine Schublade und holte zwei Fotos heraus: Auf dem einen lächelte Carmen wie ein Mädchen aus Fleisch und Blut, lebendig und nicht wie die lombardische Madonna, die in den Zeitungen gezeigt wurde.

Ein Sonnenstrahl fiel auf ihr zerzaustes Haar und ihre Augen funkelten. Manuel sah seine zukünftige Braut verliebt an: dunkel, ernst, mit vollen Lippen und den dichten Wimpern eines Verführers.

»Wie lange waren die beiden zusammen?«

»Mehr als zwei Jahre, aber mir hat dieser Mann nie gefallen. Er sah zu gut aus, und er war für meine Tochter zu dumm.«

Sie senkte den Kopf und rang die Hände. Um ihren Hals trug sie ein Medaillon mit einem Foto von Carmen – ihr einziger Schmuck außer dem Ehering.

»Eigentlich war die Hochzeit für den 8. August geplant, dem Tag, an dem meine Carmen verschwunden ist. Deswegen haben alle erst gedacht, sie sei weggegangen, um sich das Leben zu nehmen. Es war ja alles schon vorbereitet, die Einladungen rausgeschickt, der Empfang bezahlt. Sie hatte schon ihr Brautkleid.« Rosalias Stimme zitterte. »Sie wäre eine so schöne Braut gewesen, aber dieser Mann ließ sie im Stich, nachdem die Möbel geliefert worden waren, die Domenico und ich für ihre Wohnung gekauft hatten. Er hat sich einfach aus dem Staub gemacht.«

Ein wahrer Gentleman, dieser Manuel, dachte Libera. Ob Carmen mit dieser Demütigung fertiggeworden war? Oder hatte der Journalist Cagnaccio recht, und das Mädchen mit der Perlenkette war zu einer bedrohlichen Stalkerin geworden?

Sie suchte lange nach den richtigen Worten, um die alte Frau nicht zu verletzen, und fragte schließlich:

»Und würden Sie sagen, dass sich Ihre Tochter verändert hatte, nachdem sie von ihrem Verlobten verlassen worden war? Es heißt, sie sei ... aggressiver geworden.«

»Sie war ein anderer Mensch«, räumte Rosalia ein und sah Libera traurig an. »Ich verstand ihren Schmerz und ihre Wut, aber ich habe sie nicht wiedererkannt. Manchmal hatte ich regelrecht Angst vor ihr.«

»Manuel Panattiere behauptet, sie habe ihn verfolgt.«

»Das ist möglich.«

Sie sagte es ganz leise, aber mit erhobenem Kopf. Rosalia machte sich nichts vor, sie fürchtete sich nicht vor der Wahrheit, wie immer diese aussah.

»Was hat es mit dem Geld auf ihrem Konto auf sich?«

»Weder ihr Vater noch ich wussten etwas davon. Vielleicht glauben Sie mir nicht, aber so ist es. Carmen ging immer nur mit Manuel aus, aber später, nachdem er sie verlassen hatte, war sie Tag und Nacht unterwegs und ließ nichts von sich hören. Wir kamen gar nicht mehr an sie ran.«

Ganze Tage und Nächte, dachte Libera. Das machte Vittoria seit einiger Zeit auch. Auch sie war aggressiver und härter geworden. Verschlossener irgendwie. Libera seufzte mitfühlend. Sie konnte die alte Frau nur allzu gut verstehen.

Rosalia ließ sich neben sie aufs Bett sinken und nahm ihren Kopf in die Hände. »Es war schrecklich«, sagte sie, »nicht nur, dass meine Tochter verschwunden war, jeden Tag entdeckten sie bei den Nachforschungen etwas Neues und Peinliches. Für mich war es, als hätte ich mit einer Fremden gelebt.«

Sie stand auf, nahm die Fotos von Manuel und legte sie in die Schublade zurück. Dann öffnete sie den dreiflügeligen Schrank aus schwarzem Holz, der in der Mitte einen Spiegel hatte. Sie stellte sich auf die Zehenspitzen, ergriff mit Mühe einen Kleiderbügel, an dem in einer Plastikhülle ein prächtiges Brautkleid hing. Rosalia breitete es sorgfältig auf dem Bett aus, nahm die Plastikhülle ab, und das Kleid entfaltete sich auf dem Bett wie eine riesige Magnolienblüte in der ersten Frühlingssonne.

Königlich, dachte Libera und strich vorsichtig über den cremefarbenen Atlas. Das Kleid hatte eine schlanke Taille, enganliegende Ärmel, ein züchtiges Mieder mit einem auffallend tiefen Ausschnitt im Rücken.

»Manuel hatte das Kleid in einem Katalog gefunden. Ich fand es zu auffällig und zu teuer. Es hat Carmen sechs Monate Lohn gekostet. Es verging kein Tag, an dem sie es nicht anzog, selbst als Manuel sich auf diese andere Frau eingelassen hatte.«

Ein paar Augenblicke schauten sie beide schweigend auf das Kleid, dann half Libera Rosalia, es wieder in den Schrank zu hängen, zwischen die Kleider ihrer Tochter, die immer noch dort waren, seit sechsundzwanzig Jahren, und auf ihre Rückkehr warteten.

»Wenn Sie zurückdenken, können Sie sich noch an etwas erinnern, was an dem Tag geschah, als Ihre Tochter verschwand?«

Rosalia wandte ihr den Rücken zu und ging durch den langen Flur, der in die Küche führte. Sie setzte einen Kaffee auf. »Ich erinnere mich an alles, an jedes kleinste Detail«, sagte sie, und ihre Augen wurden dunkel.

An diesem Tag war Carmen nicht ins Büro gegangen. Sie hatte zwei Wochen Urlaub genommen und verbrachte ihn zu Hause. Seit Monaten schien sie zum ersten Mal glücklich zu sein. »Mehr als glücklich, sie war unglaublich aufgeregt«, fügte Rosalia an. Sie hatten alle drei noch in aller Ruhe zu Mittag gegessen. Dann hatte

Carmen ihren Vater nach einem Wagen gefragt, an dem er gerade arbeitete, was ein wenig ungewöhnlich war, denn sie interessierte sich eigentlich nicht für Autos und Motoren. Nach dem Essen ging sie in ihr Zimmer und zog sich um. Um halb zwei hatte sie das Haus verlassen.

Sie trug Jeans, eine geblümte Bluse und eine kleine Handtasche. Sie schien bestens gelaunt.

»Ich sehe ihr Lächeln noch vor mir«, sagte Rosalia mit gebrochener Stimme. »An der Tür drehte sie sich um, kam noch einmal zurück und umarmte mich fest. Ich war überrascht, denn das tat sie in dieser Zeit nur sehr selten. Als sie in den Aufzug trat, sagte sie etwas Seltsames. Es war der letzte Satz, den ich von ihr hörte.«

»Was für ein Satz?«, fragte Libera und hielt den Atem an.

Rosalia schloss für einen Moment die Augen, wie um sich besser zu erinnern, dann öffnete sie sie wieder und sagte:

»›Ich gehe jetzt, um meinen Krieg zu gewinnen, dann komme ich wieder.‹ Sie sagte genau das: ›Meinen Krieg‹.«

»Glauben Sie, dass Panattiere sie getötet hat?«

»Ich glaube, es gab nur einen Menschen, mit dem meine Tochter im Krieg war, und das war er.«

Libera wehrte sich gegen den Impuls, sie in den Arm zu nehmen. Rosalia schien so klein und allein zwischen all den rustikalen Möbeln der Küche, in der Carmen sich zum letzten Mal von ihr verabschiedet hatte und in der bis heute ein Kummer herrschte, der kein Ende nehmen wollte.

»Meine Tochter wird den Fall noch einmal aufnehmen«, sagte sie, ein wenig hilflos angesichts von so viel Leid. »Ich bin mir sicher, sie wird alles tun, um den Mörder Ihrer Tochter zu finden«, versicherte sie.

Sie selbst was sich da nicht so sicher. War es möglich, dass es Vittoria nach sechsundzwanzig Jahren gelang, etwas entscheidendes Neues herauszufinden?

»Sagen Sie mir doch Bescheid, wenn meine Tochter sich mit Ihnen in Verbindung setzt«, sagte sie und folgte der alten Frau durch den engen Flur mit der verschossenen Blümchentapete. An den Wänden hingen sechs Fotos, sechs Zeugnisse einer Liebesbeziehung.

Links die Bilder von drei alten Autos.

»Ein Alfa, ein Alfa und noch ein Alfa«, sagte Rosalia bitter. Welche Modelle es waren, sagte sie nicht, für sie waren alle Autos gleich.

Dann wandte sie sich den Fotos auf der rechten Seite zu. »Meine Tochter«, sagte sie und wischte sich über die Augen. Dann begleitete sie Libera schweigend zum Aufzug. Unten im Hauseingang traf sie auf einen kleinen Mann, der nervös auf und ab ging.

»Sie sind wohl die Mutter der Ispettrice«, sagte er und streckte ihr die Hand entgegen. »Ich bin Domenico Minardi.«

Libera erkannte ihn an der runden Metallbrille. Ansonsten hatte dieser Mann nicht viel Ähnlichkeit mit dem Mann auf dem Foto. Der Vater, der einst so stolz neben seiner Tochter lächelte, war zu einer gebeugten Gestalt geworden, sein Gesicht war erloschen.

Domenico Minardi hatte von ihrem Treffen mit seiner Frau erfahren und beschlossen, hier auf sie zu warten, um mit ihr zu reden, ohne dass Rosalia es sah. Er bat sie, seiner Frau »keine falschen Hoffnungen« zu machen.

»Ich würde mir so wünschen, dass sie sich endlich mit der Sache abfindet«, fuhr er fort, »und dass sie etwas Frieden findet in ihren letzten Lebensjahren, aber das wird sie nicht schaffen, wenn die Wunde immer wieder aufgerissen wird.«

»Ihre Frau hat ja mich aufgesucht.«

»Und? Konnten Sie sie nicht einfach zurückweisen? Wir haben schon genug gelitten. Es reicht. Es muss auch mal ein Ende nehmen.« Er schüttelte unwillig den Kopf.

Libera sah mit Bedauern, was von dieser Familie übriggeblieben war.

So etwas passierte nach Tragödien oft, dachte sie. Der Schmerz brachte die Hinterbliebenen nicht enger zusammen, sondern es bildete sich eine tiefe Kluft zwischen denen, die nicht aufgeben wollten, und den anderen, die die Dinge hinnahmen. Der Kollateralschaden von so viel Unglück war auch hier eingetreten, in dieser trostlosen kleinen Wohnung in Bovisa, auch wenn die Hauptdarsteller es nicht wahrhaben wollten und weiter zusammenblieben, Jahr für Jahr, während sie sich innerlich immer weiter voneinander entfernten.

»Glauben Sie denn auch, dass Panattiere Ihre Tochter umgebracht hat?«, fragte Libera unvermittelt, und sie wusste selbst nicht, ob sie es tat, um diesen Vater, der mit abweisender Miene vor ihr stand, aufzurütteln, oder weil sie es wirklich wissen wollte.

Domenico Minardi sah sie mit seinen dunklen Augen schweigend an.

»Das interessiert mich nicht mehr.«

Ganze Tage und Nächte, ganze Nächte und Tage, sagte Libera wie ein Mantra immer wieder vor sich her, als sie nach Hause fuhr. Außerdem ging ihr ein Satz ihrer Mutter durch den Kopf wie eine verirrte Flipperkugel: Es ist natürlich und richtig, dass Kinder von zu Hause fortgehen.

Natürlich und richtig.

Heute gehen sie vertrauensvoll an deiner Hand, und morgen weisen sie deine Hand zurück und reichen die ihre einem anderen Menschen, der vielleicht so ein mieser Typ ist wie Panattiere. Carmen jedenfalls hatte es getan, und sie war nicht zurückgekommen. Und wer wusste schon, mit wem sich Vittoria traf? Wieder schoss die Flipperkugel in ihrem Kopf hin und her und versetzte sie in eine seltsame Angst, während sie nach Hause fuhr und auf den grauen, schweren Himmel hinter den Scheibenwischern sah.

Ohne groß darüber nachzudenken, lenkte sie den Wagen in Richtung Hauptbahnhof. Als diktiere ihr die Eingebung den Weg, bog sie in die Via Vittore Pisani ein, dann fuhr sie über die Piazza della Repubblica und parkte nur wenige hundert Meter vom Polizeipräsidium entfernt. Diesmal wollte sie ihre Tochter nicht so einfach davonkommen lassen. Sie würde sie auf einen Kaffee einladen und darauf bestehen, dass Vittoria sich die Zeit nahm.

Entschlossen stieg sie aus dem Auto, steckte ihr Haar mit einer Spange im Nacken zusammen und schlug den Kragen ihres Blazers hoch. Ihre Absätze klackten auf dem Pflaster in einem Rhythmus, der nicht zum Schlag ihres Herzens passte.

Als sie durch die Via dei Giardini ging, hörte sie plötzlich ein wütendes Geschrei, das sie innehalten ließ.

»Hau ab!«, schrie eine Frau. Und diese Frau war ihre Tochter.

Vittoria ging schnellen Schrittes in ihre Richtung, bemerkte sie jedoch nicht. Ihr dunkler Pferdeschwanz schwang aufgeregt durch die Luft, während sie ihre Hand wie eine Waffe auf einen jungen Kerl mit einer gegelten Haartolle gerichtet hielt, der lässig an der Tür eines grünen, halb auf dem Bürgersteig parkenden Kleinwagens lehnte.

»Dann mach doch, dass du wegkommst!«, schrie Vittoria wieder.

Libera, die nur wenige Meter entfernt auf dem Bürgersteig stand, drückte sich in einen Hauseingang, um nicht entdeckt zu werden. Dann lugte sich vorsichtig um die Ecke.

Vittoria schrie weiter herum, während sie heftig gestikulierte, dann drehte sie sich auf dem Absatz um und rannte zur Kreuzung Richtung Via Fatebenefratelli. Libera sah, dass sie weinte, und das Herz wurde ihr schwer. Am liebsten hätte sie ihr Versteck verlassen und wäre zu ihrer Tochter gelaufen, um ihr beizustehen. Doch der Kerl mit der Haartolle kam ihr zuvor. Zwei lange Schritte, und er hatte Vittoria erreicht und zwang sie, sich umzudrehen. Er packte sie an der Uniform und schüttelte sie heftig. So wie es vielleicht vor sechsundzwanzig Jahren auch Panattiere mit der armen Carmen gemacht hatte, dachte Libera.

Zwei junge Frauen drehten sich um und starrten erschrocken auf das kämpfende Paar, während ein Passant auf den Kerl mit der Haartolle zurannte und brüllte:

»Lass sie los! Sofort! Hast du verstanden?«

Libera beugte sich vor und beobachtete die Szene reglos, vor Überraschung und Angst wie gelähmt.

Sie sah, wie ihre Tochter sich aus dem Griff des Mannes befreite und ihm eine Ohrfeige verpasste. Er hielt eine Hand an seine Wange und starrte sie einen Moment wortlos an. Was würde jetzt passieren? Würde Vicky es rechtzeitig schaffen, wegzurennen, bevor der Kerl sie wieder attackierte?

Doch Vittoria hatte offenbar gar nicht vor, wegzurennen, stellte Libera einigermaßen fassungslos fest. Mit erstaunlicher, erschreckender Schnelligkeit trat sie vor und klammerte sich an den Mann, der sich gerade zum Gehen wandte. Dann stellte sie sich in ihren Dienstschuhen auf die Zehenspitzen und küsste ihn mit einer Heftigkeit, die sie ihrer Tochter nie zugetraut hätte.

»Du blöde Kuh!«, rief der Passant, der versucht hatte einzugreifen, erbost. »Beim nächsten Mal kannst du sehen, wo du bleibst!«

Mit klopfendem Herzen blieb sie stehen, bis ihre Tochter zu dem Kerl mit der Haartolle ins Auto gestiegen war. Mit aufheulendem Motor fuhr der grüne Wagen davon, wer weiß wohin.

Als Libera nach Hause kam, war niemand da. In ihrer Werkstatt empfing sie der vertraute Geruch von duftenden Blumen und feuchter Gartenerde. Sie lehnte sich einen Moment an den großen Tisch mit den vielen Töpfen.

Ich muss etwas tun, dachte sie und sah den wilden, verzweifelten Kuss ihrer Tochter mit dem Kerl mit der Haartolle vor sich. Die beiden schienen ziemlich unglücklich sein, und der Typ wirkte auf sie gewalttätig - wenngleich Vickys Verhalten auch nicht gerade zimperlich gewesen war, wie sie sich selbst eingestehen musste. Auf jeden Fall schien dieser kraftstrotzende Kerl nicht gerade der verheiratete Mann zu sein, der heimlich eine Affäre hat, wie Iole vermutet hatte. Sie dachte an die Tätowierungen auf den muskulösen Armen, mit denen er Vittoria festgehalten hatte, an das kleine Auto mit dem getunten Motor.

Ihre Mutter hätte ihn einen Schläger genannt, einen gefährlichen Mann - vielleicht so gefährlich wie dieser Panattiere?

Unwillkürlich bewegten sich ihre Gedanken wieder zu Manuel und seiner Verlobten Carmen, ihrem Brautkleid, das seit sechsundzwanzig Jahren im Schrank hing, dem Hochzeitsstrauß, den nie eine Freundin hatte auffangen können, weil der Bräutigam die Braut vor der Hochzeit verlassen hatte.

Konnte ein solches Unrecht überhaupt wiedergutgemacht werden? Konnte sie vielleicht etwas dazu beitragen? Libera glaubte, dass es für jede Frau nur einen Strauß gab, der für sie bestimmt war, wie eine verwandte Seele, die aus Blättern und Blüten bestand. Die übliche Sprache der Blumen hatte sie dabei nie sonderlich interessiert, und obwohl sie die symbolische Bedeutung jeder Blume natürlich kannte, hielt sie nicht allzu viel davon.

Sie war nicht unbedingt der Meinung, dass man aus dem Glanz von Efeu und Lavendel Abhängigkeit und Treulosigkeit herauslesen musste, dass die Schafgarbe Krieg und die Anemone Schmerz bedeutete. Jede Blume redete von Schönheit, deshalb misstraute sie den althergebrachten Weisheiten, welche die Malven mit Ehrgeiz und das Heidekraut mit Einsamkeit zusammenbrachten. Aber bei Carmen hätte sie vielleicht eine Ausnahme gemacht.

Da die Zeit der Vergissmeinnicht (wahre Liebe) vorbei war, hätte sie rote und weiße Rosen und vielleicht Glyzinien (ein Unterpfand der Freundschaft) und Olivenzweige (ein Symbol des Friedens) für ihren Brautstrauß verwendet.

Doch es gab keinen Ort, an dem man diesen Strauß hätte ablegen können, keine »vom Schmerz getröstete Urne«, wie der Dichter Ugo Foscolo es einmal gesagt hatte. Die Erinnerung an Carmen Minardi war ausgelöscht. Sie überlebte nur in ihrem früheren Zimmer, das von ihrer Mutter wie ein Heiligtum bewacht wurde.

Unruhig ging Libera in ihrer Werkstatt auf und ab, bis ein Blick nach draußen ihre Aufmerksamkeit auf einen dichten Teppich von Mohnblumen lenkte, die mit ihrer kostenlosen Anmut das trostlose Gleisbett verschönerten.

Leidenschaft, dachte Libera und musst an ein Lied von De André denken und seinen tausend roten Mohnblumen, die der verschwundenen Braut im Moment vielleicht im Traum begegneten, wo immer sie gerade war. Mit einem tiefen Seufzer schloss sie die Werkstatt ab und ging ins Haus, wo das übliche Chaos herrschte, das ihre Mutter immer hinterließ. Sie räumte alles auf, stellte die halbvollen Teebecher in die Spüle und vermisste Ioles dicke Yoga-Bibel (*Hatte sie wirklich Carluccio in ihr Buch geschrieben? Wo war ihre Mutter jetzt überhaupt?*).

Schließlich begann sie, einen Nachtisch zu machen, was normalerweise immer beruhigend auf sie wirkte. Diesmal aber funktionierte es nicht.

Vittoria war zu einem Kerl ins Auto gestiegen, der versucht hatte, sie zu schlagen.

Und Carmen hatte keine Gerechtigkeit erfahren.

Und sie stand da und sah zu wie alle anderen.

Um kurz vor drei, draußen fing es gerade wieder an zu nieseln, hielt sie es nicht länger aus. Sie setzte sich in ihr Auto und fuhr los. Ins Navi hatte sie eine Adresse in Colico eingegeben. Wenn man dem Mann aus der Bar glauben wollte, war Carmen Minardi an diesem Ort zum letzten Mal gesehen worden.

Bis auf den Trinker aus der Bar konnte sich seltsamerweise niemand sonst an die junge Frau erinnern – weder die Leute, die im Zug vom Zentralbahnhof nach Colico gesessen hatten, noch die im Bus, der vom Ost- zum Westufer des Sees fuhr und dabei auch durch das Dorf kam, in dem Panattiere wohnte. Auch der Busfahrer, der damals befragt worden war, hatte Carmen nicht gesehen.

Am Bahnhof von Colico hielt Libera an, um in der kleinen Bar einen Kaffee zu trinken. Von der Glastür aus beobachtete sie, wie der blaue Bus losfuhr, so wie der Zeuge es an jenem Tag im Jahr 1988 gesehen hatte. Als er den Platz überquerte, stieg sie wieder in ihr Auto und folgte ihm.

Der Bus verließ das Dorf, überquerte vier Kreisel, die es damals vermutlich noch nicht gegeben hatte, und nahm anschießend die Straße nach Valchiavenna, bevor er in das Naturreservat von Pian di Spagna fuhr. Er überquerte den Ponte del Passo, der sich über den Fluss Mera spannte, und erreichte schließlich Sorico.

Libera kannte diese Gegend gut. Als Kind war sie oft mit ihrem Großvater hier gewesen. Der graue Regentag tat der Schönheit der Landschaft keinen Abbruch.

Während sie den Bus im Blick behielt und konzentriert durch die Windschutzscheibe starrte, wo die Scheibenwischer unaufhörlich die Regentropfen zur Seite schoben, fragte sie sich, was sie hier eigentlich machte? Was suchte sie an diesem seltsamen Sommernachmittag, nachdem sie ihrer Mutter befohlen hatte, sich nicht in Dinge einzumischen, die sie nichts angingen? Warum verfolgte sie wie eine Privatdetektivin diesen Bus, der an jeder kleinsten Dorfhaltestelle anhielt?

Hinter Sorico kam Gera Lario. Hier war Carmen Minardi, dem Zeugen aus der Bar zufolge, ausgestiegen. Sie folgte den Anweisungen des Navis, in das sie die alte Adresse von Manuel Panattiere eingegeben hatte, und bog rechts auf eine Straße ab, die nach Montemezzo hinaufführte. Der Weg schlängelte sich hoch, eine Kurve folgte auf die nächste, er führte an kleinen Häusern vorbei, die immer vereinzelter dastanden und sich mit Wiesen und Wäldchen abwechselten. Unter ihnen lag der See.

Hier war das Haus, in dem Manuel Panattiere mit seiner zukünftigen Frau hätte wohnen sollen – wenn er sie nicht vorher verlassen hätte. Libera fuhr noch hundert Meter weiter, dann stieg sie aus dem Auto, schlug den Kragen ihres Regenmantels hoch und näherte sich vorsichtig dem Haus.

Panattiere stand an der Klingel des kleinen zweistöckigen Gebäudes, aber sie läutete nicht. Im Hof war Kinderspielzeug zu sehen. Aus dem Fenster drang das gedämpfte Geräusch eines Fernsehers.

Was sollte sie jetzt tun? In das Haus gehen, in dem ganz offensichtlich eine Familie wohnte, und die Menschen dort mit indiskreten Fragen aufschrecken? Oder sich Panattiere direkt vorknöpfen und ihn fragen: Hast du Carmen umgebracht? Welches Recht hatte sie dazu?

Unschlüssig blieb sie stehen und wischte sich mit der Hand über das nasse Gesicht, als im Haus eine Gardine zurückgezogen wurde. Ob man sie bemerkt hatte? Von Zweifeln und Scham übermannt, wandte sie sich rasch um und lief zu ihrem Auto. Sie ließ den Motor an und fuhr hinunter in Richtung Dorf. Sie fand eine Bar, ging triefend nass hinein und bestellte sich einen Toast.

Während sie auf ihr Essen wartete, sah sie sich um. Dies war kein Ort für Touristen. Eher eine alte Dorfkneipe mit Tischen und Stühlen aus Plastik, Pokalen, die in einem Regal an der Wand standen, neben Plakaten mit Fischern, die stolz ihren Fang zeigten. In einer Ecke hing ein riesiger Fernseher, der plärrend ein Fußballspiel übertrug, davor saßen dicht gedrängt die Einheimischen mit einem Bier oder einem Espresso. Hier kannte jeder jeden, und wenn eine Fremde hereinkam, fiel das den Leuten auf.

Libera spürte neugierige Blicke auf sich ruhen, und eine alte Frau blickte von *La Provincia di Como* auf, die sie gerade von hinten nach vorn durchblätterte.

»Sie sehen aus wie diese amerikanische Schauspielerin, die Rothaarige«, sagte sie vom Nebentisch aus. »Was führt Sie bei diesem grässlichen Wetter hierher?«

Libera holte Luft. Warum sollte sie es nicht machen wie die erfolgreichen Hobby-Detektive (englische Werbefachleute in Rente oder toskanische Pensionäre, die sich in ihren Landhäusern langweilten) in ihren Kriminalromanen? Hier einen Hinweis fallenlassen, da eine Andeutung machen, irgendwelche Sachen erzählen mit dem hehren Ziel, den Mörder zu fassen? Sie spürte, wie ihr heiß wurde, dann sagte sie schnell:

»Ich bin eine Freundin von Carmen Minardi.«

»Und wer ist das?«, fragte die ältere Frau interessiert.

»Die Ex-Verlobte von Panattiere, dem Maurer, der oben auf dem Berg wohnt. Die junge Frau, die verschwunden ist, erinnern Sie sich noch?«

Die Frau zuckte zusammen. »Die Verrückte!« Sie schwieg einen Moment, dann nickte sie ein paar Mal. »Es hieß immer, sie wäre von der Statale zu Fuß hierhergekommen, um Manuel eine Eifersuchtsszene zu machen. Die Leute im Dorf sagen, er hätte zum ersten Mal eine getroffen, die ihm was entgegenzusetzen hatte.« Sie senkte die Stimme. »Im Dorf wird viel geredet, wissen Sie? Ich selbst habe diese Frau nie gesehen.«

»Und was sagen die Leute zu ihrem Verschwinden?«

»Na, dass Manuel sie umgelegt hat«, meinte die Frau und breitete die Arme aus. Dann rückte sie etwas näher:

»Was ich jedenfalls weiß, ist, dass er Frauen gerne verprügelt hat. Er war mal mit meiner Nichte verlobt. Erst hat ihr alles Geld geklaut, dann hat er sie sitzenlassen. Jetzt hat er eine Deutsche rumgekriegt. Eine Italienerin hätte sich sicher nicht mehr von ihm bezirzen lassen – nach allem, was gewesen ist.«

Sie schaute Libera bedeutungsvoll an, und wenig später hatte sie erfahren, dass der Mann, den Carmen geliebt und bis aufs Blut verfolgt hatte, heute verheiratet war und zwei Kinder hatte.

»Er ist immer noch ein ziemlicher Herumtreiber«, mischte sich plötzlich ein kräftiger Mann mit ungekämmtem Haar ein, der bisher nur schweigend zugehört hatte.

»Einer, der, wenn er kann, andere die Arbeit machen lässt«, sagte ein anderer und hob sein Glas.

»Auch bei seinen Freundinnen«, sagte eine Stimme in der Nähe der Kasse, und die Männer lachten.

Die Lage in der Bar wurde unangenehm. Libera hatte nicht damit gerechnet, dass die Leute so über Panattiere herziehen würden. Das hatte sie nicht beabsichtigt. Rasch nahm sie ihre Handtasche, zahlte, verließ die Bar und ging zum Auto.

Sie setzte sich ans Steuer und ließ den Motor an, fuhr aber nicht gleich los. Die Scheibenwischer arbeiteten wie wild, um das Regenwasser zur Seite zu schieben. Libera fühlte sich wie in einem Aquarium.

Was sollte sie jetzt tun? Was würden die Ermittler in den Romanen, die sie so gern las, an ihrer Stelle tun? Wären sie zum Haus der Panattiere zurückgefahren, oder hätten sie ihn angerufen und sich mit ihm zu einem Treffen verabredet? Dieser Mann war gefährlich, sagte sich Libera und merkte, wie ihr ein Schauer über den Rücken lief.

Sie war so in Gedanken versunken, dass sie nicht gleich den Mann bemerkte, der wild an ihre Fensterscheibe klopfte und sie mit heftigen Gesten aufforderte, auszusteigen.

»Darf ich erfahren, wer Sie sind?«, fragte sie ihn unfreundlich, nachdem sie ausgestiegen war.

Von dem früher so attraktiven Manuel Panattiere waren nur seine vollen Lippen und seine Überheblichkeit geblieben.

»Und darf ich erfahren, warum Sie sich hier herumtreiben und den Leuten Fragen über mich stellen?«

Libera versuchte, ihm die Stirn zu bieten.

»Entschuldigung, aber was wissen Sie darüber, was ich hier tue?«

»Ich weiß es, weil mich eben zwei Leute aus der Bar angerufen haben, hier im Dorf bin ich zu Hause«, entgegnete er und lachte böse, sein Gesicht war nur wenige Zentimeter von dem ihren entfernt. »Das hier ist *mein* Zuhause, kapiert? Ich habe gesehen, wie du hier herumgeschnüffelt hast. Wie oft habe ich euch verdammten Journalisten schon gesagt, dass ihr euch von hier fernhalten sollt?«

Journalisten? Was für eine hervorragende Idee, dachte Libera. Sie würde sich einfach als Journalistin ausgeben! Wenn ihre Tochter die Ermittlungen wieder aufnahm, würde man die Frau, die in der Bar von Gera Lorio dumme Fragen gestellt hatte, nicht mit Vittoria in Verbindung bringen.

»Die Signora Minardi hat erreicht, dass im Fall Carmen Minardi erneut ermittelt wird«, erklärte sie mit ernster Miene.

»Diese verrückte Alte! Sie und ihre Hure von Tochter sollen in der Hölle schmoren, in der sie sich sicher sowieso schon befindet!«

Dieser Mann ist der perfekte Schuldige, dachte Libera und sah ihm in sein wutverzerrtes Gesicht. Andererseits konnte man seine Art, mit seiner Wut nicht hinterm Berg zu halten, auch als Zeichen von Unschuld ansehen.

Hatte man je einen Mörder gesehen, der sich öffentlich zu seinem Verbrechen bekannte?

Du hast noch keinen gesehen, weil du mit solchen Leuten normalerweise nichts zu tun hast, sagte ihre innere Stimme spöttisch, während der Kerl sich vor ihr aufbaute.

»Also, was jetzt?«, brüllte er.

»Erzählen Sie mir doch mal Ihre Version der Geschichte«, sagte Libera forsch und trat sicherheitshalber einen Schritt zurück.

Eine Journalistin würde genau dies sagen, oder?

Der Mann stützte die Hände in die Hüften.

»Jetzt hör mal gut zu, du Fotze«, schrie er, bei jeder Silbe lauter werdend. »Ich bin unschuldig, *das* ist meine Version der Geschichte. Ich habe die blöde Kuh nicht umgebracht, ich hätte es allerdings gern getan. Im Übrigen habe ich Carmen an dem Tag, als sie verschwunden ist, gar nicht gesehen, weil ich gevögelt habe. Ge-vö-gelt, kapiert? Wenn du das nicht genau so schreibst, zeige ich dich an!«

Wie willst du das denn machen? Du hast mich ja nicht mal nach der Zeitung gefragt, für die ich schreibe, du Affe, dachte Libera, während sie feige und ganz leise sagte:

»Ja, natürlich.«

Dann sprang sie ins Auto und fuhr eilig davon.

In der halben Stunde, die der Heimweg dauerte, beglückwünschte sie sich, dass sie weder Kommissarin noch Journalistin war. Auch wenn es gewisse Vorteile gehabt hätte, Kommissarin zu sein.

Sie hielt kurz an, öffnete ihre Handtasche und sah auf den Zettel, auf dem sie die Autonummer des grünen Kleinwagens notiert hatte.

Sobald ich zu Hause bin, kümmere ich mich darum, dachte sie. Vielleicht musste der Fall Carmen doch noch eine Weile warten.

6

Wohin Erpressung führen kann

Zu Hause traf sie ihre Mutter an, die im Wohnzimmer auf dem Sofa lag, die nackten Beine nur von einem Hemd bedeckt. Sie aß etwas von ihrem Schokoladenkuchen, leckte sich die Finger und seufzte genussvoll. Dass der helle Bezugsstoff des Sofas leiden könnte, war ihr egal.

»Göttlich!«, sagte sie und warf Libera eine Kusshand zu. Dann zeigte sie auf ein lavendelfarbenes Päckchen, dessen Papier eingerissen war. »Das da kommt von deinem neuen Verehrer, es ist auch ein Kärtchen dabei.«

Libera war so besorgt um Vittoria und so enttäuscht von ihren Misserfolgen als Ermittlerin, dass sie nicht mit einer heftigen Szene reagierte, wie es angemessen gewesen wäre, sondern nur das Kärtchen entgegennahm.

»Danke für das Mittagessen und die nette Gesellschaft«, stand darauf in Schönschrift. »Die Einweihung findet am 18. September statt. Fünfundsechzig Tische und eine Bühne fürs Orchester.«

»Um welche Einweihung geht es?«, fragte Iole neugierig und bewies damit, dass sie die Nachricht nach dem Öffnen des Päckchens gleich mitgelesen hatte.

Sie ist unverbesserlich, dachte Libera, und versuchte, ruhig zu bleiben.

»Das hat mit meiner Arbeit zu tun.«

Iole verzog das Gesicht. »Aha. Ich habe nicht danach gefragt, um mich in deine Privatangelegenheiten einzumischen, ich wollte nur wissen, ob mein schwarzes Kleid für den Anlass das richtige ist.«

Dann wechselte sie rasch das Thema, so wie sie es oft tat.

»Carluccio ist tot«, verkündete sie, als handele es sich um einen alten Freund.

»Welcher Carluccio?«, fragte Libera und kauerte sich auf dem Teppich zusammen. Und dann fiel es ihr wieder ein.

Cosimo Carluccio, der Commendatore. Also hatte sie richtig gelesen. Und Iole hatte ganz offensichtlich *nicht* aufgehört, sich mit dem Fall Minardi zu beschäftigen.

»Carluccio, Carmens Liebhaber«, antwortete ihre Mutter seelenruhig. »Oder, besser gesagt, der *mutmaßliche* Liebhaber, wie es bei der Polizei immer heißt. Dummerweise hat der Gute schon vor fünfzehn Jahren ins Gras gebissen, und wir können ihn nicht mehr befragen.«

»Und woher weißt du das alles?«

Iole setzte sich lächelnd auf und wischte ihre Hände an ihrer Hose ab wie ein Schulmädchen. »Na ja. Ich habe einfach seine Frau gefragt. Die Adresse hatte ich in den Unterlagen aus dem Polizeipräsidium gefunden, und dann habe ich es gemacht wie in dieser Serie, *Mord ist ihr Hobby.* Ich habe die Nachbarin nach ihr gefragt, hab ein bisschen mit den Leuten geredet, mit denen sie zu tun hat, hab sie eingeladen, mal zusammen Karten zu spielen. Als ich dann erfahren habe, dass sie Witwe ist, habe ich mich aus dem Staub gemacht. Ich spiele doch so ungern Karten.«

Libera wusste nicht, ob sie lachen oder vor Empörung aufschreien sollte. Hatte sie ihre Mutter nicht gebeten, sich aus der Sache rauszuhalten?! Dann dachte sie daran, dass sie selbst in der Bar von Gera Lario gewesen war und ihre Fragen herausgestammelt hatte – ganz anders als in den Kriminalromanen, wo alles so einfach war. Und dann noch der peinliche Zusammenstoß mit Manuel Panattiere, der ihr auf die Schliche gekommen war!

»Da hast du mehr Glück gehabt als ich«, erklärte sie und schaute angelegentlich auf ihre Floristinnenhände mit den kurzgeschnittenen Nägeln ohne Nagellack. Dann erzählte sie ihrer Mutter von ihren missglückten Versuchen als Hobby-Detektivin. Was ihr jedoch am meisten zu schaffen machte, nämlich das, was sich in der Via Guardina zwischen Vittoria und diesem Kerl abgespielt hatte, bis hin zu dem wilden Kuss und der überstürzten Abfahrt mit dem Auto, erzählte sie nicht. Sie musste diese beunruhigende Sache erst einmal selbst verdauen und war noch nicht bereit, mit Iole darüber zu sprechen, die gewiss irgendeinen vorschnellen Kommentar dazu abgegeben hätte.

Ihr Zusammentreffen mit Panattiere hingegen beschrieb sie ganz genau.

»Na, das ist doch gar nicht so schlecht gelaufen«, meinte Iole, als habe Libera nicht komplett versagt. »Dieser Grobian, der die Frauen schlägt, hat dir zumindest eine fabelhafte Idee eingegeben. Du wirst nachher die Frau von Carluccio als Journalistin besuchen und sie befragen.«

»Aber worüber soll ich denn mit ihr reden, Mama?«, fragte Libera. »Ob ihr Mann der Liebhaber von Carmen Minardi war, weiß sie bestimmt nicht. Und mache ich mich nicht strafbar, wenn ich so etwas vortäusche?«

»Das kriegen wir ganz schnell raus«, entgegnete Iole gelassen und tippte auf ihrem Smartphone herum. »Ich frage einen befreundeten Anwalt. Ich muss ihn dann vielleicht zum Abendessen einladen, aber dieses Opfer bringe ich gerne, wenn es der Sache dient.«

Sie zwinkert Libera zu, und diese seufzte.

»Wird die Signora Carluccio denn nicht hellhörig, wenn zwei Fremde sie am selben Tag nach ihrem Mann fragen?«

»Ich bin doch keine Dilettantin«, meinte Iole entrüstet. »Natürlich habe ich nicht *direkt* nach ihrem Mann gefragt. Dass sie Witwe ist, habe ich erst erfahren, nachdem ich ihr von meinem Schicksal als verlassene Frau erzählt habe. Ich habe dazu ein paar Details aus deinem Leben verwendet, wenn du nichts dagegen hast.«

Mach nur, dachte die Libera resigniert. »Muss das denn unbedingt heute noch sein?«

»Ja, heute noch, weil Vittoria sich immer noch um die Bankräuber kümmert und wir ein paar Tage Vorsprung haben. Du willst doch deiner Tochter nicht im Hause Carluccio begegnen, oder?«

Oh, bloß nicht, dachte Libera, und ihr brach allein bei dem Gedanken daran der kalte Schweiß aus. Allerdings hatte sie nach dem, was sie vormittags gesehen hatte, einige Zweifel, ob ihre Tochter sich wirklich auf die Arbeit konzentrierte.

»Und wenn diese Frau oder Panattiere Vittoria von einer seltsamen Journalistin erzählen, die durch die Gegend fährt und Fragen zu einem dreißig Jahre alten Fall stellt?«

»Umso besser«, antwortete Iole schlagfertig. Das hatte sie in ihren Selbsterfahrungskursen gelernt, bei denen sie zur Rhetorikmeisterin geworden war. »Nichts ist besser als die Initiative eines kleinen Schreiberlings, der der Polizei Beine macht.«

Sie warf einen Blick auf Libera und musterte sie kritisch.

»Eine Vorsichtsmaßnahme würde ich allerdings empfehlen zu ergreifen. Eine taffe Journalistin sollte nicht aussehen wie Jessica Rabbit.«

Sie lief die Treppe hinauf und kam wenig später wieder herunter, mit ein paar Kleidern auf dem Arm. Sie legte eine ihrer Perücken vom Rezitationskurs auf den Tisch, einen rabenschwarzen Pagenkopf mit bläulichen Strähnchen. Dazu eine Baskenmütze, eine salbeigrüne Bluse und eine an den Ellbogen abgewetzte Jeansjacke.

»Die Perücke setze ich nicht auf, das kannst du vergessen«, protestierte Libera, einerseits irritiert durch das exzentrische Wesen ihrer Mutter, andererseits amüsiert von ihrer glücklichen Unbeschwertheit. Mit neunzig würde sie wahrscheinlich immer noch ein Kind sein und nichts wirklich ernst nehmen. Oder vielleicht doch?

Kinder nahmen ihre Spiele ja auch durchaus ernst, und so sah Iole das ganze Leben: als ein Spiel, in dem man sich hundertprozentig verausgabte und weder mit Erfahrungen noch mit Gefühlen sparte.

»Aber die steht dir wirklich gut«, sagte sie und setzte Libera die Perücke auf. Dann legte sie den Kopf schief und zog aus dem Kleiderwust eine Lederjacke im Achtziger-Jahre-Stil, die sie zwei Nummern größer gekauft hatte, weil man es damals so trug.

»Nimm die, und zieh dazu Jeans an. Journalistinnen sehen nicht wie Hausfrauen aus, und sie tragen alle Lederjacken.«

»Ach ja? Was du nicht sagst. Wir haben bisher nur wenige Journalisten kennengelernt«, meinte Libera und dachte mit großem Unbehagen an die Reporter, die bei ihr aufgetaucht waren, nachdem Saverio erschossen worden war. Sie erinnerte sich noch an ihre Augen, die sie forschend ansahen, und ihre Münder, die nicht aufhörten zu reden. An ihre Kleidung konnte sie sich nicht mehr erinnern.

Dann musste sie an das junge Mädchen denken, das Cagnaccio in seinem Büro so zur Schnecke gemacht hatte. Vielleicht hatte Iole recht, Journalistinnen zeigten sich nicht in Blümchenkleidern mit Rüschen am Ausschnitt und wallendem Haar wie präraffaelitische

Schönheiten. Mit einem Mal wurde sie von derselben Aufregung erfasst wie als Kind, wenn ihre Mutter ihr ein neues Spiel vorschlug.

»So ist es gut«, sagte Iole und setzte ihr eine dunkelrote Baskenmütze schräg auf das schwarze Haar. »Nimm noch etwas Lippenstift, dann siehst du aus wie Valentina di Crepax.«

»Ich würde eher sagen wie Kleopatra«, entgegnete Libera. Dann sah sie sich misstrauisch an. Sie hatte sich einen Schal umgebunden und zog die Lederjacke über, die ihr riesengroß erschien.

»Und was machst du inzwischen?«

»Ich komme mit dir, um dich zu beschützen, aber ich werde im Auto bleiben, weil die Witwe Carluccio mich ja kennt.«

»Du kommst mit, weil du neugierig bist, Mama.«

Iole tat, als hätte sie es nicht gehört. »Wenn wir dort sind und du nicht in der nächsten halben Stunde wieder aus dem Haus kommst, rufe ich Vittoria an.«

»Dann bringt mich nicht die Frau des Commendatore um, sondern meine Tochter macht mich kalt.«

Als sie jetzt wieder an Vittoria dachte, hatte sie gleich den Streit auf der Straße und den leidenschaftlichen Kuss vor Augen. Was für ein Geheimnis hatte das Mädchen denn nur? Und durfte sie, Libera, die Hobby-Detektivin spielen, wenn ihre Tochter sie vielleicht brauchte?

Erneut versuchte sie, Iole umzustimmen. »Ist denn jetzt wirklich der richtige Zeitpunkt, um bei der Carluccio einzufallen? Und dann noch, ohne sich anzumelden?«, fragte sie zweifelnd.

Iole nickte energisch. Sie spielte die Rolle der Assistentin perfekt.

»Glaub mir, es ist genau der richtige Zeitpunkt, weil sie jetzt beim Essen sitzt«, gab sie zurück. »Um einen Termin zu bitten, zu riskant. Was machst du, wenn sie das ablehnt?«

Die Glocken der Uhr von San Cristoforo hatten noch nicht acht Uhr geschlagen. Vom Himmel fiel immer noch unaufhaltsam der Regen, der die Stadt den ganzen Tag über unter Wasser gesetzt hatte. Der Duft von Geißblatt, Basilikum und Minze wehte herüber.

»Bist du das, Libera?«, rief da die erstaunte Stimme eines Mannes, der unter der Eisenbahnbrücke hervorkam, einen großen Labrador an der Leine. Seine karierte Jacke und die weiten Jeans waren trotz Regenschirm nass, als er sich ihnen jetzt näherte und Libera erstaunt anstarrte.

»Ah, Sie sind sicher der Mann mit dem Schokoladenkuchen«, antwortete Iole prompt und nickte Furio Mantovani freundlich zu. Sie lächelte maliziös, während sie zum Auto vorausging.

»Meine Tochter verkleidet sich gern mal.«

Libera stand wie angewurzelt vor dem Koch und dachte an die Erscheinung, die sie kurz zuvor im Flurspiegel gesehen hatte und die so ganz anders aussah als die wirklich Libera. Eine geheimnisvolle Schwarzhaarige, cool und ein bisschen sexy. Ihr fiel so schnell keine logische Erklärung für eine solche Verwandlung ein. Aber sie wollte auch nicht sagen »Ach, meine Mutter und ich spielen nur ein bisschen Detektiv«.

So grüßte sie den Koch nur eilig und stieg in ihr Auto, ohne sich umzusehen.

»Gut gemacht«, lobte sie Iole, die sich auf dem Rücksitz niedergelassen hatte.

»Ein kleines Geheimnis steht jeder Frau!«

Signora Carluccio wohnte in Novate, einem Ort nordwestlich von Mailand, in einem Haus, das vor dreißig Jahren von der Firma ihres Mannes gebaut worden war und genauso aussah wie die zwanzig anderen in der Nähe.

Als Libera klingelte - es war inzwischen kurz vor neun -, sah eine Frau im Nachbarhaus mit bläulichem Haar neugierig aus dem Fenster. Wahrscheinlich war es dieselbe, die Iole am Morgen verraten hatte, mit welchen Leuten die Frau des Commendatore verkehrte.

Anna Brembati Carluccio kam mit zwei Doggen an die Tür. Sie war eine kleine, stämmige Person mit etwas zu viel Rouge im Gesicht.

»Was wünschen Sie?«, fragte sie, während ihre beiden Leibwächter bedrohlich knurrten.

»Ich bin gekommen, um mit Ihnen über Carmen Minardi zu sprechen«, stammelte Libera, die, von einer plötzlichen Panik erfasst, wie angewachsen an der Gartentür stand. Mit dieser Perücke und den ungewohnten Kleidern fühlte sie sich einfach nicht wohl. In was für eine Lage hatte sie sich da nur gebracht? Sie täuschte andere Menschen nicht gern, nicht mal für einen guten Zweck.

»Sind Sie Journalistin?«, fragte die Frau und zog die Hunde näher zu sich heran.

Libera schüttelte den Kopf und bereitete sich auf die zweite Niederlage des Tages vor. »Nein, nein. Ich habe Rosalia Minardi kennengelernt, und ...«

Die Signora Carluccio sagte kein Wort, sie drehte sich nur um und bedeutete ihr mit einer Geste, ihr zu folgen. Sie setzten sich in ein Wohnzimmer mit alten Nussbaummöbeln, ohne Schnörkel und Firlefanz. Die Hunde ließen sich zu den Füßen der Signora nieder und ließen Libera nicht aus den Augen, als sei sie ein leckerer Rinderschmorbraten.

»Eine furchtbare Geschichte. Diese Sache hat mich immer sehr bekümmert«, sagte Signora Carluccio. Sie nahm ein Foto von einer Kommode und hielt es Libera hin.

»Meine Tochter und meine beiden Enkel«, fügte sie hinzu. »Ich weiß nicht, wie ich reagieren würde, wenn ich sie verlieren würde, so wie diese arme Frau ihre Tochter verloren hat.«

Es war wohl die besondere Ausstrahlung, die Rosalia auf Frauen hatte, dachte Libera. Sie konnten nicht anders, als Mitleid mit ihr zu empfinden und zugleich zu überlegen, was passieren würde, wenn eines Tages die eigene Tochter sie vor dem Weggehen umarmte und nie mehr wiederkäme.

»Ich hoffe, uns wird so etwas nie passieren«, sagte Signora Carluccio, als hätte sie ihre Gedanken gelesen. »Carmen war ja leider ein bisschen anders.«

»Inwiefern war sie anders?«

»Anders eben«, antwortete Signora Carluccio. Sie stand auf, verließ das Wohnzimmer und ließ Libera mit den Hunden allein. Wenig später kam sie mit einer Plastiktüte zurück. Darin waren ungeordnet Fotos und Papiere, die sie auf dem Tisch ausschüttete.

»Hier – an diesem Tag haben wir sie eingestellt«, sagte sie und zeigte Libera ein Polaroidfoto. »Carmen war neunzehn und ich achtundzwanzig. Wir sind nie gute Freundinnen geworden, aber nicht, weil ich die Frau des Chefs war. Carmen ließ niemanden zu nahe an sich heran.«

Das Foto war in einem Büro aufgenommen worden, in dem etwa zehn Leute standen, die meisten waren Männer. Alle lächelten, manche hatten die Augen zu. Alle außer Carmen, die mit ihrer Perlenkette wie ein schüchternes und sehr braves Mädchen aussah: Sie trug ein dunkles Kostüm, eine hochgeschlossene Bluse, hatte die Haare hochgesteckt und war ganz ungeschminkt. Das typische Mädchen von nebenan ohne besondere Merkmale.

»Sie war sehr schön«, sagte Libera.

»Man wusste nie, was sie wirklich dachte«, fuhr die Frau des Commendatore fort, während sie die Fotos durchsuchte. Sie nahm ein anderes Gruppenbild zur Hand. »Das hier war im Januar 1988. Da ist auch Manuel Panattiere, sehen Sie?«

Auf diesem Foto saßen der Commendatore und seine Mitarbeiter an einem Tisch in einem Restaurant oder einer Pizzeria. In der Mitte befand sich Carluccio, seine Frau an seiner Seite. Carmen saß links von ihr und starrte Manuel an, der mit einem Kollegen redete. Ein Schnappschuss, der über die Beziehung der Leute untereinander mehr sagte als tausend Worte.

»Ihr Mann mochte sie aber doch sehr gerne«, sagte Libera und dachte an die Theorie ihrer Mutter, dass Carmen Carluccios Geliebte gewesen war, und das Geld auf dem Bankkonto eine großzügige Zuwendung von ihm.

»Ja, das stimmt, mein Mann hatte sie wirklich gern«, sagte die Frau des Commendatore mit ruhiger Stimme. Entweder war sie eine große Schauspielerin, oder sie konnte sich nicht vorstellen, dass zwischen ihrem Mann und Carmen eine Liebesbeziehung bestanden hatte. Vorausgesetzt, es hatte eine gegeben.

»Carmen war für ihn wie seine große Tochter, und er nahm sie immer in Schutz, wenn andere Kritik an ihr übten.«

»Sie übten Kritik?«

Signora Carluccio nickte, und ihre Miene wurde plötzlich ernst. »Wissen Sie, ich will nichts Schlechtes über sie sagen, aber das alles ist jetzt so lange her ... Mit den Jahren war Carmen sehr hart geworden, und das mochten die Arbeiter nicht besonders. Sie fühlte sich irgendwie als Stellvertreterin meines Mannes, und hinter ihrem Rücken nannte man sie den Kapo. Wegen kleinster Dinge geriet sie in Rage: eine Verspätung, ein kleiner Fehler, eine flapsige Bemerkung. Alles wurde unerbittlich geahndet.«

»Aber Panattiere war ja nun auch nicht gerade Lord Brummel.«

»Panattiere durfte sich alles erlauben. Und damit verschärfte sich die Situation.«

Sie beugte sich nach unten und streichelte einen der Hunde, der freudig mit dem Schwanz wedelte.

»Heute habe ich deswegen immer noch ein schlechtes Gewissen«, fuhr Signora Carluccio fort, »aber damals konnte ich es kaum erwarten, dass sie endlich heiratet und aus dem Büro verschwindet. Ich war all diese Spannungen leid.«

»Aber dann fand die Hochzeit gar nicht statt.«

Signora Carluccio nickte. Sie legte eine Hand an die Stirn und schloss die Augen, als wolle sie sich an jeden Tag dieser lang zurückliegenden Zeit genau erinnern.

»Sie wurde einfach unerträglich«, sagte sie nachdenklich. »An manchen Tagen versuchte sie, sich normal zu benehmen, aber man spürte, dass sie beim kleinsten falschen Wort explodieren würde. Manchmal kam sie zu spät und trug Kleider, die viel zu sexy aussahen und ihr gar nicht standen, dann lachte sie ein bisschen zu laut und war dann ganz überschwänglich, aber ihre Fröhlichkeit war irgendwie aufgesetzt und unpassend. Cosimo sagte immer, man müsse Geduld mit ihr haben, aber ich spürte, dass auch er an seine Grenzen kam.«

»Und Panattiere?«

»Manuel musste sich von ihr trennen, er kam nicht mehr mit diesem Mädchen klar. Sie machte ihm zwar keine Szenen im Büro, aber es war offensichtlich, dass sie ihm draußen keine Ruhe ließ und ihn ständig verfolgte. Jedenfalls sagte er das. Als sie nicht mehr kam, haben wir das zunächst nicht als großen Verlust angesehen.«

Sie kramte noch drei weitere Fotos heraus, lauter Gruppenbilder, und legte sie auf den Tisch. Das warme Licht der Lampe fiel direkt darauf und gab diesen Aufnahmen das Flair vergangener Tage.

»Wir haben uns geirrt«, flüsterte die Signora, »ich hatte es Cosimo immer gesagt: Wir dürfen nicht die Augen verschließen, wir hätten reden müssen.«

»Reden worüber?«, fragte Libera mit so leiser Stimme, dass sie sich selbst kaum hörte.

»Über ihr ganzes merkwürdiges Benehmen. Das war nicht normal. Wir hätten mit Carmens Eltern reden sollen oder wenigstens mit ihr. Stattdessen haben wir geschwiegen und gehofft, dass sich die Dinge von selbst regeln. Aber wenn die Dinge nicht klar sind, regelt sich gar nichts von selbst. Als Carmen dann verschwand, hätten wir der Polizei die Wahrheit sagen müssen.«

An dieser Stelle hielt die Frau des Commendatore inne.

»Sie meinen das geheime Konto?«, fragte Libera vorsichtig. Es war nur ein Versuch, aber Signora Carluccio leugnete es nicht.

Ihre Mutter hatte also recht, dachte Libera nicht ohne Stolz. Ohne Zeugen zu befragen, ohne Tabellen zur

Hand zu haben, ohne Gespräche abzuhören und nur auf Grundlage irgendeines alten Dokuments hatte Iole herausgefunden, woher der geheime Schatz von Carmen kam. Er war ein Geschenk ihres Arbeitgebers und hatte vielleicht etwas mit einer wie auch immer gearteten Beziehung zwischen den beiden zu tun. Der Mann im Hintergrund, das war es, ganz klar. Um dies zu begreifen, hatte es eine *Mord-ist-ihr-Hobby*-Detektivin wie ihre Mutter gebraucht.

»Reden wir von den fünfundzwanzig Millionen Lire auf Carmens Konto?«, fragte Libera nach, um sicher zu sein, dass sie die Signora richtig verstanden hatte.

»Ja, genau, davon reden wir«, antwortete Anna Carluccio ruhig.

Ein tiefes Schweigen hatte sich ausgebreitet, tausend unausgesprochene Worte hingen im Raum.

Welche Bedeutung hatte dieses Geld für Carmen gehabt? War dieses Geld – oder andere Summen, die sie erhalten hatte – vielleicht der Grund für ihr Verschwinden? Und warum hatte der Commendatore mit den Ermittlern nicht darüber gesprochen, wenn sogar seine Frau davon wusste?

»Wann genau haben Sie davon erfahren?«, fragte Libera vorsichtig.

Die Frau setzte sich abrupt auf, auch die Hunde erhoben sich nervös und begannen zu jaulen.

Vielleicht war die von Iole festgesetzte halbe Stunde bereits vorbei, vielleicht telefonierte ihre Mutter wirklich mit Vittoria, und ihre Tochter würde hier eintreffen, mit ihrem Dienstgrad und ihrer inquisitorischen Art, und würde in das Gespräch zwischen zwei Frauen eingreifen, die einander bisher nicht kannten.

»Cosimo hat es mir an dem Tag gestanden, an dem die Polizei mich verhört hat«, antwortete die Signora Carluccio. »Ich hätte es dem Kommissar Migliavacca gern gesagt, aber mein Mann verbot es mir und meinte, das würde uns nur Probleme bereiten.«

»Probleme? Im Grunde war das doch eine ganz private Sache.«

Signora Carluccio schüttelte den Kopf. »Das glaube ich nicht.«

Libera begriff plötzlich, dass die Carluccio ihr ein Geheimnis verraten wollte. Warum tat sie das? Warum jetzt, warum ihr? Sie hätte sie das gerne gefragt, aber die Worte kamen nun aus der Witwe heraus wie ein reißender Strom.

»Cosimo hatte Beamte der Kommune dafür bezahlt, ein paar Ausschreibungen zu gewinnen«, sagte sie. »Man hätte die Baustellen mit Sicherheit gesperrt, wir hätten keine Aufträge mehr bekommen, er wäre vielleicht im Gefängnis gelandet oder zumindest vor Gericht gekommen.«

Sie schwieg und starrte auf ihre Hände. Liberas Gehirn arbeitete auf Hochtouren. Es ging hier nicht um Ehebruch, wie Iole dachte, nicht um ein Hochzeitsgeschenk für Carmen von ihrem Liebhaber. Hier waren Bestechungsgelder und wirtschaftliche Interessen im Spiel und ein drohender Gefängnisaufenthalt. Ein gefährliches Spiel, das vielleicht sogar ein Verbrechen erklärte, wenn jemand damit gedroht hatte, alles zu verraten.

»Waren die fünfundzwanzig Millionen Carmens Anteil in dieser Sache?«, fragte Libera.

Im Grunde war es nur logisch. Seit fünfzehn Jahren war Carmen die Vertraute des Commendatore gewesen. Natürlich wusste sie von den Bestechungsgeldern. Und jetzt war auch klar, warum er ihr erlaubte, so mit den Angestellten umzugehen. Es war keine Zuneigung, sondern Komplizenschaft.

»Nicht mal im Traum«, sagte Carluccios Frau zu ihrer Enttäuschung. »Cosimo hatte immer dafür gesorgt, dass die Buchhaltung mit diesen Dingen nichts zu tun hatte. Damit war der Vermessungstechniker seines Sozius befasst. Aber Carmen hatte es doch herausgefunden. Bevor sie verschwand, verlangte sie von meinem Mann zweihundert Millionen Lire, damit sie es nicht erzählte.

Das war Erpressung. Libera erschauderte.

Die Frau des Commendatore schien ihre Gedanken erraten zu haben.

»Pure Erpressung. Mein Mann versuchte, sie zur Vernunft zu bringen, aber es gelang ihm nicht. Am 9. Juni bezahlte er die erste Rate. Die zweite wäre Ende des Sommers fällig gewesen.«

»Aber zu seinem Glück verschwand Carmen spurlos.«

»Cosimo sagte, genau das würde die Polizei auch denken, selbst wenn er mit Carmens Verschwinden nichts zu tun hätte. Er hat es mir damals geschworen, und ich habe ihm geglaubt. Noch als er seinen letzten Atemzug tat, hat er es mir versichert.«

»Wenn Sie von der Unschuld Ihres Mannes so überzeugt waren, warum haben Sie nach seinem Tod nicht mit den Ermittlern gesprochen? Vielleicht hatte Carmen versucht, noch andere zu erpressen, vielleicht gab es eine Spur ...«

Signora Carluccio lächelte und senkte den Kopf. »Der frühere Sozius meines Mannes lebte noch. Wir hatten rechtzeitig erkannt, was für ein Typ er war. Im Grunde hatten wir es uns immer schon gedacht, aber es war bequemer für uns, das zu ignorieren.«

»Wusste dieser Mann von der Erpressung?«

Die Frau nickte. »Das Geld gehörte auch ihm. Mein Mann hat immer gefürchtet, dass er etwas mit Carmens Verschwinden zu tun hatte und sie möglicherweise hatte umbringen lassen.«

Ob das alles wirklich so gelaufen war? Libera schwieg einen Moment und versuchte, sich in Carmen hineinzuversetzen. Iole hatte gesagt, sie sei eine junge Frau wie andere auch. Eine eher verklemmte und gewissenhafte Person, die auf die Einhaltung von Vorschriften achtet und sich deshalb in ihrer kleinen Welt wichtig vorkommt. Die rechte Hand des Chefs, die nur einen Schwachpunkt hat: den Verlobten, der auf die Vorschriften pfeift und unter allen anderen sie ausgewählt hat. Er sei zu gutaussehend und zu dumm, hatte ihre Mutter sie gewarnt, aber was wusste die Alte schon davon, welche Gefühle dieser Mann bei ihr weckte?

Als er sie dann schließlich vor aller Augen sitzenlässt und demütigt, bricht Carmen zusammen. Die Vorschriften, die für sie wie ein Anker sind, an dem man sich festhalten kann, haben sie verraten. Von nun an wird sie selbst entscheiden, welche sie respektiert und welche nicht. Ihre neue Devise ist es, sich zu nehmen, was sie haben will. Alles, was sie mit ihrem bisherigen Verhalten nicht bekommen hat.

Aber was wollte Carmen wirklich? Warum entschied sie sich erst in diesem Moment dazu, den Commendatore zu erpressen? Sicher wusste sie schon seit einiger Zeit von seinem Handeln. Was hatte bei ihr diese plötzliche Gier geweckt, die sie möglicherweise das Leben gekostet hatte?

Libera schaute die Frau an, die vor ihr saß, und respektierte ihr Schweigen. Nach einer Weile fragte sie:

»Warum haben Sie diese Dinge ausgerechnet mir erzählt, Signora Carluccio?«

»Weil Sie mich danach gefragt haben«, antwortete sie.

Vielleicht hatte Precious Ramotswe, die Detektivin aus Botswana und eine ihre Lieblingsheldinnen, recht. Manchmal musste man einfach nur fragen.

Libera dachte darüber nach, wie viele Jahre vergangen waren, bis jemand wieder nach Carmens Verschwinden gefragt hatte – und sei es auch nur, um dem Schmerz einer Mutter gerecht zu werden.

Als Signora Carluccio sie zur Tür brachte, schnüffelten die Hunde an Liberas Fußgelenken und hätten sicher gern zugeschnappt, wenn ihr Frauchen nicht in der Nähe gewesen wäre.

»Das wurde aber Zeit!«, rief Iole und sprang von ihrem Sitz auf, als sie Libera kommen sah. »Du warst ja ein ganzes Jahrhundert da drin, ich habe mir schon Sorgen gemacht. Noch eine Minute länger, und ich hätte Vittoria angerufen.«

»Ruf sie sofort an. Und wenn sie drangeht, sag ihr, sie soll schnell nach Hause kommen.«

Libera nahm die Baskenmütze und die Perücke ab und sah ihre Mutter eindringlich an, die ihr tausend Fragen stellen wollte.

»Bitte lass uns bis Mailand einfach schweigen. Ich muss über das, was ich erfahren habe, nachdenken.«

Ausnahmsweise war Iole einmal sprachlos.

7

Jane Austens Gespür für einsame Herzen

»Ich dachte schon, das Haus steht in Flammen«, sagte Vittoria, als sie ins Wohnzimmer kam. Sie war sehr elegant angezogen, mit weißen Hosen und hohen Schuhe. Unter dem enganliegenden Pullover hätte sie kaum eine Pistole verstecken können.

»Hast du deine Pistole in der Handtasche?«, fragte Iole auch gleich und grinste.

Libera sah ihre Tochter seit der Szene am Vormittag zum ersten Mal und starrte sie überrascht an. Vittoria war wie ausgewechselt.

Hier stand eine selbstsichere junge Frau, entschlossen und gut gelaunt, von dem verzweifelten Streit auf der Straße war nichts mehr zu spüren. Hatte sie sich mit dem Kerl mit der Haartolle versöhnt, oder hatte sie ihn in die Wüste geschickt?

Nein, unmöglich! Seit dem wilden Versöhnungskuss waren erst wenige Stunden vergangen, und nach einer Trennung wäre man wohl kaum so aufgekratzt gewesen. Eine innere Stimme brachte sie zum Schweigen, und diese Stimme redete wie ihre Mutter. *Was verstehst du denn schon von der Liebe?*

Während Libera sich noch den Kopf darüber zerbrach, wie sie das Gespräch mit Vicky beginnen könnte, legte Iole gleich los, ohne irgendwelche Bedenken zu haben.

»Absätze und ein Tanga, alle Achtung! Ich hätte allerdings diesen Slip nicht angezogen, unter dem Weiß kann man die Spitze sehen.« Dann lächelte sie komplizenhaft.

»Haben wir vielleicht einen netten jungen Mann kennengelernt?«

»Muss ich es unbedingt machen wie meine Großmutter?«, entgegnete Vicky trocken.

Iole brach in Lachen aus. »Ich bin gerade dabei, eine Nonne zu werden! Diese Woche bin ich nur mit Thomas und Pierluigi ausgegangen und mit Pierluigi habe ich nur geredet.«

Libera beobachtete diese Komödie, die sie so gut kannte: ihre Mutter in ihrer schrillen Art und ihre Tochter, die Sphinx, beide mit ihrem Dickkopf. Zwei echte Alpha-Frauen, jede auf ihre Weise.

Dieses Schauspiel hatte sie oft amüsiert, manchmal hatte sie es ganz reizvoll gefunden, aber diesmal nicht. Jetzt musste die mit der meisten Erfahrung ein Problem lösen. Und in diesem Fall war die mit der meisten Erfahrung ihre Tochter.

»Wenn ihr mit eurem Geplänkel fertig seid, würde ich gern mit euch reden«, sagte sie also ruhig und setzte sich aufs Sofa zwischen die beiden. Bereits im Auto hatte sie sich überlegt, wie sie Vittoria das Ergebnis ihres Ausflugs nach Novate beibringen sollte. Was sie sagen musste, war ihr klar. Vor allem durfte sie ihre Tochter nicht noch einmal übergehen und Gabriele anrufen, das würde sie ihr nie verzeihen. Und sie konnte auch nicht davon ausgehen, dass Vittoria schon von selbst alles herausfinden würde – ob die Signora Carluccio einer Frau in Uniform dieselben vertraulichen Dinge erzählte wie ihr, war fraglich. *Vor allem, wenn die Frau in Uniform der Meinung war, der Fall sei abgeschlossen und sowieso eine langweilige Sache.*

Also war sie zu der Auffassung gelangt, dass es nur einen Weg gab: die Wahrheit zu sagen, das war der einfachste und kürzeste Weg.

»Ich habe die Frau von Carmen Minardis früherem Arbeitgeber aufgesucht«, sagte sie langsam und sah ihrer Tochter dabei fest in die Augen. »Sie ist inzwischen Witwe und hat mir erzählt, dass Carmen ihren Mann damals erpresst hat.«

»Wir sind beide hingefahren«, unterbrach Iole sie sofort, erst dann realisierte sie, was der zweite Satz bedeutete. »Erpressung?«, fragte sie mit weit aufgerissenen Augen.

Vittoria starrte sie beide einen Augenblick schweigend an. Auf ihrem Gesicht wechselte Verblüffung zu Besorgnis.

»Ihr seid allein dorthin gefahren? Warum? Und vor allem in wessen Auftrag?«

»Im Auftrag von ... von Freundinnen von Rosalia Minardi«, antwortete Libera. Sie erzählte nichts von der Perücke und der lächerlichen Verkleidung. »Ich habe der Signora Carluccio auch nicht gesagt, dass ich die Mutter der Ermittlerin bin, die die Untersuchung leitet.«

Vittoria konnte einen Seufzer der Erleichterung nicht unterdrücken.

»Das hätte gerade noch gefehlt«, sagte sie und sah Libera und Iole mit ernster Miene an. Draußen fiel der Regen auf die Dachziegel, auf die Obstbäume und klopfte gegen die geschlossenen Fensterläden.

»Im Präsidium reden schon alle über mich, weil der Polizeipräsident mein Taufpate ist und mich immer noch ansieht, als wäre ich erst fünf. Jetzt fehlt nur noch, dass meine Mutter und meine Großmutter mir bei den Ermittlungen helfen. Wollt ihr jetzt meine Arbeit machen? Was lasst ihr euch noch einfallen? Bringt ihr mir demnächst nachmittags Kuchen vorbei, damit ich nicht verhungere?«

Libera hob die Hände. »Es tut mir wirklich leid, dass ich mich eingemischt habe. Ich weiß, ich hätte das nicht tun sollen, aber diese arme Frau hat mir einfach so leidgetan. Und dann war ich schon mittendrin. Doch das ist jetzt nicht das Problem. Das Problem ist diese Erpressung ...«

»Erpressung also«, wiederholte Vittoria mit hochgezogenen Augenbrauen. »Bist du sicher, dass du das richtig verstanden hast, Mama? Und ist diese Signora Carluccio überhaupt noch klar im Kopf?«

»Mehr als wir drei zusammen«, entgegnete Libera. (Nun ja, dazu gehörte auch nicht viel.) Dann wiederholte sie Wort für Wort, was Anna Carluccio ihr gesagt hatte, auch das, was sie über den vermutlich kriminellen Partner ihres Mannes angemerkt hatte.

Vittoria sah sie an. »Und wie heißt dieser Mann? Hast du Signora Carluccio nach seinem Namen gefragt?«

»Das ist mir ehrlich gesagt nicht eingefallen«, sagte Libera. »Ich war so schockiert von dem, was ich da alles zu hören bekam ...«

»Das glaube ich dir gern. Du warst sehr mutig, Mama.«

Es war ein Kompliment, das allen drei Frauen einen Augenblick der Ruhe schenkte. Sie saßen einträchtig nebeneinander auf dem Sofa und dachten nach, dann schüttelte Libera den Kopf.

»Ich weiß auch nicht, warum mich diese Sache dermaßen aufwühlt, Vicky. Ich muss immer an Rosalia denken und daran, wie ich mich fühlen würde, wenn du eines Tages einfach spurlos verschwinden würdest.«

»Ich verschwinde aber nicht«, sagte Vittoria mit fester Stimme, und es war Libera, als hätte ihre Tochter ihr die Hand gereicht. Unvermittelt stand sie auf. »Wartet hier«, sagte sie, dann lief sie hinauf in ihr Zimmer.

»Wie würde ich mich fühlen, wenn du eines Tages verschwinden würdest? Wie wäre es, wenn du mich verlässt?«, wiederholte Iole, als sie allein auf dem Sofa saßen. Mit einem Mal klang ihre sonst so mädchenhafte Stimme ganz erwachsen. »Du darfst sie nicht so unter Druck setzen, Libera. Vittoria kann auch nichts dafür, dass Saverio tot ist und dich allein zurückgelassen hat. Sie hat unter dem Tod ihres Vaters schon genug gelitten, da musst du ihr nicht auch noch das Leben schwer machen ...«

Als ihre Enkelin mit dem gelben Aktenordner herunterkam, verstummte sie.

»Ich wollte nur mal sehen, wie der Sozius von Carluccio heißt«, sagte Vittoria, während sie die Akte Minardi aufschlug.

Iole setzte zu einer Bemerkung an, und Libera schaffte es gerade noch, ihre Mutter durch einen Stoß mit dem Knie vom Reden abzuhalten. Sonst hätte Iole sicher etwas gesagt wie *Die Mühe kannst du dir sparen, Liebes, das steht da nicht drin* und auf diese Weise verraten, dass sie die Akte bereits entwendet und alles gelesen hatte.

Vittoria setzte sich neben die beiden und blätterte in der Akte herum.

»Seltsam. Ich finde hier überhaupt nichts darüber«, meinte sie kurze Zeit später. Sie schwieg eine Weile, dann sah sie ihre Mutter und Großmutter streng an.

»Versprecht mir, dass ihr in den nächsten Tagen nicht herumlauft und nach diesem Mann sucht. Das könnte sehr gefährlich werden!«

»Und versprichst du uns, herauszufinden, wer er ist?«, erwiderte Iole.

»Gleich morgen«, erklärte Vittoria. Dann stand sie vom Sofa auf, reckte sich und sah auf die Uhr. Es war fast Mitternacht. Draußen regnete es immer noch.

»Tut mir leid, ich schaff es heute nicht mehr. Wir haben hier zu Hause ein Problem«, hörten die beiden sie in ihr Handy sagen, während sie in ihrem Zimmer verschwand. Sie sprach leise, aber nicht leise genug, als dass die gespitzten Ohren ihrer Großmutter es nicht hätten hören können. Iole nickte zufrieden.

»Das ist Liebe, und verheiratet ist er nicht!«

»Woraus schließt du das?«

»Aus der Tatsache, dass Vittoria ihn in aller Ruhe um diese Zeit anruft, ohne Angst haben zu müssen, dass die Ehefrau etwas davon mitkriegt.«

Hoffen wir es, wünschte sich Liberia stumm. Und hoffen wir, dass dieser Kerl weniger schlimm ist, als er aussieht. Sie sah ihrer Mutter nach, die auf bloßen Füßen die Treppe hinaufschlich und wieder herunterkam, nachdem sie ein paar Minuten ihr Ohr an Vittorias Tür gepresst hatte.

»Schade, als ich hochkam, sprach sie schon mit ihrem Chef. Ich habe die Worte ›Mama‹, ›Nonna‹ und ›unglaublich‹ gehört. Erstaunlich, dass ein gutaussehender Mann wie Gabriele sonntagnachts nichts Besseres zu tun hat.«

Libera überhörte die Anspielung. Sie ging in die Küche, in der heute niemand zu Mittag gegessen hatte, öffnete den Kühlschrank und holte die Reste von Mantovanis Kuchen heraus. Was er wohl von ihr gedacht hatte, als er sie in ihrer seltsamen Verkleidung gesehen hatte, dazu noch mit ihrer exzentrischen Mutter im Schlepptau. Womöglich hielt er sie jetzt für eine Spinnerin, auf die beruflich kein Verlass war? Ob er sich je wieder bei ihr melden würde?

»An deiner Stelle würde ich mich mit dem Koch zusammentun«, sagte Iole und hielt ihr ein Messer hin. »Mir bitte nur ein kleines Stück.«

Sie ließ sich geräuschvoll auf einen Stuhl sinken und fuhr in ihrem Sermon fort.

»Natürlich ist ein Polizeipräsident interessanter, aber Männer, die in einem kriminellen Umfeld arbeiten, machen einen im Allgemeinen nicht glücklich. Bei diesem Koch hingegen sehe ich eine gewisse Neigung zum Sündhaften ...« Sie schob sich genussvoll ein Stück Schokoladenkuchen in den Mund und seufzte entzückt.

»Mama, ich muss mich mit niemandem zusammentun«, versuchte Libera sie aufzuhalten.

»Und man kann ihn immer noch dazu bringen, ein bisschen abzunehmen«, fuhr ihre Mutter unbeirrt fort.

Nachdem sie das Licht ausgemacht hatte, wälzte sich Libera noch lange im Bett herum. Die Bilder dieses ereignisreichen Tages gingen ihr im Kopf herum und ließen sie nicht schlafen. Musste man nicht mit Rosalia Minardi sprechen und sie über die erpresserischen Taten ihrer Tochter aufklären? Und damit dem Bild der netten Carmen, das durch die Ermittlungen bereits heftig angekratzt war, noch eine weitere dunkle Facette hinzufügen?

Oder war es besser abzuwarten, bis Vittoria herausfand, ob es tatsächlich einen Zusammenhang zwischen der Erpressung und Carmens Verschwinden gab, um das schon existierende Leid nicht noch weiter zu vergrößern?

Im Traum tastete sie sich noch lange durch die Flure eines dunklen Hauses und suchte nach ihrer eigenen Tochter, ohne sie zu finden. Als der Morgen dämmerte, fand sie Zuflucht in den starken Armen eines Mannes. Doch dieser Mann war nicht Saverio.

Als sie am nächsten Tag in die Werkstatt ging, standen schon zwei zukünftige Bräute vor dem Gartentor, die ungeduldig auf sie warteten und ihr keine Zeit ließen, über ihr Gefühlsdilemma nachzudenken. Weder über den merkwürdigen Freund ihrer Tochter noch darüber, was sie selbst wollte. Als sie zum Gartentor ging, um die beiden Frauen hereinzulassen, streifte sie noch kurz der Gedanke, ob Vittoria sich gleich mit dem Sozius von Carluccio befassen würde, oder ob ihre Ermittlungen wegen der Bankomat-Räuber Vorrang hatten und wann sie, Libera, etwas davon erfahren würde? Dann widmete sie sich ihren beiden Kundinnen.

»Ich dachte, ich komme zu Ihnen, bevor ich in Urlaub fahre«, sagte die eine. Sie war etwa vierzig, schlank und mit flammend rotem Haar, das das Werk eines guten Friseurs zu sein schien.

»Wir haben uns gerade erst kennengelernt, als wir hier draußen warteten«, sagte die andere, die jünger, kleiner und rundlicher war. Sie war mit diversen Taschen bepackt, aus denen ständig zwei Mobiltelefone klingelten oder pingten. »Das ist mein Büro«, meinte sie vorwurfsvoll, als sei der Rest der Welt schuld daran, dass sie härter arbeiten musste als alle anderen.

Dann sagten beide im Chor: »Wir haben den Artikel in der Zeitung gelesen.«

»Aber Ihre Blumenwerkstatt ist wirklich ziemlich abgelegen«, meinte die Rundliche, während sie mit dem Zeitungsartikel vor ihrer Nase herumwedelte.

Libera bat sie herein, und während die beiden diskutierten, wer zuerst an der Reihe war, machte sie Tee mit Orangen und Zimt.

Die Rothaarige bestand darauf, dass sie als Erste da gewesen sei und deswegen auch als Erste drankommen müsse, aber gleichzeitig sah sie sich neugierig um und schnupperte mit ihrer Nase in der Luft herum.

Die Rundliche klopfte ungeduldig mit ihrem hohen Schuh auf den Boden.

»Und ich habe nicht die Zeit, hier zu warten«, erklärte sie, nachdem sie gerade den x-ten Anrufer mit den Worten »Ich rufe gleich zurück« abgewürgt hatte. Dann sah sie Libera vorwurfsvoll an: »Es ist schon halb zehn.«

Sie nahm ihre Taschen, hängte sie sich über die Schulter und hielt Libera eine Visitenkarte hin:

»Ich muss los«, sagte sie, während eines ihrer Mobiltelefone wieder anfing zu läuten. »Hier ist meine Adresse. Schicken Sie mir per Mail ein Angebot. Ich nehme es jetzt schon an.«

Sie stöckelte zur Gartentür, und Libera lief ihr verblüfft hinterher.

»Warten Sie! Ich muss doch wissen, wann die Hochzeit überhaupt stattfindet. Und was ist mit den Blumen? Welche gefallen Ihnen denn?«

»Was weiß ich«, rief die künftige Braut genervt, warf Taschen und Telefone in ihren Wagen und setzte sich mit Schwung hinein. »Ich habe keine Zeit für Blumenkunde. Suchen Sie etwas Hübsches aus, und machen Sie mir einfach ein Angebot nicht über zweitausend Euro. Mir reicht es schon, wenn die Blumen Glück bringen.«

»Ich fürchte, das wird sie auch brauchen«, sagte die andere Frau mitleidig, als Libera wieder zurückkam. Dann setzte sie sich, um mit ihr über ihren Brautstrauß und die Blumendekoration zu sprechen.

»Ich heirate am 16. Dezember«, sagte sie. »Das ist der Geburtstag von Jane Austen.«

Und dann offenbarte sie Libera, dass ihr einsames Leben als Informatikerin nach Jahren einer kostspieligen und leidvollen Therapie eines Montagabends eine ganz neue Wendung genommen habe, als sie in einem Supermarkt im Viale Cassala eine alte Ausgabe von Jane Austens *Sinn und Sinnlichkeit* für neun Euro neunzig gefunden habe.

Was die Frau ihr erzählte, erschien Libera keineswegs abwegig, sie kannte die heilsame Wirkung von Büchern, und besonders die Romane von Jane Austen hatten sie selbst an vielen dunklen Abenden aufgeheitert. Doch dass jemand einen Roman als Leitfaden für sein Leben nahm, hatte sie noch nicht erlebt.

»Wie Marianne, die Heldin des Buches, bin ich in der Gegend lange auf die Jagd nach dem ersten Milloughby gegangen«, erklärte ihr die Rothaarige, die, wie sich herausstellte, Ginevra Savoldelli hieß. »Aber erst nach der

Lektüre dieses großartigen Romans habe ich angefangen, die Männer mit schärferem Blick zu betrachten.«

Ihren Colonel Brandon hatte Ginevra im Cottage von Chawton kennengelernt, auf einer Pilgerreise auf den Spuren ihrer Lieblingsautorin. Er war Ingenieur und kam aus Lugano, ein ruhiger, wunderbarer Mann in den Fünfzigern.

»Wir sind verwandte Seelen«, seufzte Ginevra glücklich und reichte Libera einen Zeitungsausschnitt. Ein Foto von Kate Winslet in dem Kostüm der Marianne am Tag ihrer Hochzeit in dem Film von Ang Lee.

»Ein Schneiderin hat mir genau dieses Kleid nachgenäht, es ist wie das in dem Film, und ich hätte nun gern den dazu passenden Brautstrauß.«

Libera versuchte ihr klarzumachen, dass Hochzeitsszenen in Filmen meistens im Frühling gedreht werden und Feldblumen im Dezember kaum zu finden seien, jedenfalls nicht in Italien.

»Dann lassen Sie sich etwas einfallen, Sie sind die Expertin«, entgegnete Ginevra, der solche Feinheiten offenbar egal waren. In der immergrünen Welt des Internets gab es eben keine Jahreszeiten.

»Und wenn Sie die Blumen am anderen Ende der Welt bestellen müssen – ich will einen Frühlingsstrauß genau wie den von Kate Winslet, und ich zahle ja auch dafür, das ist kein Problem.«

»Wirklich faszinierend«, sagte der Mann, dem Ginevra beim Verlassen der Werkstatt begegnete. Sie dankte ihm mit einem koketten Augenaufschlag und dachte wohl, das Kompliment dieses gutaussehenden Fremden gelte ihrer schlanken Gestalt, die der lange blaue Rock mit den Rüschen noch betonte.

»Wirklich faszinierend«, wiederholte Gabriele Ricci, als er nun auf Libera zutrat und sie begrüßte. »Deine Blumenwerkstatt kommt mir vor wie die Praxis eines Psychotherapeuten. Hierher muss ein armer unwissender Mann also kommen, um herauszufinden, was Frauen wirklich wollen.«

»Ich glaube nicht, dass du ein armer unwissender Mann bist«, entgegnete Libera verlegen und merkte, wie ihre Stimme ein wenig zitterte, wie immer, wenn sie mit Gabriele allein war.

»Und ich hätte nie geglaubt, dass du dich in unsere Ermittlungen einmischst.«

Das war es also. Libera errötete. Gabriele war nicht gekommen, um sie zu sehen. Sie und ihre Mutter hatten sich in einen Fall eingemischt, und er wollte nun wissen, wie und warum. Jetzt würde er ihr sicher sagen, dass sie sich aus den Ermittlungen raushalten sollte, und das sofort.

»Ich müsste dir eigentlich befehlen, dich ab sofort aus den Ermittlungen rauszuhalten ...«, sagte Gabriele, als hätte er ihre Gedanken gelesen. Nachdenklich strich er über die Blüte einer Calla. Die Jahre, all die im Präsidium verbrachten Nächte, die Missverständnisse in der Familie und die Müdigkeit hatten seine Gesichtszüge geschärft, aber nicht unbedingt härter gemacht. Libera hätte sein Gesicht mit geschlossenen Augen nachzeichnen können. Ein Gesicht, dass sie jetzt gern gestreichelt hätte.

»... doch ich habe zu viel Respekt vor dir und sage nichts. Außer: Sei vorsichtig! Ich möchte nicht, dass du dich in Gefahr begibst. Und halt deine Mutter im Zaum.«

»Ja, wenn das so einfach wäre«, spottete Iole, die in diesem Moment in die Werkstatt kam und damit bewies, dass sie mal wieder hinter der Tür gelauscht hatte.

»Entschuldigt, wenn ich eure nette kleine Plauderei störe«, fügte sie lächelnd hinzu, »aber dein Kunde ist gekommen, Libera. Der, der dir immer die Geschenke schickt.«

Sie ließ den Satz eine Weile wirken und sah Gabriele vielsagend an. *Vielleicht solltest du besser auf sie aufpassen*, schienen ihre Augen zu sagen, als sie sich jetzt wieder ihrer Tochter zuwandte.

»Darf er hereinkommen?«

Und so begegneten sich die beiden Männer, der Koch und der Polizeipräsident, zum ersten Mal in Liberas Blumenwerkstatt in einer spürbar aufgeladenen Atmosphäre. Nicht nur wegen des x-ten Gewitters, das in diesem nassesten Sommer, den die Poebene je erlebt hatte, auf sie niederging.

Das Zusammentreffen dauerte allerdings nur wenige Minuten, weil Gabriele sich rasch verabschiedete. Mit durchgedrücktem Rücken, der viel über seinen Gemütszustand verriet, ging er von dannen.

»Das muss ich unbedingt Thomas erzählen«, erklärte Iole eine halbe Stunde später, nachdem sie Mantovani zum Gartentor begleitet hatte.

Während der Koch zu Besuch war, hatte sie die Blumenwerkstatt nicht verlassen, obwohl Libera ihr wütende Blicke zuwarf. »Beachten Sie mich gar nicht, ich bin hier nur die Assistentin«, hatte sie Mantovani gegenüber geäußert. Ziemlich mutig für jemanden, der kaum eine Rose von einer Tulpe unterscheiden konnte.

Der Koch war ihr mit ungezwungener Höflichkeit begegnet, und Iole hatte das offenbar als Aufforderung verstanden, sich immer wieder in das Gespräch einzumischen, das im Wesentlichen um die Einweihungsfeier des Restaurants kreiste, bei der er die schöne Blumenhändlerin unbedingt dabeihaben wollte. Mantovani hatte mit Komplimenten nicht gegeizt, was Iole verzückt kommentiert hatte, und bevor er ging, hatte er sich noch einmal an Libera gewandt.

»Das Wichtigste ist, dass Sie an diesem Abend ohne Perücke erscheinen«, meinte er scherzhaft. »Glauben Sie mir, keine Perücke kann mit Ihrer echten Haarfarbe mithalten.«

»Das ist doch meine Rede«, warf Iole begeistert ein. Liebesgeplänkel schätzte sie über alles. Und wie selten kam das in dem Haus ihrer moralisch allzu korrekten Tochter vor!

»Das muss ich unbedingt Thomas erzählen«, wiederholte sie vergnügt, während sie die Treppe hinaufging.

Nur wenige Minuten nach ihr stürzte Libera ins Haus und lief wütend die Treppe hoch.

»Mama!«, rief sie aufgebracht und polterte an die Tür des Gästezimmers, aus dem Gelächter und englische

Satzbrocken drangen. »Kannst du mir mal bitte erklären, was das sollte?«

Iole blieb ihr eine Antwort schuldig. Vorsichtigerweise kam sie erst eine Stunde später wieder herunter, als sich der Zorn ihrer Tochter in Heidelbeertörtchen mit Mascarpone und Honig verwandelt hatte.

»Tommy findet, dass ich mich deinen Freunden gegenüber manchmal unmöglich benehme«, gestand sie. Das war wohl ihre Form der Entschuldigung, die einzige, die ihre Eitelkeit zuließ. »Aber ich musste doch herausfinden, was für ein Typ Mann dieser Koch ist. Immerhin bin ich ja immer noch deine Mutter und mache mir Sorgen um dich.«

»Und was für ein Typ Mann ist er?«, fragte Libera seufzend. Zum Glück würde Iole in einem Monat auf ihre jährliche Wallfahrt in einen Ashram in Rajasthan reisen. Bei der Eröffnung des Restaurants würde sie dankenswerterweise gar nicht da sein.

»Furio ist so wie ein Teller Risotto Milanese mit würzigem Käse überbacken, Gabriele hingegen ist wie Tagliatelle mit weißen Trüffeln.«

Käse oder Trüffel? Mir schmeckt beides sehr gut, sagte sich Libera und dachte an die beiden Männer, die sie umwarben.

Warum traf sie nicht endlich eine Entscheidung? Welchen der Männer würde sie wählen, wenn sie die Heldin eines Jane-Austen-Romans wäre?

Was heißt hier »wählen«, schalt sie sich im gleichen Moment. Hatte sie denn etwas zu wählen? Sie war fast fünfzig, und die Heldinnen bei Jane Austen wurden kaum dreißig Jahre alt.

Du irrst dich, sagte ihre innere Stimme, *es gibt jede Menge schöner Witwen, die wieder heiraten ...*

Aber meistens tun sie es nur, um wieder unter die Haube zu kommen, korrigierte Libera sie und dachte an die blonde Lady Susan und ihre Intrigen, um einen reichen Ehemann zu ergattern.

Wenn einen die wahre Liebe überkam, spürte man das doch wohl. Und das hieß im Umkehrschluss, dass sie sich einfach nicht sicher war.

Du suchst nur nach einer Ausrede, meine Liebe. Also, welcher von beiden, Furio oder Gabriele? Entscheide dich endlich ...

Libera schüttelte heftig den Kopf und beschloss, die aufdringliche Stimme in die Wüste zu schicken.

Ihren Kundinnen wäre es sicher absurd erschienen, dass die Königin der Brautsträuße sich selbst erfolgreich eingeredet hatte, dass sie auf einen neuen Lebenspartner und alle Komplikationen, die dies mit sich bringen würde, gerne verzichten wollte. Mit der Zeit hatte sie sich an die Einsamkeit gewöhnt, ihre Haut hatte sich damit abgefunden, dass kein Mann sie mehr zärtlich streichelte. Ihr schien, dass sie ein gutes inneres Gleichgewicht gefunden hatte, und sie wollte nicht, dass jemand es störte. Jane Austen hatte sich doch auch nie verlobt. Oder?

Du machst dir selbst etwas vor!, rief die innere Stimme noch einmal, bevor Libera sie endgültig verscheuchte.

»Ich bin gespannt, ob Vittoria uns heute Abend schon etwas über Carluccios Teilhaber erzählen kann«, sagte sie wenig später zu ihrer Mutter, als sie den Tisch fürs Mittagessen deckte. Man roch den Duft ihrer Fusilli mit Porree und Safran im ganzen Haus.

»Sie kann es dir gleich sagen«, entgegnete Iole und stellte einen weiteren Teller an den Platz am Tischende, an dem gewöhnlich ihre Enkelin saß. Dann sah sie ihre überrascht dreinblickende Tochter an.

»Ich war einfach neugierig und hab sie angerufen. Da hat sie gesagt, sie kommt zum Mittagessen vorbei.«

»War sie nicht ungehalten, dass du ihr so im Nacken sitzt?«, fragte Libera, die befürchtete, dass sich Vittoria wieder in tiefes Schweigen hüllen würde, wenn man ihr zu viel Druck machte. Dann wäre es vorbei mit den Informationen, und sie müssten wieder bei Gabriele anklopfen.

»Na ja, ich hatte eher den Eindruck, dass sie uns inzwischen als kriminalistische Assistentinnen akzeptiert hat«, sagte Iole augenzwinkernd. Und tatsächlich – als Vittoria nach Hause kam, zeigte sich deutlich, dass sie ihre Haltung gegenüber ihren beiden Mitbewohnerinnen im Bahnwärterhaus geändert hatte. Vielleicht hielt sie ihnen zugute, eine vielversprechende Fährte entdeckt zu haben. Vielleicht hoffte sie, sie im Zaum zu halten, indem sie ihnen ab und zu ein paar Hinweise gab, weil sie befürchtete, dass sie sich in Schwierigkeiten bringen könnten, wenn sie allein loslegten. Vielleicht hatte sie aber auch nur einfach gute Laune, weil sie sich mit dem tätowierten Typ mit der Haartolle wieder versöhnt hatte, dachte Libera. Dann sah sie wieder seine Hände vor sich, die ihre Tochter gepackt und geschüttelt hatten, und runzelte unwillkürlich die Stirn.

»Der Sozius von Carluccio heißt Gerlando Comberiati«, sagte Vittoria, als sie sich ihre Pasta auf den Teller häufte. »Er kommt aus einer einflussreichen Familie in Petilia Policastro.«

Petilia Policastro. Libera verspürte einen Stich. Sie kannte diesen Namen nur zu gut, auch wenn sie sich nie besonders für die Ermittlungen in Bezug auf den Tod ihres Mannes interessiert hatte.

Nach seiner Ermordung waren die Zeitungen voll von Berichten über dieses Dorf in Kalabrien, in dem eine blutige Fehde stattgefunden hatte, nach der zahlreiche Mitglieder des Clans nach Mailand übergesiedelt waren und illegale Geschäfte und Gewalt in die Stadt gebracht hatten. Saverio und Gabriele ermittelten gerade in Sachen Drogenhandel, den einige Familien aus diesem Ort an der Piazzale Baiamonti etabliert hatten, nachdem der Primo ermordet worden war.

»Kommt der Name von diesem Comberiati nicht auch in Papas Akte vor?«, fragte Libera mit dünner Stimme.

Der Albtraum von damals kehrte immer wieder zurück und machte ihr Angst. Sie wollte nicht, dass ihre Tochter in Gefahr geriet, nur weil sie sich in den Kopf gesetzt hatte, herauszufinden, was mit Carmen Minardi passiert war.

»Mach dir keine Sorgen«, sagte Vittoria und legte beruhigend eine Hand auf die ihre. Sie war klein und warm. »Comberiati hatte immer nur mit Baugeschäften zu tun.

Und Migliavacca, der Kommissar, der den Fall Carmen verfolgt hat, erwähnt ihn in den Untersuchungsakten nicht einmal. Vielleicht, weil seine Verbindungen zu Cosimo Carluccio nicht offiziell waren. Vielleicht, weil es die Abteilung Mafiabekämpfung damals noch nicht gab. Erst Ende der 90er Jahre haben sie angefangen, sich mit diesem Mann zu beschäftigen, aber er war keinen einzigen Tag im Knast.«

»Und wann ist er gestorben?«, mischte sich Iole ein.

»2008.«

Vor sechs Jahren also, dachte Libera bestürzt. Sechs Jahre, in denen niemand einen Zusammenhang zwischen Comberiati und dem Verschwinden von Carmen hergestellt hatte. Und wer es vermutet hatte wie Anna Carluccio, hatte sich gehütet, es den Ermittlern zu sagen. Als Comberiati starb, war Carmen schon zwanzig Jahre verschwunden – zwanzig Jahre, in denen wertvolle Hinweise verloren gegangen sein konnten und die Zeugen möglicherweise inzwischen alle tot waren. Würde die arme Rosalia jemals die Wahrheit über das Ende ihrer Tochter erfahren?

»Dann kannst du diese Spur also gar nicht weiterverfolgen«, sagte sie niedergeschlagen.

Vittoria grinste vielsagend. »Das ist nicht unbedingt gesagt!« Dann nahm sie sich in aller Ruhe zwei Heidelbeertörtchen. Mehr erfuhren Mutter und Großmutter erst einmal nicht.

»Ich habe übrigens mit Ricci gesprochen. Es beunruhigt ihn sehr, dass man sich hier im Haus mit dieser Sache beschäftigt.«

Während sie dies sagte, sah sie ihre Mutter ernst an.

»Er hat mir nahegelegt, einen gewissen Antonio Ceraudo zu befragen, einen Justizangestellten und wichtigsten Belastungszeugen in der Sache Petilia. Er weiß alles über die Geschäfte dieser Herren und hat darüber schon der Antimafia-Behörde berichtet.

»Brauchst du dafür nicht eine richterliche Genehmigung?«

»Die hat Ricci bereits erhalten.«

»Dann wird der Fall Carmen Minardi also offiziell wieder eröffnet?«

»Ich würde sagen, ja.«

Libera spürte, wie sich ihr Magen aufgeregt zusammenzog.

»Darf ich Rosalia Minardi davon erzählen?«, fragte sie ihre Tochter.

Vittoria lächelte. »Lass mich erst mal mit diesem Ceraudo sprechen, das werde ich so schnell wie möglich tun.«

In diesem Moment kündigte ein kurzer Klingelton in Vittorias Telefon eine Nachricht an. Sie las sie schnell, und ihr Gesicht verfinsterte sich. Dann tippte sie eilig eine Antwort und schaltete das Handy aus.

»Ach, die Liebe«, bemerkte Iole, nachdem ihre Enkelin vom Tisch aufgestanden und grußlos hinausgegangen war. »Dass es in diesem Haus aber auch nie eine glückliche Liebesgeschichte gibt.«

Sie sah ihre Tochter vielsagend an und ging in den Garten, um eine ihrer Spezialzigaretten zu rauchen. Die strenge kleine Ermittlerin würde sicher eine Weile fort sein.

Auch in dieser Nacht fand Libera lange keinen Schlaf. Die ganze Zeit musste sie an den eigenartigen Ausdruck in Vittorias Augen denken, als sie sie gefragt hatte: »Kommt der Name von diesem Comberiati nicht auch in Papas Akte vor?«

Es war ein schmerzlicher und zugleich wütender Blick gewesen. Wie kommt es, schien ihre Tochter ihr zu sagen, dass du, wo du jetzt die Detektivin spielst, nie das Bedürfnis hattest, ein einziges Dokument über den Tod deines Mannes zu lesen? Interessiert es dich so wenig, dass ihm Gerechtigkeit widerfährt? Dass sein Fall aufgeklärt wird?

Daran dachte Libera, während sie sich im Bett hin- und herwälzte, bis ein schriller Schrei ertönte und unmittelbar darauf der trockene Befehl einer Frauenstimme sie zusammenfahren ließ:

»Halt oder ich schieße!«

Libera sprang aus dem Bett, ohne Licht zu machen, rannte barfuß und im Nachthemd zur Tür, riss sie auf und sah folgende Szene vor sich: Im Flur stand breitbeinig ihre Tochter mit zu Berge stehendem Haar in einem grauen Seidenpyjama. Sie hielt ihre Dienstpistole auf einen bärenhaften Hünen mit schreckgeweiteten Augen gerichtet, der mit erhobenen Armen und einem viel zu engen Che-Guevara-Shirt, das seine geringelten Boxershorts nicht bedeckte, vor ihr stand.

Es war unverkennbar ein Shirt ihrer Mutter, sagte sich Libera, bevor die Tür des Gästezimmers aufging und Iole herauskam, die außer einem roten Haarband und einem Männerhemd nichts anhatte. »Um Himmels willen, was ist denn los?«, fragte sie und sah auf die drei Figuren im Flur, die wie Salzsäulen dastanden.

»Das ist doch nur mein lieber Freund Thomas Andrew Harding. Professor für italienische Literatur an der Universität Wisconsin. Er arbeitet hier an einem Forschungsprojekt über die Verse von Boccaccio.«

Volltreffer, dachte Libera amüsiert, während sich der Bär unbeholfen verneigte, wobei ihm das Che-Shirt fast bis zur Brust hochrutschte.

»Freut mich sehr, Sie kennenzulernen«, sagte der Mann mit einem Akzent, der zugleich an Dan Peterson und Don Lurio erinnerte.

»Und das sind meine Tochter und meine Enkelin«, fuhr Iole mit ihrer Vorstellung fort. »Vicky ist Polizistin, deshalb trägt sie selbst im Schlafanzug eine Waffe bei sich.«

Vittorias Wangen verfärbten sich tiefrot, und sie öffnete den Mund, um ihrer Großmutter die Meinung zu sagen. Doch diese lächelte ihr nur freundlich zu und sagte:

»Nimm die Pistole runter, mein Mädchen. Wenn wir alle unsere Gäste abknallen, sind wir am Ende ganz allein.«

Sie gab dem Bären ein Zeichen, worauf dieser eilig im Gästezimmer verschwand und sie die Tür hinter ihm schloss.

»Hast du das gesehen, Mama?«, fragte Vittoria empört, als sie sich von dem Schrecken erholt hatte.

Libera nickte.

»Und das erlaubst du ihr?«

Libera breitete in einer hilflosen Geste die Arme aus und schwieg, aber was sie dachte (Was soll ich denn machen? Sie ist schließlich meine Mutter!), musste ihrer Tochter eigentlich klar sein. Dennoch legte diese noch einen drauf:

»Ich fasse es nicht. Nonna bringt heimlich Männer mit nach Hause wie eine halbwüchsige Göre. Und der da ist mindestens zwanzig Jahre jünger als sie!«

Die Tür des Gästezimmers öffnete sich noch einmal.

»Es sind achtzehn, um genau zu sein«, bemerkte Iole mit freundlicher Stimme. »Aber ich kann trotzdem noch gut mithalten.«

Dann schloss sie die Tür leise wieder.

Vittoria gab sich geschlagen. Sie schüttelte den Kopf und ließ die Pistole sinken.

8

Reumütige Worte

Drei Tage vergingen, die Temperaturen stiegen auf den bedauerlichen Rekord von 18 Grad, und das am 2. August. In Bars und Supermärkten redeten die Mailänder von nichts anderem als von den glücklichen Gegenden in Sizilien und Apulien, in denen die Sonne schien, als wäre es wirklich Sommer. Oder von wackeren Reisenden in Ländern, die normalerweise mit viel Regen gesegnet waren (England und Schottland), und die in diesen Ferien ihre Gummistiefel gar nicht gebraucht hatten. In den Zeitungen wurde über Blitzeinschläge in Val Camonica, Sturzfluten in Varesotto, Windhosen in der Gegend von Lecco und der Entwurzelung kleiner Platanen am Seeufer lamentiert. Die Hoteliers klagten über Stornierungen, die Meteorologen liefen Gefahr, von den Leuten gelyncht zu werden, und der Seveso trat über die Ufer und überschwemmte die Keller im Niguarda-Viertel.

Libera verließ dennoch jeden Morgen das Haus, sie sagte dann, sie gehe im Parco Sempione spazieren, aber ihre Schrite führten sie immer wieder Richtung Arena, Via Moscova und Fatebenefratelli. Sie hatte ein paarmal in der Via dei Giardini Stellung bezogen und mindestens dreimal Vicky angerufen und vorgeschlagen, einen Kaffee trinken zu gehen, doch ihre Tochter hatte sie jedes Mal abgewiesen. Entweder war sie nicht im Büro oder so beschäftigt, dass sie keine Minute Zeit hatte. Auch das grüne Auto hatte sie nicht mehr in der Gegend gesehen.

Wenn Vittoria abends nach Hause kam, hüllte sie sich wieder in Schweigen. Sie saß mit geistesabwesender Miene da und nahm ihr Essen zu sich, ohne ein Wort zu sagen. Ihre Mutter und Großmutter erfuhren nichts, weder über Rosalia noch über sonst etwas.

Am Mittwoch war es Libera mit einer List gelungen, Vittoria in ihre Werkstatt zu locken. Was dann passierte, was sie sich dort zwischen frischen Blumen und Töpfen mit Basilikum, Minze, Lavendel, Heidekraut und Beeren sagten, daran musste sie in den folgenden Tagen noch oft denken – es war ihr, als erlebe sie eine Theateraufführung in zwei Akten.

Erster Akt: Libera und Vittoria in der Werkstatt, beide stehend: Die Mutter trägt eine Arbeitshose, ihr rotes Haar reicht bis zum halben Rücken, in der Hand hält sie einen Blumenstrauß. Die Tochter trägt ihre Uniform, stampft nervös mit den Polizeistiefeln auf den Boden. Eine Wanduhr mit aufgemalten Rosen zeigt zehn nach acht. Durchs Fenster sieht man draußen die Blitze eines Gewitters, Regentropfen dick wie Weintrauben klopfen gegen die Scheiben.

Libera *(in verlegenem Ton, sie weiß, dass sie lügt, und bedauert es)*:

»Hm, entschuldige, wenn ich dir deine Zeit raube, aber ich brauche für diesen Strauß einen Rat von dir.

Ich weiß nicht, ob ich besser Heidekraut oder Lavendel nehmen soll. Was meinst du?«

Vittoria: (*mit erstaunt aufgerissenen Augen*): »Was soll ich meinen, ich verstehe nichts von Blumen.«

Libera: »Die Braut ist ungefähr in deinem Alter, ich dachte, du hättest vielleicht eine Idee.«

Sie holt Luft und versucht es dann noch einmal: »Welche Blumen würdest du dir denn wünschen?«

Vittoria: (*dreht sich zu ihr um, als habe sie nicht recht gehört*): »Wofür denn?«

Libera: »Für deinen Strauß.«

Vittoria: »Welcher Strauß denn?«

Libera: »Der Brautstrauß natürlich.«

Zweiter Akt: Die beiden Heldinnen starren sich lange schweigend an. Ein paar Takte Spannungsmusik! Dann rastet Vittoria aus. Wirbelt mit den Händen in der Luft herum. Während sie spricht, wird ihre Stimme immer schriller.

Vittoria: »Ich heirate nicht, Mama! Wann kapierst du das endlich?« (*Sie dreht sich um und schickt sich an, zu gehen*). »Und selbst wenn ich heiraten würde, würde ich bestimmt keinen Brautstrauß von dir wollen! Denk nicht mal dran!«

Vittoria verlässt die Werkstatt und knallt die Tür hinter sich zu (bang!) Libera steht betroffen da, den Strauß in der Hand.

Der Tag hatte schlecht angefangen und endete in einem Fiasko. Vicky verzichtete auf das Abendessen, ging fort und nahm eine Tasche mit. Sie würde heute Nacht hier nicht schlafen, sagte sie noch. (*Sicher geht sie jetzt zu diesem Typ mit der Haartolle, und ich habe sie praktisch hingeschickt!*)

Dann machte ihr auch noch Iole Vorwürfe.

»Hör endlich auf, Vittoria unter Druck zu setzen!«, sagte sie mit klarer Stimme vom Sofa her. Sie machte gerade Stretching-Übungen und plauderte zwischendurch mit den Freunden aus der Gruppe »Freie Liebe«.

»Vicky ist eine erwachsene Frau, sie kann nicht immer für dich da sein.«

»Aber sie ist seit Monaten in einer furchtbaren Stimmung, ich mache mir Sorgen ...«, versuchte Libera sich zu verteidigen, während sie ein saftiges Spargelrisotto servierte, das nach Butter und Parmesan roch.

»Ich mache mir Sorge, ich mache mir Sorgen ...«, stichelte Iole auf dem Sofa. »Meine Güte! Hör endlich auf, dir Sorgen zu machen! Mach lieber etwas aus deinem Leben, ruf den Koch an oder geh mit Gabriele aus. Oder schaff dir wenigstens einen Hund an.«

Dann stand sie auf und streckte sich.

»Für mich kein Risotto. Ich bin mit Mario verabredet und muss jetzt los.«

Libera blieb allein, mit ihrem Risotto und ihren grüblerischen Gedanken. Ja, sie machte sich Sorgen. Vor allem über das, was sie gesehen hatte und niemandem anvertrauen konnte. Weder Iole (sie stellte sich schon ihre Antwort vor: *Kümmere dich um deinen eigenen Kram und lass Vittoria ihr eigenes Leben führen!*) noch Gabriele, der leicht Erkundigungen über Vickys tätowierten Freund hätte einziehen können (sie hatte ja die Autonummer seines Wagens), und er war immerhin der Chef ihrer Tochter.

Mit einem Mal sehnte sie sich nach Opa Spartaco mit seinem gesunden Menschenverstand. Er hätte es verstanden, mit dem Kerl mit der Haartolle und auch mit Vittoria zu reden und ihnen (und ihr selbst) den richtigen Rat zu geben. Solche Männer gibt es leider nicht mehr, dachte Libera bedauernd, als sie am nächsten Morgen den Park an der Via Palestro verließ, Männer, die ebenso gut ein Fahrrad reparieren konnten wie einen Toaster oder ein schweres Herz, Männer, die ein ruhiger Hafen waren, wenn das Leben einem übel mitspielte.

Und weil das so war, war es besser, sich an eine Frau zu wenden. Eine patente und entschlossene Frau, eine, die sie gern als Wirtschaftsministerin vorschlagen würde, wenn nicht gar als Regierungschefin in diesen schwierigen Zeiten.

»Die Signora ist in ihrem Arbeitszimmer«, sagte Svetlana, die alte Haushaltshilfe aus der Ukraine, als Libera an der Wohnungstür von Franca, der Freundin ihrer Mutter, klingelte. Ihre Wohnung war durch Zusammenlegen von fünf hintereinander liegenden Zweizimmerapartments entstanden, im vierten Stock eines Gebäudes in der Via Cerva, einer so eleganten Straße, dass man dort Gärten mit Pflanzen anlegte, die sogar im Winter blühten. Und obwohl die Wohnung nur ein paar Schritte von der belebten Via Visconti di Modrone entfernt lag, war sie ausgesprochen ruhig.

Drinnen zeigte sich überall der gute Geschmack der Besitzerin, neben alten Erbstücken gab es dort moderne Gemälde, ein paar venezianische Möbel aus dem siebzehnten Jahrhundert, mit anderen aus der Provence vermischt, die sie bei Trödlern gekauft hatte, und eine Sammlung ungarischen Porzellans.

»Zahlen, immer nur Zahlen«, sagte Franca stirnrunzelnd und schloss seufzend die vor ihr liegende Mappe. Sie stand vom Schreibtisch auf und gab Libera ein Zeichen, sich zu ihr auf das Sofa zu setzen. Auch zu Hause trug sie elegante Kleidung und eine prächtige Kette aus Weißgold mit Smaragden und Amethysten, aber sie hatte nackte Füße und ein mädchenhaftes Rosa auf ihren gepflegten Fußnägeln.

»Brauchst du einen Vorschuss für die Tischdekoration?«, fragte sie Libera, nachdem vor ihnen auf dem Tisch wie durch Zauberhand ein Tablett mit einer Teekanne, zwei Tassen und einer Silberschale mit Mandelkeksen hingestellt wurde. Sie machte Anstalten, aufzustehen.

Bestimmt will sie jetzt ihr Scheckheft holen, dachte Libera, die sie gut kannte.

»Nein, bitte bleib sitzen. Und verzeih, dass ich dich so früh am Morgen störe«, sagte sie unentschlossen. Dann schwieg sie eine Weile, weil sie nicht wusste, wie sie anfangen sollte.

Franca zündete sich eine Zigarette an.

»Was hast du für ein Problem?«, fragte sie schließlich. »Geht es um Iole? Hat sie dich wieder mal in Schwierigkeiten gebracht?«

Libera schüttelte den Kopf. Sie holte Luft und atmete wieder aus. Dann sagte sie schnell, als fürchtete sie, später zu bereuen, worum sie Franca jetzt bat:

»Ich ... ich habe ein Autokennzeichen und wüsste gern, wem der Wagen gehört, also, ich meine, was für ein Typ das ist. Ich dachte ... du könntest vielleicht deinen Freund im Polizeipräsidium mal fragen ...«

»Du meinst, meinen Freund, den Chef?«, sagte Franca lachend. Gabriele Ricci war einer der eifrigsten Besucher ihrer Cocktailpartys, die sie jeden Freitag gab. Sie beugte sich vor, um die Zigarette auszudrücken, und ihre Ohrringe klimperten.

»Da weiß ich was Besseres. In der Präfektur hat einer bei mir noch etwas gutzumachen.«

Dann wurde ihr Gesicht plötzlich ernst, und Libera konnte sich vorstellen, was sie dachte.

»Ich möchte Vicky lieber nicht danach fragen«, kam sie ihr zuvor.

»Geht es um einen Mann, der dir gefällt?«

»Nein, es geht um meine Tochter.«

Ein neuer Gedanke zeichnete sich auf Francas Gesicht ab.

»Ich weiß, ich sollte mich da nicht einmischen, und will es auch nicht«, sagte Libera. »Aber ich habe die beiden neulich zufällig mitten am Tag auf der Straße streiten gesehen, und dieser Typ kam mir ganz schön aggressiv vor.« Sie sagte nicht gewalttätig, und Franca bemerkte es sofort.

»Was meinst du mit aggressiv? Schlägt er sie?«, fragte sie erschrocken.

»Ich ... ich weiß es nicht.«

Eigentlich war es ja Vittoria, die dem Mann mit der Haartolle eine verpasst hatte.

Franca strich ihre Seidenbluse glatt. Sie streckte die Hand aus und nahm einen kleinen Notizblock zur Hand.

»Autonummer und Wagentyp«, sagte sie ohne weiteren Kommentar. Als sie beides notiert hatte, rümpfte sie die Nase.

»Ich weiß ja nicht, was für ein Typ das ist, aber wenn das so einer ist, der den ganzen Tag mit seinem Auto herumfährt, kann man es sowieso vergessen. Ich kümmere mich drum.« Sie sah Libera an und schüttelte den Kopf. »Ihr seid wirklich unverbesserlich, ihr Cairati-Frauen!«

Als sie hinausgingen, blieb Libera noch einen Moment vor dem Bücherregal stehen. Das tat sie in allen Wohnungen, in die sie kam. In Francas Wohnzimmer gab es Kunstkataloge, Naturbeschreibungen, historische Bücher und Reiseliteratur, aber hier in Francas Arbeitszimmer waren lauter Liebesromane versammelt. Viele davon hatte sie ihr selbst verkauft, als sie noch die Buchhandlung hatte. Sie strich über die Rücken der Bücher, die ihr wie alte Freunde vorkamen.

»Es hat mich immer überrascht, was für Bücher du liest, Franca. Eigentlich bist du doch gar kein romantischer Typ«, bemerkte sie.

Franca lachte. »Ich kenne niemanden, der mehr an die Liebe glaubt als ich.« Sie zwinkerte Libera zu. »Ich nehme mal an, dass Iole nichts von unseren Recherchen erfahren soll, oder?«

»Ja, bitte nicht.«
»Ich sage kein Wort.«

Als Libera wenig später die Via Cerva entlangging, regnete es schon wieder, aber aus irgendwelchen geheimnisvollen Gründen schien ihr der Regen auf dieser kleinen Straße weniger heftig zu sein. Oder zumindest nicht so lästig.

Wieder zu Hause, zog sie ihre Regenhose und eine wasserdichte Jacke an, um laufen zu gehen. Es war nicht ihre übliche Zeit, denn sie mochte die Alzaia besonders früh am Morgen, bevor es noch ganz hell wurde. Dann fühlte sie sich leicht und frei von schweren Gedanken.

Wenn sie lief, so wie jetzt, war es sogar weniger belastend, an Rosalia Minardi und ihr endloses ›Warten‹ zu denken. Vielleicht würde Vicky, nachdem sie diesen Mafioso befragt hatte, ihr endlich eine Antwort geben können.

Wenn Rosalia dann die Wahrheit wusste, würde sie sich vielleicht doch entschließen können, ihrem Mann zu folgen und die trostlose kleine Wohnung in Boviso mit dem Heiligtum, das der Tochter gewidmet war, zu verlassen, um ihre letzten Jahre in der Sonne von Favignana zu verbringen. Sie könnte Carmen auf dem kleinen Friedhof beweinen, den sie ihr so genau beschrieben hatte. Zwischen Kaktusfeigen und Oleanderbüschen an der Cala di San Nicola. Sie lächelte.

»Einen Euro für Ihre Gedanken, sie müssen wunderbar sein«, sagte die Stimme eines Mannes, der plötzlich neben ihr auftauchte. Libera drehte sich überrascht um und sah in Furio Mantovanis freundliches Gesicht.

»Was machen Sie denn hier?«

»Dasselbe wie Sie.«

Unwillkürlich schaute sie nach unten auf seine Lederstiefel.

»Aber Sie sind ja gar nicht gejoggt«, sagte sie.

Furio Mantovani brach in ein lautes Lachen aus. Dann legte er den Arm um sie.

»Nicht gejoggt, aber gelaufen. Ich habe Sie vom Fenster aus gesehen und musste ganz schön rennen, um Sie einzuholen. Für diese Anstrengung habe ich mir einen Kaffee mit Ihnen verdient, oder nicht?«

Sie nickte lächelnd.

Wenig später saß sie mit ihrem zerzausten roten Haar in der Küche seines Restaurants – einem riesigen, menschenleeren Raum mit Metalltischen und Neonleuchten, in dem es nach Tomaten, Pfirsichen und Gewürzen duftete.

»Gefüllte Kartoffeln aus dem Ofen und Salat von gerösteten Peperoni«, verkündete Mantovani und holte aus dem Ofen zwei kleine Auflaufformen.

»Ich möchte Ihre freundliche Einladung von neulich gern erwidern.«

Trotz Liberas Protest erlaubte er ihr nicht, nach Hause zu gehen, um sich umzuziehen.

»Kommt gar nicht in Frage, dass Sie mir wieder entwischen. Sie laufen schneller als ich und nachher verkleiden Sie sich wieder, so dass ich Sie nicht mehr erkenne.«

Er reichte ihr ein frisches dunkelblaues Sweatshirt. »Ziehen Sie sich gern im Bad dort hinten um.«

Wenig später aßen sie im Neonlicht an einem der Arbeitstische mit zwei sauberen Geschirrtüchern als Tischdecke. Libera fehlten zum ersten Mal weder Leinen noch Kristall noch Kerzen.

»Wollen Sie mir jetzt mal verraten, warum Sie sich neulich Abend so verkleidet haben?«, fragte Mantovani nach dem Essen und beugte sich zu ihr. In diesem Moment läutete ihr Mobiltelefon. Eine unbekannte Nummer.

»Ja bitte?«, sagte Libera. Wahrscheinlich war es eine Kundin, die am Vorabend der Hochzeit Zweifel überkommen hatten und die sie nun zu einem Wettlauf gegen die Zeit zwingen würde, um seltene Blumen oder Himalayagräser zu besorgen. Doch es war die Stimme eines Mannes, der ihr mit drohendem Unterton etwas ins Ohr raunte.

»Probleme?«, fragte der Koch. Er stand auf und wartete wie ein Kavalier, der seiner Dame zu Hilfe kommt, nur dass er vergessen hatte, seine lange Schürze auszuziehen.

Libera schüttelte den Kopf. »Ich habe eine Verpflichtung vergessen, entschuldigen Sie bitte.« Auch sie stand auf und reichte dem Koch die Hand.

»Danke für das leckere Essen. Es tut mir wirklich leid, dass ich so schnell wegmuss.«

Sie spürte, dass sie es wirklich bedauerte. Nur ungern verließ sie die Küche der Canottieri und vor allem ihren fülligen Chef. Furio hatte ihr eine Stunde der Sorglosigkeit geschenkt.

»Ich habe den Eindruck, dass diese Verpflichtung Sie irgendwie belastet«, sagte der Koch und sah sie forschend an.

Sie konnte ihm ja nichts verraten, deshalb sagte sie nur:

»Nein, nein. Es geht nur um die Begleichung einer Schuld.«

Libera hatte Cagnaccio nicht vergessen, den Chef der Panorama-Seiten von *La Città*, auch nicht das Versprechen, das er ihr abgenommen hatte: dass sie alles, was sie über den Fall Minardi herausfand, an ihn weitergeben würde.

In den letzten Tagen hatte sie schon daran gedacht, ihn über den Stand der Dinge zu informieren, aber sie wollte ihm nichts von dem erzählen, was sie im Hause Carluccio erfahren hatte, bevor Vittoria nicht mit dem Mafioso gesprochen hatte. Auf keinen Fall würde sie die Ermittlungen aufs Spiel setzen, auch wenn er sie jetzt für wortbrüchig hielt.

Der Nachrichtenchef empfing sie mit den Worten »Kommen Sie, ich habe nur wenig Zeit«, dann führte er sie in den Konferenzraum der Zeitung.

»Ich wollte, dass Sie das hier lesen, bevor ich es veröffentliche. Die Überschrift hat mein Stellvertreter gemacht, er ist ein gefährlicher Neuling. Aber die Frau aus dem Interview müssten Sie wiedererkennen.«

Er reichte ihr eine Fotokopie des Umbruchs, einen Artikel von fünf Spalten, mit einem Foto in Schwarzweiß, das einer jungen Frau im Brautkleid zeigte. Darüber stand in großen Lettern: *Brautstrauß aus der magischen Blumenwerkstatt brachte der Braut kein Glück.*

Libera las in Ruhe die Äußerungen ihrer unzufriedenen Kundin. Sie erinnerte sich noch genau an die junge Frau: Eine Literaturstudentin, die immer von ihrer Mutter und einer Freundin begleitet wurde, mit der sie gern über den Geiz ihrer künftigen Schwiegermutter sprach. Sie hatte vor mehr als drei Monaten geheiratet. In dem Interview sagte sie nicht, warum ihre Ehe so schnell Schiffbruch erlitten hatte.

»Und, was sagen Sie dazu?«, fragte Cagnaccio.

»Warum nennen Sie Ihren Stellvertreter einen gefährlichen Neuling?«

Er sah sie erstaunt an, dann lachte er schallend. »Sie sind mir vielleicht eine«, sagte er und klopfte ihr anerkennend auf das viel zu große, dunkelblaue Sweatshirt des Kochs, das sie immer noch anhatte. »An Humor mangelt es Ihnen jedenfalls nicht. Wenn Sie sich nicht so schlecht kleiden würden und nicht diese Spaghetti-Haare hätten, könnten Sie mir glatt gefallen.«

Es stellte sich heraus, dass Cagnaccio seinen Stellvertreter deshalb so bezeichnete (der Neuling war bereits fünfzig), weil er diese Headline gewählt hatte, ohne die Betroffene wenigstens anzurufen, nämlich sie. »Wir sind nicht scharf auf Anzeigen wegen Beleidigung«, fügte er hinzu.

Ach, daher weht der Wind, dachte Libera.

»Aber wie kommen Sie überhaupt darauf, mich mit der Floristin in Zusammenhang zu bringen, deren Sträuße Unglück bringen?«

»Meine Liebe, ich vergesse einen Namen niemals«, sagte Cagnaccio und wackelte mit dem Zeigefinger. »Auch an dem Tag, als Sie gekommen sind, habe ich mich gefragt, woher ich Ihren Namen kenne. Und dann habe ich mich an Ihren Mann erinnert. Damals hatte ich mich nicht selbst um den Fall gekümmert.«

Libera wurde rot. »Saverio hat damit nichts zu tun, weder mit den Brautsträußen noch mit dem Verschwinden der Minardi.«

»Sind Sie sich da sicher?«

Aha, dachte Libera, das ist der eigentliche Grund für dieses Treffen, bei dem ein Brautstrauß vorgeschoben wird, der angeblich Unglück bringt.

Auch wenn die Ähnlichkeit mit Shrek ihn sympathisch machte, so war Cagnaccio doch ein Journalist, und Journalisten - das wusste Libera, weil sie es selbst zur Genüge erfahren hatte - hatten ein besonderes Gehirn, das wilde Assoziationen herstellte und Sprünge machte, die nicht immer logisch waren. Oft genug wurden Geschichten zusammengebracht, die nichts miteinander zu tun hatten.

»Ich kann Ihnen versichern, dass der Mord an meinem Mann nichts mit dem Fall Minardi zu tun hat«, sagte sie und legte eine Hand aufs Herz, um ihren Worten Nachdruck zu verleihen.

»Das Wort der Mutter einer Polizistin?«

»Auch meine Tochter hat damit nichts zu tun.«

»Also gut. Ich glaube Ihnen«, meinte Cagnaccio, nachdem er ihr lange schweigend in die Augen gesehen hatte. »Sie sind keine Lügnerin. Was sollen wir denn nun mit dieser Braut machen?«

Libera drehte die Handflächen nach oben. »Ich habe dazu nichts zu sagen. Nicht Blumen machen eine Ehe glücklich, sondern die Liebe.«

Am nächsten Tag titelte *La Città*: *Die Magie der Brautsträuße. Was ist dran?*

Cagnaccio hatte das Interview mit der unzufriedenen Braut dem der Fernsehdiva aus dem *Corriere* gegenübergestellt, die Liberas Blumenwerkstatt so überschwänglich gepriesen hatte. Am Drehort ihres letzten Films, einer TV-Version von *Aida*, aber mit Happy End, bekräftigte die bekannte Schauspielerin ihre Meinung über Liberas magische Sträuße noch einmal. Sie erwarte nun ihr erstes Kind. »Dieser Strauß hat mir Glück gebracht, und ich werde ihn für immer aufbewahren«, sagte sie.

Gegen Mittag war die Zeitung in den Kiosken. Noch bevor es Abend wurde, klopften drei neue Kundinnen an Liberas Tür.

Als Vittoria gegen neun endlich aus dem Polizeipräsidium nach Hause zurückkehrte, setzte sie sich an den Küchentisch, rief Mutter und Großmutter zu sich und sagte mit ernster Miene:

»Morgen wird Ceraudo befragt. Und Ricci hat gesagt, dass ich bei dem Verhör dabei sein soll.«

Iole rief eilig ihre Freundinnen an, mit denen sie in ein Yoga-Retreat an den Comer See hatte fahren wollen.

»Wir müssen es auf später verschieben«, hörte Libera sie sagen. »Die Pflicht ruft.« Dann legte sie ihrer Enkeltochter die Hand auf die Schulter, als ob sie auf die Bibel schwören würde.

»Ich will auf keinen Fall deinen Bericht verpassen«, sagte sie so feierlich, dass selbst Vittoria ein Lächeln nicht unterdrücken konnte.

Libera kam das Warten endlos vor, obwohl sie von neuen Bräuten bestürmt wurde, die von eifrigen Großmüttern, Cousinen, Portiersfrauen und Barmännern von dem Artikel erfahren hatten (dafür war *La Città* bekannt: Alle lasen das Blatt, aber niemand gab es zu).

Und so konnte sich Libera einen Luxus leisten, der vor einem Jahr noch undenkbar gewesen wäre: Sie lehnte eine Kundin ab, die ein äußerst seltsames esoterisches Ritual mit den Blumen anstellen wollte, bevor der Strauß gefertigt wurde. Ansonsten hatte sie wieder einmal schlecht geschlafen und fragte sich allmählich, ob das jemals noch anders werden würde. In dieser Nacht waren es der Gedanke an den Koch und Gabriele gewesen, die Aufregung um den jungen Mann mit der Haartolle und der ungewisse Ausgang der Ermittlungen im Fall Carmen, die sie wachgehalten hatten. Nicht einmal der Besuch von Mantovani, der mit dem Zeitungsartikel in der Hand ankam und ihr gratulieren wollte, konnte sie ablenken. Sie war unruhig und ihm gegenüber kurz angebunden, und er ging recht geknickt von dannen. Das wiederum löste bei ihr Gewissensbisse aus.

Beim Mittagessen bemerkte auch Iole, dass ihre Tochter nicht in bester Verfassung war. Libera hatte für ihre Fusilli mit Gorgonzola und Pilzen viel zu viel Sahne benutzt (sie selbst bezeichnete Sahne als Verlegenheitslösung für unerfahrene Köche).

»Heute Nachmittag gehe ich übrigens mit Thomas aus«, meinte Iole nach der zweiten Gabel vorsichtig. »Vittoria kann uns jetzt sowieso noch nichts über die Ergebnisse der Untersuchung sagen. Sie hat mir eben eine Nachricht geschickt, dass wir uns erst gegen Abend sehen.«

Libera nickte zerstreut.

Als Vittoria dann abends kam, war sie nicht allein. Sie erschien gemeinsam mit Gabriele, der angezogen war wie auf einer Modenschau und in höchst reumütiger Stimmung zu sein schien. Libera fühlte sich verpflichtet, schnell ein Omelett und eine Pasta mit Auberginen zuzubereiten, aber was sie eigentlich interessierte, war das Ergebnis der Befragung von Ceraudo.

Hatte Carluccios Sozius Gerlando Comberiati etwas mit Carmens Verschwinden zu tun? Wusste der Mafioso davon? Und wenn ja, warum hatte er nicht früher etwas gesagt?

»Ich weiß, dass ihr alle schon sehr gespannt seid, aber zunächst möchte ich, dass ihr versteht, was für ein Typ der Mann ist, von dem wir hier sprechen, damit ihr das, was er uns gesagt hat, richtig einschätzen könnt«, meinte

Gabriele da auch schon. Er saß - zusammen mit Iole und Vittoria - am Küchentisch, während Libera am Herd stand. Das gedämpfte Licht der Lampe hob die Schatten auf seinem angespannten Gesicht deutlich hervor. Dies könnte eine Familienversammlung sein, dachte Libera. Mit den Jahren hatte Gabriele an dem weißen Holztisch die Stelle des Mannes im Haus eingenommen - inzwischen öfter als Saverio.

»Deshalb bin ich mit Vittoria mitgekommen. Außerdem ist es wie immer ein Vergnügen, bei euch zu sein.«

Nach Saverios Tod hatte Gabriele Ricci lange Zeit im Milieu der Mafiosi aus Petilia weiter ermittelt, weil man annahm, dass sie auch für diesen Mord verantwortlich waren. Der Polizeipräsident hatte mit Killern und Auftraggebern gesprochen und die Glaubwürdigkeit der wenigen Geständigen geprüft. Deshalb hatte der Richter ihn auch gebeten, bei der Befragung des Mannes dabei zu sein, der früher Antonio Ceraudo gewesen war und inzwischen den Namen gewechselt hatte. Inzwischen lebte er an einem geschützten Ort.

»Ceraudi war nie ein dicker Fisch in der Organisation«, erklärte Gabriele, »eher eine unbedeutende Figur, ich würde sagen ein Handlanger, der eine Zeitlang Leibwächter eines Mafia-Bosses gewesen war und es geschafft hatte, dessen Vertrauen zu gewinnen.

»Wusste er denn über alle Vorkommnisse Bescheid?«, unterbrach Iole ihn.

»Er jedenfalls behauptet das. Als sein Boss dann starb, hat er weiter für dessen Familie gearbeitet. Er übte

Druck auf Schuldner aus, die nicht bezahlen konnten, oder gab Drogenhändlern Geleitschutz. Im Grunde war er eine Art Gorilla.«

»Aber ein Killer war er nie?«, fragte Libera, während Vittoria den Ausführungen ihres Chefs schweigend zuhörte.

»Er hat nie einen Mord gestanden«, antwortete Gabriele und verzog das Gesicht, »doch das bedeutet nicht zwingend, dass er nie jemanden umgebracht hat.«

»Der Typ gefällt dir also nicht, und du glaubst ihm auch nicht«, fasste Libera zusammen.

Gabriele schob seinen Teller beiseite.

»Ich arbeite bei der Polizei.« Er sagte es in demselben Ton, den Libera von ihrem Mann kannte.

»Kriminelle mag ich per se nicht – auch nicht die, die ihre Taten bereuen. Wobei ich bezweifeln möchte, dass Ceraudo jemals etwas bereut hat. Er hat sich erst zum Reden entschieden, als die Gruppe, zu der er gehörte, zerschlagen wurde. Damals wollte er einfach nur seine Haut retten. Er hat andere Kriminelle verraten, die dann auch verhaftet werden konnten, aber das waren alles kleine Fische wie er, und sie gehörten einer feindlichen Familie an. Seine Aussagen würde ich also mit Vorsicht genießen.«

»Aber was hat er denn nun zu Carmen Minardi gesagt?«, fragte Iole, deren Geduld allmählich erschöpft war. »Wusste er etwas über sie?«

Gabriele lächelte, dann wandte er sich an Vittoria.

»Erzähle, welchen Eindruck du hattest, Vicky.«

Er sagte es wie ein Familienvater zu seiner Tochter, auf die er stolz ist, und Vittoria wurde ganz rot – ob aus Stolz oder weil sie aufgrund dieser Vertraulichkeit unangenehm berührt war, konnte man nicht sagen.

»Als die Staatsanwältin den Namen Comberiati nannte, schien er mir im ersten Moment überrascht zu sein.«

»Den Eindruck hatte ich auch«, meinte Gabriele und zuckte mit den Achseln. »Aber herauszufinden, was diese Herren wirklich denken, ist eine schwierige Sache. Sie sind es gewohnt zu täuschen wie Pokerspieler.«

Vittoria nickte und nahm ihr Notizbuch zur Hand.

»Als er zu dem Fall befragt wurde, schwieg er erst, als versuchte er sich zu erinnern – oder vielleicht wollte er auch nur, dass wir das denken – und dann sagte er einfach nur: ›Es könnte sein.‹«

»Was könnte sein?«, hakte Iole nach.

»Das hat ihn die Staatsanwältin auch gefragt. Er antwortete: ›Es kann sein, dass ich Comberiati davon habe reden hören, aber ich erinnere mich nicht mehr genau. Geben Sie mir ein paar Tage Zeit, dann kann ich Ihnen vielleicht mehr sagen.‹«

»Ist das alles?«

»Ja, das ist alles, und es ist eine ganze Menge«, erklärte Gabriele. »Ihr müsst euch an seine Stelle versetzen, um seine Reaktion richtig einzuschätzen. Falls er etwas weiß: Was hat er davon, wenn er es dem Richter sagt? Falls er nichts weiß: Was riskiert er, wenn er es zugibt? Diese Leute berechnen immer alles ganz genau, bevor sie reden.«

»Er könnte also zu dem Schluss kommen, dass er besser nicht erzählt, was er weiß?«

»Genau. Oder er macht sich einfach aus dem Staub. Damit muss man bei diesen Leuten immer rechnen, aber das glaube ich in diesem Fall nicht.«

Libera sah ihn hoffnungsvoll an. »Und warum?«, fragte sie.

»Weil die Familie von Comberiati nicht mit seiner verbündet war und sich ein Typ von seinem Schlag keine Gelegenheit entgehen lässt, einem Rivalen zu schaden, wenn er dies tun kann, ohne sich dabei etwas zu vergeben, und so bei seinem neuen Chef Punkte zu sammeln, der in diesem Fall leider der Staat ist.«

»Und wie lang soll dieses ganze Theater noch gehen?«, fragte Iole ungeduldig.

Inzwischen hatte sie offenbar die Lust daran verloren, Ermittlerin zu spielen, stellte Libera amüsiert fest. Iole wollte sich in neue Abenteuer stürzen, aber auch nicht das Gesicht verlieren.

»Er ist kein so wichtiger Mann, ein paar Tage werden ihm wohl reichen.«

Gabriele sagte das mit einem schiefen Lächeln, dann konzentrierte er sich auf die Pasta mit Auberginen.

Als Libera ihn nach dem Essen zur Tür geleitete, nahm er plötzlich ihre Hand.

»Ich weiß, dass diese Geschichte dich sehr berührt, Libera, - auch wenn ich nicht so ganz verstehen kann, warum. Mach dir keine Sorgen, ich kümmere mich persönlich darum.«

Er drückte ihre Hand, und bevor er sich auf den Weg machte, warf er ihr einen Blick zu, der nichts mit den Geständnissen reuiger Verbrecher oder mit gefährlichen Erpressungen zu tun hatte. Oder mit dem Verschwinden einer jungen Frau, die Carmen oder Carmela hieß.

9

Ein Massengrab im Park

Libera fand, dass es nun an der Zeit war, das Versprechen, das sie dem Nachrichtenchef von *La Città* gegeben hatte, einzulösen. Sie hatte nicht vor, ihm von Ceraudo zu erzählen und noch weniger von dem, was der Mann den Ermittlern gegenüber geäußert hatte oder noch äußern würde. Das war auch nicht Teil ihrer Abmachung. Aber sie hatte dem Mann ihr Wort gegeben, weil er ihr geholfen hatte, und den Hinweis darauf, dass Carmen Minardi ihren damaligen Chef offenbar erpresst hatte, schuldete sie ihm. Zudem hatte Vittoria ihr angekündigt, dass Rosalia Minardi an diesem Morgen um elf Uhr aufs Polizeipräsidium bestellt worden war.

»Ricci will persönlich mit ihr sprechen«, hatte sie gesagt, und Libera war sich sicher, dass bald sowieso etwas nach draußen dringen würde.

»Erpressung?«, fragte der Nachrichtenchef von *La Città* und zog die Augenbrauen hoch. »Und darf ich fragen, wie Sie davon erfahren haben?«

»Signora Carluccio hat es mir im Vertrauen gesagt. Aber ich glaube nicht, dass sie dies gegenüber der Presse bestätigen möchte. Sie hat, soweit ich weiß, keine allzu hohe Meinung von Journalisten.«

»Da mag sie recht haben«, meinte Cagnaccio zustimmend, legte eine Hand auf Liberas Schulter und führte sie zum dritten Mal innerhalb weniger Tage in den Konferenzraum. Vor der Tür bemerkte Libera zwei Angestellte, die sie neugierig musterten und sich gegenseitig mit dem Ellbogen anstießen.

»Ghezzi und Bernardi, was macht ihr hier denn noch?«

Wenn man Cagnaccios dröhnende Stimme hörte, konnte einem ein Schauer über den Rücken laufen. »Ihr seid mit Einkaufen dran, los, los! Und notiert die Preise.«

Die beide zogen die Köpfe ein und machten sich von dannen.

»Idioten«, zischte Cagnaccio und schloss die Tür hinter ihnen. Nachdem sie sich gesetzt hatten, wandte er seine Aufmerksamkeit wieder Libera zu.

»Carmela Minardi hat also ihren Arbeitgeber erpresst«, wiederholte der Journalist und rieb sich die Hände. »Um welche Art von Erpressung ging es denn? Hatte es etwas mit einer Affäre zu tun? Kannte sie den Namen seiner Geliebten und wollte ihn seiner Frau verraten? Oder war sie selbst die Geliebte?«

»Nein, nein«, korrigierte Libera ihn. Dann wurde sie rot wie eine Fünfzehnjährige, die man beim Abschreiben einer Klassenarbeit erwischt hat.

»Ich glaube, es hatte irgendetwas mit der Arbeit zu tun, aber was genau, weiß ich nicht«, log sie.

Unterwegs hatte sie sich lange überlegt, was sie sagen sollte. Sie wollte keine Hinweise weitergeben, die mit den Ermittlungen zu tun hatten, und auch die Frau des Commendatore nicht in Schwierigkeiten bringen. Zudem wollte sie nichts über die schwarze Kasse der Firma und über den gefährlichen Sozius preisgeben.

»Sie sind eine schlechte Lügnerin«, sagte Cagnaccio.

Das ist allerdings wahr, dachte sie. Um sich wieder in ein besseres Licht zu rücken, verriet sie ihm ein weiteres Detail. »Die fünfundzwanzig Millionen auf Carmen Minardis Konto waren übrigens nur ein Teil der Summe, die sie vom Commendatore verlangt hatte. Etwa ein Achtel, würde ich sagen.«

»Also gibt es noch andere Konten?«

Libera schüttelte den Kopf. »Dieses Geld hat sie nie bekommen.«

»Ob es der Commendatore gewesen ist?«, fragte sich Cagnaccio laut, während er gedankenverloren auf einer Zeitung herumkritzelte, die er dann zerknüllte und in Richtung Papierkorb warf, ohne ihn zu treffen.

»Nein, nein, ich erinnere mich genau, dass er im fraglichen Zeitraum auf einer Dienstreise war«, meinte er dann. »Aber er könnte natürlich jemanden damit beauftragt haben, die Minardi für immer zum Schweigen zu bringen.«

Der Chef der *Città* schaute Libera nachdenklich an, und sie stand auf, bevor er sie in weitere Überlegungen einbeziehen konnte. Sie wollte nicht verraten, dass sie mehr wusste, auch nicht mit einer unkontrollierten Augenbewegung.

»Weiß die Signora Minardi Bescheid?«, fragte er.

»Sie haben es ihr wohl heute Morgen gesagt.«

»Wer hat es ihr gesagt?«

»Ich glaube, Gabriel Ricci selbst.«

Cagnaccio sprang von seinem Sitz auf.

»Großartig! Bitte setzen Sie sich noch einen Moment!«

Er riss die Tür auf und brüllte über den Flur: »Smilza!«

Wenige Augenblicke später kam das schlanke Mädchen, das Libera schon einmal gesehen hatte, herbeigeeilt. Er sagte ihr noch an der Türschwelle eilig ein paar Worte ins Ohr und sie nickte. »Wird gemacht, Dog!« Dann lief sie los.

Cagnaccio knallte die Tür zufrieden wieder zu.

»Haben Sie das gesehen?«, fragte er und zeigte auf die Stelle, wo vorher das Mädchen gestanden hatte.

»Man kann es kaum glauben, aber inzwischen ist sie eine meiner besten Reporterinnen, auch wenn sie nur eine Frau ist. Sie geht jetzt zu Ricci und versucht, ein paar Informationen aus ihm rauszuholen ... Charme-Offensive!« Er zwinkerte Libera zu.

Libera spürte, wie ihr heiß wurde. Smilza war jung und hübsch auf ihre Art, aber sie hatte nie den Eindruck gehabt, dass Gabriele der Typ Mann war, der sich von einem Mädchen bezirzen lassen würde. Eigentlich hatte sie sich Gabriele, seit er sich von seiner Frau getrennt hatte, nie mit einer anderen Frau als ihr selbst vorgestellt. Wenn Vittoria manchmal Bemerkungen über die weiblichen Fans ihres Chefs im Präsidium machte, maß sie dem nie große Bedeutung bei, sondern bildete sich weiterhin ein, sie brauche sich nur zu entscheiden, dann sei er da und habe eben auf diesen Moment gewartet.

Was aber, wenn es inzwischen eine andere geschafft hatte, zu ihm vorzudringen? Oder wenn diese junge Journalistin bei ihm das jungenhafte Lächeln wecken würde, an das sie sich noch so gut erinnerte? Bei diesem Gedanken fing ihr Herz plötzlich an, aufgeregt an zu klopfen.

»Wenn es etwas rauszukriegen gibt, dann schafft dieses Mädchen es«, sagte der Nachrichtenchef, der Lichtjahre von seinen letzten Liebesproblemen entfernt war.

Hoffen wir, dass sie nur das schafft, wünschte sich Libera und ging zur Tür.

»Bleiben wir in Kontakt?«, rief Cagnaccio ihr hinterher.

Nicht im Traum, dachte sie, während sie laut sagte:
»Aber sicher!«

Als Libera nach Hause kam, wartete Rosalia Minardi bereits am Gartentor auf sie. Sie hatte ihre Strickjacke abgelegt, vielleicht, um die Sonnenstrahlen zu genießen, die zum ersten Mal seit Wochen am Mailänder Himmel zu sehen waren. Wie immer war sie ganz in Schwarz gekleidet.

»Hat Ihre Tochter Ihnen schon die neuesten Nachrichten erzählt?«, fragte sie, als Libera sie begrüßte.

Libera öffnete das Tor und bat Signora Minardi, ihr in die Küche zu folgen. Dann setzte sie Teewasser auf und stellte ihr ein Stück Kuchen hin.

»Vittoria hat mir davon erzählt«, sagte sie, verschwieg aber, dass sie diejenige war, die es als Erste gewusst hatte.

»Und – glauben Sie es?« Es war eine rhetorische Frage, und tatsächlich wartete Rosalia ihre Antwort nicht ab. »Ich glaube es jedenfalls nicht.«

»Sie glauben nicht, dass Ihre Tochter Carluccio erpresst hat?«

»Das schon, denn das scheint mir die einzige Erklärung für das viele Geld zu sein, das auf ihrem Konto war. Das hätte Carmen von ihrem Gehalt niemals sparen können.«

»Aber was ist es dann, was Sie nicht glauben?«

Rosalia Minardi schob den Kuchen von sich, den sie nicht einmal angerührt hatte. Libera fragte sich, ob die unglückliche Frau seit jenem 8. August 1988, an dem sich das ganze Leben für sie geändert hatte, überhaupt noch Geschmack am Essen fand, oder ob sie sich seither nur noch vom Warten und von Bitterkeit nährte.

»Carmen wurde bestimmt nicht vom Commendatore oder irgendeinem seiner mafiösen Freunde umgebracht.«

»Wie können Sie da so sicher sein?«

»Weil ich weiß, dass Panattiere sie umgebracht hat.«

Sie sagte das mit einer Gewissheit, als handele es sich um eine mathematische Formel.

Man kann es ja verstehen, dachte Libera und spürte erneut tiefes Mitleid mit dieser für ihre Tochter kämpfenden Mutter. Manuel Panattiere war für das Unglück ihrer Tochter verantwortlich. Er hatte sie schmählich verlassen, und Rosalia lastete ihm sogar die Veränderung in Carmens Wesen an, die sich in den letzten Monaten vor ihrem Tod gezeigt hatte und sie sicher auch dazu gebracht hatte, ihren Chef zu erpressen. Manuel Panattiere hatte ihre Tochter auf dem Gewissen – auch wenn er nicht selbst auf den Abzug gedrückt hatte. Als Mutter, die sich mit Ängsten um die eigene Tochter auskannte (wieder musste sie an die groben Hände dieses Kerls denken, der Vittoria gepackt hatte), war Libera auf ihrer Seite.

»Ich verstehe«, sagte sie, »sicher ist Panattiere in gewisser Weise an allem schuld. Aber wäre es nicht auch wichtig, herauszufinden, wer Carmen tatsächlich ermordet hat, falls sie wirklich ermordet wurde?«

Rosalia Minardi schüttelte den Kopf. »Nein, Sie verstehen mich nicht. Ich bin mir sicher, dass meine Tochter an dem Tag, als sie verschwand, zu ihm gegangen ist und nicht zum Commendatore.«

»Hat Carmen Ihnen das denn gesagt? Dass sie zu Panattiere wollte, meine ich.«

»Nein, nicht direkt«, gab Rosalia zu. »Aber sie war so aufgeregt, dass ich wusste, dass es etwas mit Manuel zu tun haben musste. Ich weiß noch, wie ich zu Domenico sagte: ›Sie hat irgendwas vor.‹ Den ganzen Nachmittag über war ich sehr besorgt.«

Das Gespür einer Mutter, die etwas vorausahnt. Was für ein Gewicht hatte das bei einer polizeilichen Untersuchung? Und wie sehr beeinflusste der Groll gegen den Mann, der ihre Tochter gedemütigt hatte, ihre Einschätzung?

»Ich habe Carmen nicht wiedererkannt. Ich hatte manchmal Angst vor ihr«, hatte Rosalia Mindardi ihr bei ihrem ersten Gespräch anvertraut. Als hätte der Verrat des Verlobten ihre Tochter zu einem anderen Menschen gemacht, die zu Verrücktheiten fähig war, von denen die alte Carmen niemals zu träumen gewagt hätte. Aber die Frau des Commendatore hatte ein ganz anderes Bild gezeichnet – das einer jungen Frau mit zwei Gesichtern, und zwar schon bevor es zum Bruch mit Panattiere kam.

Die Ermittler gingen gerade der Sache mit der Erpressung nach, und das konnte möglicherweise zu einem ganz anderen Ergebnis führen als dem, was sich Rosalia erwartete: nämlich, dass ihre Tochter nicht das Opfer eines ungetreuen Verlobten und einer unglücklichen Liebe geworden war, sondern der eigenen Gier. Wenn die Wahrheit erst mal herauskam, konnte man sie nicht mehr leugnen, auch wenn es wehtat.

Die Stimmung war mit einem Mal angespannt. Es war, als stünden diese Überlegungen zwischen ihnen, oder vielleicht konnte Rosalia den Zweifel in ihren Augen sehen.

»Sie wissen doch noch, dass man Carmen oben in dem Bergdorf gesehen hat«, sagte sie jetzt.

»Aber diese Aussage hat nie jemand bestätigt«, versuchte Libera ihr klarzumachen, »und für diesen Nachmittag hatte Manuel Panattiere ein Alibi.«

Rosalia beharrlich den Kopf.

»Ein schönes Alibi! Von einem Mädchen, das ihm nachlief. Jedenfalls hat sie nie den Mut gehabt, das alles vor mir zu wiederholen und mir dabei in die Augen zu sehen. Sie hat die Polizei sogar aufgefordert, mich nicht in die Nähe ihrer Wohnung zu lassen, und behauptet, sie hätte Angst vor mir. *Vor mir*, das muss man sich mal vorstellen!«

Erregt sprang sie auf und ging zur Haustür, ohne Libera noch eines Blickes zu würdigen. Sie nahm auch nicht die Fotos von Vittoria wahr, die an der Wand hingen, die indischen Nippsachen, die Iole von ihren Reisen mitgebracht hatte, oder Liberas Bücher, die im Regal standen. Sie interessiere sich für nichts außer für das Ende ihrer verzweifelten Suche, deren Ergebnis sie schon zu kennen glaubte. Libera sah der kleinen, schwarzgekleideten Gestalt nach, die sich mit raschen Schritten entfernte.

Draußen unter der Eisenbahnbrücke wartete Domenico Minardi am Steuer eines blauen, sorgfältig polierten Alpha Romeo *Giulia* auf seine Frau. Ein altes, wunderschönes Auto, das er mindestens so zu lieben schien wie seine Tochter.

An diesem Abend waren sie zum ersten Mal wieder alle drei in dem alten Bahnwärterhaus versammelt – Großmutter, Mutter und Tochter. Und zum ersten Mal seit Tagen konnten sie sich zum Essen in den Garten setzen, wo es nach Rosmarin und Lavendel duftete, der sich mit dem Geruch von Ioles Zigarette vermischte.

»Rosalia glaubt dem Mafioso nicht«, erklärte Libera ihrer Tochter, während Iole aufstand, um den Anruf eines gewissen Pierre entgegenzunehmen. »Sie ist felsenfest davon überzeugt, dass Panattiere ihre Tochter auf dem Gewissen hat.«

»Ich fürchte, da hat sie leider unrecht«, seufzte Vittoria und streifte ihre helle Jacke ab, die für die Jahreszeit zu warm war. Sie hat die Augen von jemandem, der zu viel arbeitet oder zu wenig schläft, dachte Libera und fragte sich wieder einmal, was mit ihrer Tochter eigentlich los war.

Als hätte sie ihre Gedanken gehört, blickte Vittoria von ihrem Risotto auf, das sie bisher kaum angerührt hatte.

»Darf ich erfahren, warum du mich so anstarrst, Mama?«

»Du kommst mir etwas müde vor«, antwortete Libera. Hinter ihr hörte man das Pfeifen eines vorbeifahrenden Zuges, der Ioles englisches Geschnatter übertönte.

»Ja, ich bin wirklich müde«, gab Vittoria zu und lehnte sich auf der Gartenbank zurück. Ihre Züge wurden ganz weich, während die Abendsonne auf ihrem Gesicht lag.

Es war ein dichter und magischer Augenblick, wie man ihn aus Filmen kennt, wenn der Regisseur mit Zeitlupe arbeitet. Ein schwebender Moment von schweigendem Einverständnis, der mehr bedeutete als Tausende, die ihm vorausgegangen waren und Tausende, die ihm noch folgen würden.

Wie unkompliziert sie früher war, dachte Libera und vermisste die Zeit, in der ihre Tochter ein kleines Mädchen gewesen war. Damals hatten eine Umarmung, ein

Taschentuch oder ein Stück frisch gebackenen Kuchens genügt, um sie zu trösten.

Und nun? Wie konnte sie ihr jetzt helfen?

Vittoria, ihr kleines Mädchen von früher, das jetzt eine junge Frau war, lächelte. Sie legte ihre Hand auf die von Libera.

»Was macht ihr da, beide so stumm? Wir sind doch nicht im Wachsfigurenkabinett«, sagte Iole, die nach dem Telefonat mit ihrem Verehrer an ihren Platz zurückkehrte. Sie legte das Handy auf den Tisch. Immerhin stellte sie es vorher aus.

Dann wandte sie sich an ihre Enkelin. »Wie denkst du über Rosalias Zweifel an der Aussage des neuen Zeugen?«

»Ich denke, Signora Minardi hat unrecht.« Vittoria rieb sich die Unterarme mit ihren Händen. Die Sonne war untergegangen, und es wurde kühler.

»Schwört ihr, dass ihr niemandem sagt, was ich euch jetzt erzähle, auch nicht Rosalia Minardi?«

»Ich schwöre es«, sagte Iole gespannt.

»Ich schwöre es auch«, sagte Libera und dachte mit leichten Gewissensbissen an ihr morgendliches Gespräch mit dem Nachrichtenchef von *La Città*.

»Heute Nachmittag hat Ceraudo die Staatsanwältin angerufen. Er hat ihr von einer Stelle im Park von Groane berichtet, wo sich eine Art Massengrab befindet.«

Ihr Satz hatte die Wirkung eines Felsbrockens, der auf einen spiegelglatten See kracht. Plötzlich war es vorbei mit der abendlichen Idylle, die vorher noch geherrscht hatte.

»Habt ihr Carmens Leiche gefunden?«, fragte Libera aufgeregt.

Iole war vor Schreck verstummt.

Vittoria schüttelte den Kopf. »Bisher noch nicht. Die fünf bis sechs Skelette, die bisher gefunden wurden, scheinen laut Rechtsmediziner alle männlich zu sein. Aber es wird noch weitergesucht, und wir brauchen sowieso erst eine DNA-Probe, um sicher zu sein, ob eins der Skelette nicht doch von Carmen Minardi stammt.«

»Wie sind diese Leute umgekommen?«

»Es ist noch zu früh, um etwas Genaueres zu sagen, aber in ein paar Schädeln hat man Eischussspuren gefunden.«

Libera setzte sich neben ihre Tochter. Ihre Knie zitterten, und sie lehnte sich an Vittorias Körper, um ihre Wärme zu spüren. Iole ließ sich auf der anderen Seite nieder. Vittoria legte die Arme um sie beide.

So blieben sie eine Weile sitzen: drei Frauen in einem alten Bahnwärterhaus, das an einer Eisenbahnbrücke stand.

Irgendwann fuhr ratternd ein Zug vorbei. Weiter nördlich auf der Umgehungsstraße herrschte der abendliche Verkehr, und noch weiter nördlich, auf einer Lichtung bei einem Wäldchen gruben Bagger im grellen Licht der Scheinwerfer Leichen aus, die hier verscharrt worden waren.

Hatte dort vor sechsundzwanzig Jahren die Reise von Carmen Minardi ein Ende gefunden?

War das die Wahrheit, mit der ihre Mutter fortan leben musste?

Libera lag im Bett, ohne Schlaf zu finden, als kurz vor Mitternacht ihr Telefon läutete. Es war Franca, und sie klang besorgt.

»Dieser Typ mit dem Auto, nach dem du mich gefragt hast, heißt Achille Belardinelli und ist fünfunddreißig. Sein Vater sitzt wegen Diebstahl im Gefängnis, eine kleine Nummer, nicht gerade ein Arsène Lupin.«

Libera hielt den Atem an. »Und hast du etwas über diesen Achille herausfinden können?«, fragte sie mit zitternder Stimme.

»Ein Heißsporn, der schon in der Schule wegen Vandalismus und Schlägereien aufgefallen ist«, entgegnete Franca. »Er hat ein paar Anzeigen wegen Widerstands gegen die Staatsgewalt und Körperverletzung bekommen.«

Libera wurde ganz schlecht. Die Hände dieses Mannes hatten ihre Tochter angefasst.

»Ich glaube, im Knast war er noch nicht, aber es laufen Prozesse gegen ihn und irgendwann erwischt es ihn«, erklärte Franca.

Irgendwann erwischt es ihn. Was hatte Vittoria mit diesem Kerl zu schaffen? Sie war ein anständiges Mädchen, die Tochter ihres Vaters, sie regte sich darüber auf, dass ihre Großmutter Joints rauchte, und gab sich mit so einem Typen ab? Libera hatte ihre Tochter immer zu streng und zu ernst gefunden – das genaue Gegenteil ihrer Großmutter –, aber jetzt kamen ihr doch Zweifel. Es muss eine Erklärung dafür geben, versuchte sie sich zu beruhigen. Sie nahm sich vor, so bald wie möglich mit Vittoria darüber zu sprechen, auch wenn es nicht einfach sein würde.

»Wo wohnt dieser Belardinelli denn?«

»In der Via Ucelli di Nemi«, sagte Franca. »In einem besetzten Haus mit zwei anderen komischen Typen. Aber ich möchte dir dringend davon abraten, dort hinzufahren.«

Sie hörte, wie Franca die Luft geräuschvoll ausstieß, sehr wahrscheinlich rauchte sie gerade eine Zigarette und trug dabei ein Seidenunterkleid, wie man es nur in den eleganten Wäschegeschäften der Via Turati kaufen konnte.

»Besser, ich kümmere mich darum.«

»Du?«

»Natürlich nicht persönlich.«

»Ich verstehe nicht ganz ...«, stammelte Libera. »Du hast doch in der Gegend sicher keine Freunde. Und was könntest du denn schon tun? Wir sprechen doch hier von einem erwachsenen Menschen, der vielleicht eine Beziehung zu einem anderen erwachsenen Menschen hat.«

Vielleicht, hatte sie gesagt. Sie dachte an Vittorias wilden Kuss, an ihre Stimmungsschwankungen. *Offenbar* wäre richtiger gewesen.

Franca lachte mit ihrer vom vielen Rauchen heiseren Stimme.

»Ach, weißt du, man kann jeden umstimmen – entweder mit Geld oder mit ein paar Tritten in den Hintern. Du solltest meine Freunde nicht unterschätzen. Auch sie haben viele Freunde, wenn's drauf ankommt.«

Oh Gott, dachte Libera erschauernd, eine Strafexpedition gegen ihren Liebsten! Das würde Vittoria ihr nie verzeihen.

»Das scheint mir etwas verfrüht zu sein«, sagte sie vorsichtig.

»Hoffen wir, dass er sie nicht schlägt«, sagte Franca knapp. Sie mochte kein überflüssiges Gerede, weder im Leben noch am Telefon. Bevor sie auflegte, ließ sie noch eine Spitze los.

»Iole und ich haben dir doch immer gesagt, du sollst ihr nicht erlauben, zur Polizei zu gehen. Wenn man stets am Abwasserkanal arbeitet, fängt man irgendwann selbst an zu stinken.« Sie schwieg einen Moment. »Das gilt natürlich nicht für deinen Freund aus dem Polizeipräsidium. Es heißt, er wird Karriere machen und soll bald nach Rom versetzt werden. Wusstest du davon?«

»Nein.« Libera zog die Steppdecke fester um sich, weil ihr trotz des warmen Wetters plötzlich fröstelte. Gabriele würde versetzt werden und aus Mailand weggehen, und dann wäre er nicht mehr ihr stiller Kavalier, der stets zur Stelle war. Rosalia Minardi würde die bittere Wahrheit über ihre Tochter erfahren, die eine Bande Mafiosi erpresst hatte und in einem Waldstück verscharrt worden war. Und Vicky klammerte sich an einen Kerl, dem das Gefängnis drohte. Es war, als hätten sie beide keine Zukunft, eigentlich keine von ihnen.

Am nächsten Morgen verließ Vittoria früh das Haus. Der magische Moment der Nähe hatte sich in nichts aufgelöst, stellte Libera enttäuscht fest. Ihre Tochter hatte gefrühstückt, ohne von ihrer Tasse aufzublicken, und bevor sie ging, sagte sie nur:

»Du musst jetzt ein bisschen Geduld haben. Und sieh bitte zu, dass Nonna sich aus der Sache raushält.«

Den ganzen Morgen über war Libera von einer inneren Unruhe erfasst. Sie machte sich in ihrer Werkstatt zu schaffen, ohne so recht etwas zustande zu bringen. Gegen Mittag spazierte sie über die Brücke San Cristoforo und sicherte sich am Kiosk das erste Exemplar von *La Città*. Sie legte es auf den Tisch neben andere Zeitungen, deren Lokalteil sie aufgeschlagen hatte.

Alle sprachen von dem geheimnisvollen Friedhof der Mafia in Groane, aber nur in Smilzas Artikel, der mit ihrem bürgerlichem Namen Irene Milani gezeichnet war) wurde die Entdeckung des Massengrabs auch mit dem Verschwinden von Carmen Minardi in Verbindung gebracht und gab es einen dezenten Hinweis auf den möglichen Zusammenhang mit der Erpressung einer Person, die der Mafia-Organisation 'Ndrangheta nahegestanden hätte.

Libera brachte in Gedanken einen Toast auf die Geschicklichkeit von Cagnaccio und seiner Schülerin zum Ausdruck, weil sie den Commendatore nicht erwähnt hatten, um Ärger mit den Carluccios zu vermeiden. Aber wie waren sie überhaupt auf die Idee gekommen, diese beiden Fälle zusammenzubringen? Hatte ihnen jemand aus dem Polizeipräsidium einen Tipp gegeben? War Gabriele Ricci, wie der Nachrichtenchef angedeutet hatte, von dieser Smilza wirklich so angetan, dass er ihr Informationen zukommen ließ? Die Vermutung löste bei ihr ein merkwürdiges Unbehagen aus.

»Na, das scheint ja eine interessante Lektüre zu sein«, sagte ihre Mutter mit Blick auf all die aufgeschlagenen Zeitungen, als sie mittags herunterkam, frisch und ausgeruht nach dreizehn Stunden Schlaf am Stück. Überrascht stellte Libera fest, dass Iole ein dezentes, graues Kleid trug und dazu die schwarze Perücke mit einem riesigen Strohhut. Sie sah aus wie eine amerikanische Touristin.

»Wo willst du in dieser Verkleidung hin?«, fragte sie misstrauisch.

»Das wirst du gleich sehen, denn du kommst mit«, entgegnete Iole ruhig. »Wir nehmen dein Auto, denn ich möchte nicht unbedingt draußen in diesem Aufzug gesehen werden.«

Dann erklärte sie Libera ihren Plan.

»Alles konzentriert sich jetzt auf dieses Massengrab und die Mafia. Hier: ›Der Friedhof der Verbrecher‹«, las sie laut vor und deutete auf eine Überschrift. »Ich finde, man sollte mehr auf Carmens Mutter hören. Sie kennt die Geschichte besser als alle anderen.«

»Glaubst du etwa auch, dass Manuel Panattiere der Mörder ist?«, fragte Libera leicht genervt.

»Wenn Rosalia Minardi davon überzeugt ist, ja.«

»Möchtest du vielleicht auch noch mal zu ihm gehen und mit ihm reden?«

Iole schüttelte den Kopf. »Keine gute Idee. Wir sollten uns lieber mal diese Paola Cianciulli vorknöpfen. Wenn

Panattiere wirklich der Mörder ist, muss sie, als sie ihm das Alibi gegeben hat, gelogen haben. Vielleicht war sie sogar seine Komplizin, wer weiß?« Ioles Augen glänzten.

»Jetzt hör mir mal gut zu, Mama. Erstens: Wir werden uns niemanden mehr vorknöpfen. Das habe ich Vittoria versprechen müssen. Zweitens: Ich möchte wissen, wie du glaubst, sie davon überzeugen zu können, eine Falschaussage zuzugeben, nachdem mindestens drei Kommissare daran gescheitert sind. Willst du sie vielleicht hypnotisieren und auf diese Weise die Wahrheit aus ihr rauslocken?«

Iole machte vor Ärger eine schnelle Drehbewegung mit dem Kopf und ihre Perücke verrutschte, was sehr komisch aussah.

»Ich denk mir schon etwas aus«, sagte sie und stemmte die Hände in die Hüften. »Und wenn es dir nicht passt, mich zu begleiten, dann bleibst du eben hier, und ich gehe allein.« Sie war wild entschlossen.

Libera seufzte. Ihr blieben drei Möglichkeiten, und alle waren nicht besonders verlockend. Sie konnte ihre Mutter bei ihrer Tochter verpetzen und einen Krieg in der Familie auslösen. Sie konnte Iole allein losziehen lassen und sich den ganzen Tag Sorgen machen, was dabei herauskam. Oder sie nahm ihre Autoschlüssel und begleitete ihre Mutter. Sie wählte die dritte Option und ließ ihr Mobiltelefon zu Hause, damit ihre Tochter, falls sie anrief, nicht herausfand, wo sie steckte.

Die Fahrt zur Via Pavia, in der Paola Cianciulli wohnte – in einer Zweizimmerwohnung im vierten Stock eines Hauses aus den 70er Jahren –, dauerte nicht lange, denn es gab nur wenig Verkehr. Sie fuhren schweigend dorthin.

»Hast du dir wenigstens einen Vorwand überlegt, um in ihre Wohnung zu kommen?«, fragte Libera, als sie den Wagen parkte.

Iole holte ihr Tablet aus der Tasche und zeigte ihr eine Anzeige. »Diese Frau gibt Schülern Unterricht in Italienisch und Geschichte.«

Dann zeigte sie ihr noch zwei weitere Anzeigen. »Außerdem verkauft sie einen Schrank und eine Sammlung japanischer Mangas. Ich habe nicht den Eindruck, dass sie im Geld schwimmt.«

»Wie soll sie im Geld schwimmen? Sie ist eine einfache Lehrerin, Mama.«

Iole rückte den Hut auf ihrer Perücke zurecht.

»Dieser mitleidsvolle Ton gefällt mir gar nicht, Libera. Man darf mit dem Feind keine gemeinsame Sache machen!«

Dann stolzierte sie voran, blieb vor dem ungepflegten Hauseingang stehen und drückte auf die Klingel.

»Hier sind die Bellavitas«, sagte sie in die Sprechanlage, und es klang, als ob sie sagen würde: Ihre Majestät die Königin.

»Vierter Stock, der Aufzug geht leider nicht«, antwortete Paola Cianciulli.

Man merkte der kleinen Wohnung den verzweifelten Willen der Mieterin an, den wirtschaftlichen Niedergang zu vermeiden. Nur wenige Möbel im Ikea-Stil, Drucke berühmter Gemälde an den Wänden, der Geruch von Putzmitteln. Mehr DVDs als Bücher, alle aus der Leihbücherei.

Auch Paola Cianciulli selbst war in keinem guten Zustand. Sie war zwar nur ein paar Jahre älter als Libera, aber die Zeit war nicht gnädig mit ihr gewesen. Aus der attraktiven Blondine von den Fotos war eine dicke schmallippige Matrone geworden.

Sie lud sie ein, sich an den Tisch in der Küche zu setzen, die auch als Wohnzimmer diente, und wartete, was sie ihr zu sagen hatten. Sie bot ihnen nichts an, nicht mal ein Glas Wasser.

»Meine Enkelin, die Tochter dieser Dame, ist ein ausgemachter Dummkopf«, sagte Iole. »Im September kommt sie in die vierte Gymnasialklasse. Sie braucht dringend Nachhilfeunterricht.«

Paola Cianciullis kurzsichtige Augen leuchteten kurz auf.

Nun erging sich Iole in einer ausführlichen Beschreibung der Schulprobleme ihrer Enkelin. Paola ließ sie reden, ohne sie zu unterbrechen oder Fragen zu stellen, während Libera sich fragte, was für akrobatische Sprünge notwendig sein würden, um von der stumpfsinnigen Enkelin zu Panattieres Alibi zu gelangen.

Sie wartete gespannt darauf, wie ihre Mutter das bewerkstelligen wollte, und gleichzeitig verspürte sie ein Unbehagen wie bei dem ersten leichten Zittern, das einem Erdbeben vorausging.

»Ich muss sagen, Sie gefallen mir. Ich glaube, wir können uns einig werden«, sagte Iole, nachdem sie etwa zehn Minuten allein geredet hatte. Nur ab und zu hatte Franca Cianciulli eine kleine Zwischenbemerkung machen können. »Bevor wir gehen, habe ich aber noch eine ganz andere Frage.«

Ich glaube es nicht, dachte Libera und starrte ihre Mutter mit offenem Mund an. War es möglich, dass Iole nach dieser Show jetzt einfach so ihre Frage stellen würde? *Sag mal, meine Liebe, das Alibi, das du damals deinem Liebsten gegeben hast, war doch falsch, oder?*

So würde es Mama Ramotswe machen und damit auch durchkommen, dachte Libera. Aber so etwas gab es natürlich nur in Botswana oder im Roman.

»Sind Sie eigentlich die Signorina Cianciulli aus der Minardi-Affäre?«, fragte Iole. »Ich bin ein großer Fan von Kriminalgeschichten, wissen Sie?«

Libera bestaunte die Leichtigkeit, mit der ihre Mutter dies sagte.

Sie selbst starrte gebannt auf das schwammige Gesicht der Lehrerin, das plötzlich hellwach wurde. Sie starrte Iole einen Moment an, bevor sie loschrie.

»Wer hat Sie geschickt? Etwa diese verdammte schwarze Hexe?!«

Sie sprang auf, lief in den Flur und riss die Tür auf.

»Raus hier, aber sofort, oder ich rufe die Polizei.«

Ein Mann im Unterhemd, der durch ihr Geschrei alarmiert worden war, trat aus der gegenüberliegenden Wohnung in den Hausflur.

»Gibt es Probleme?« Er schaute Libera und ihre Mutter drohend an.

»Nein, die Damen haben sich nur in der Adresse geirrt«, sagte Paola und betonte besonders das Wort »Damen«. Dann knallte sie ihnen die Tür vor der Nase zu.

»Na, das lief doch gar nicht so schlecht, oder?«, meinte Iole, als sie ins Auto stiegen, das gleich vor dem Haus stand. Sie zog Hut und Perücke ab. »Das Zeug ist wirklich unbequem.«

»Was lief gar nicht so schlecht? Noch einen Moment mehr und sie hätte den Nachbarn auf uns gehetzt.«

»Das wäre ein eindeutiges Schuldeingeständnis gewesen.«

»Oder ein Zeichen dafür, dass die arme Frau von neugierigen Fragen die Nase voll hat.«

»Mag sein, aber ich habe das Gefühl, dass sie etwas zu verbergen hat. Ich werde mit Vittoria darüber sprechen. Jemanden von der Polizei wird sie nicht so leicht aus ihrer Wohnung werfen können.«

Mit Vittoria? Das hatte gerade noch gefehlt! Ihre Tochter durfte auf keinen Fall von dieser Spritztour erfahren – nicht, nachdem sie sie ausdrücklich darum gebeten hatte, die Neugier ihrer Nonna in Grenzen zu halten. Libera dachte gerade darüber nach, wie sie ihre Mutter von ihrem Vorhaben abbringen könnte, als plötzlich Ioles Telefon klingelte und die Melodie von *Bésame mucho* ertönte.

»Deine Tochter«, sagte Iole und reichte ihr das Telefon.

Vittorias Ton war frostig wie ein Dezembernachmittag. »Warum gehst du nicht ans Telefon, Mama?«

»Ich habe es wohl zu Hause gelassen.«

Sie merkte selbst, wie kleinlaut ihre Stimme klang. Es hörte sich an, als müsste sie sich für irgendetwas entschuldigen, und das war nicht besonders klug.

»Darf ich wissen, wo ihr gerade seid?«, hakte Vittoria auch gleich nach.

»Auf der Piazzale Loretto.«

»Und was macht ihr da?«

Libera erstarrte. Dass ihre eigene Tochter in diesem Ton mit ihr sprach, ging nun doch etwas zu weit.

»Wird das ein Verhör? Soll ich meinen Anwalt dazuholen?«, fragte sie in dem Versuch, das Ganze ins Lächerliche zu ziehen.

Vittoria lachte nicht. »Vor kurzem hat eine Frau, die in der Via Pavia wohnt, die 113 angerufen, weil zwei verdächtige Frauen dort gerade ein Haus verlassen haben und in ein Auto gestiegen sind. Eine der Frauen war offenbar verkleidet.« Ihre Stimme war noch ruhig, hatte aber einen drohenden Unterton. »Willst du das Kennzeichen des Autos wissen?«

»Nicht nötig«, sagte Libera erschrocken. Sie hatte auf laut gestellt, damit auch Iole hören konnte, was sie da angerichtet hatte. Immerhin war das alles ihre Idee gewesen.

»Meine Güte, Mama! Der Wagen läuft auf meinen Namen, und ich bin bei der Polizei. Kannst du bitte daran denken, bevor du das nächste Mal mit Nonna durch die Gegend fährst und die Miss Marple von Mailand spielst.«

»Entschuldige bitte«, sagte Libera, aber Iole versuchte, sie zu übertönen:

»Hat die Cianciulli bei der Polizei angerufen?«

Vittoria schwieg eine Weile, dann explodierte sie.

»Die Cianciulli? Die von der Minardi-Affäre? Ich fasse es nicht! Darf man erfahren, was das zu bedeuten hat?«

»Nun, sie ist doch die Einzige, die etwas dazu sagen könnte, aber sie hat lieber nichts gesagt. Für mich ist es sonnenklar, dass sie etwas zu verbergen hat.«

Mit diesen Worten beendete Iole das Gespräch.

Es vergingen nur ein paar Augenblicke, da meldete sich das Smartphone wieder.

Como si fuera esta noche la última vez ... dudelte es.

»Das ist Gabriele, er will dich sprechen«, sagte Iole und hielt ihrer Tochter das Telefon hin. »Halten die mich für dein Vorzimmer?«

Libera spürte, wie ihr die Röte in die Wangen stieg, aus Scham über das, was sie angestellt hatten, und vielleicht auch noch aus anderen Gründen.

»Tut mir leid, dass wir euch Probleme bereitet haben«, sagte sie.

»Mir nicht«, sang Iole neben ihr, als wäre sie eine Operndiva.

Gabriele schwieg verblüfft, dann brach er in Lachen aus. »Diese Frau ist ein wandelndes Pulverfass«, sagte er, während Iol weiterträllerte. »No-no-no-no«, bis die Tochter sie mit einem Ellbogenstoß zum Schweigen brachte.

Die Stimme des Polizeipräsidenten hatte wieder diese Wärme, die Libera so gut kannte, allerdings klang er auch müde, wie so oft in letzter Zeit.

»Vittoria hat mich nicht überreden können, euch zu verhaften«, sagte er scherzend. »Aber ihr müsst jetzt wirklich Ruhe geben. Die Ermittlungen sind im Moment sehr schwierig, wir können uns Ärger mit der Staatsanwältin nicht leisten. In der Zeitung steht schon etwas davon, dass Carmen den Commendatore erpresst hat, und ich frage mich, wie sie es geschafft haben, das mit den Leichenfunden in Groane zusammenzubringen.«

Er weiß es nicht. Über Liberas Gesicht huschte ein Lächeln. Gabriele hatte der Smilza also nichts verraten. Sie hielt sich verträumt das Telefon ans Ohr, nur für einen Augenblick, aber das war ihrer Mutter schon zu viel. Sie legte ihre Wange an die ihre und krächzte in den Apparat: »Diese Paola hat etwas zu verbergen!«

»Sag deiner Mutter, dass eine Befragung der Cianciulla für Freitag geplant ist«, gab Gabriele seufzend zur Antwort. »Der Richter will sie noch einmal anhören. Hoffen wir nur, dass sie nichts von eurem Besuch erwähnt.«

»Ich habe nichts zu verbergen«, sagte Iole, die wie immer das letzte Wort haben musste. Sie wartete, bis ihre Tochter auflegte, und meinte dann:

»Diese Polizisten sind wirklich eine Plage.« Sie zwinkerte Libera zu. »Was meinst du - wollen wir deinem netten Koch nicht einen kleinen Besuch abstatten?«

10

Alles dreht sich um einen Liebesnachmittag

Zu Hause fand Libera auf ihrem Mobiltelefon acht Anrufe vor: drei von ihrer Tochter, zwei von einem Mitarbeiter des Präsidiums (vermutlich Gabriele), einen von Mantovani, der ihr auch eine Nachricht hinterlassen hatte (»Wenn du mit deinen vielen Kundinnen fertig bist, kommst du dann eine Runde mit mir joggen?«) und zwei von einer unbekannten Nummer.

»Cagnaccio«, dröhnte die Stimme des Journalisten in den Hörer, als Libera dort anrief. »Kommen Sie in die Redaktion, ich habe einen Leckerbissen für Sie.«

»Was für einen Leckerbissen?«, fragte sie misstrauisch. Wollte der alte Fuchs ihr weitere Informationen entlocken? Die Smilza wusste doch, dass ihre Tochter die Ermittlungen führte. Oder hatte sie etwas anderes herausgefunden? Und wenn ja, warum wollte Cagnaccio sie daran teilhaben lassen?

»Wir beide haben bisher doch gut zusammengearbeitet«, sagte der Zeitungschef, als Libera eine halbe Stunde später bei ihm erschien. Sie hatte dafür einen Termin mit einer Kundin auf den nächsten Tag verschoben und war der Überwachung durch ihre Mutter mit der Erklärung entkommen, dass sie einen Termin bei der Kosmetikerin habe.

Der Ort hier fängt allmählich an mir zu gefallen, dachte Libera, als sie die Redaktion betrat. Cagnaccio wies auf einen Stuhl neben sich und starrte auf den Bildschirm seines Computers.

»Doktor Ricci hat alles getan, um von meiner Mitarbeiterin« – er zeigte auf die Smilza, die am anderen Ende des Büros eifrig tippte – »zu erfahren, wer uns die Sache mit der Erpressung verraten hat. Aber wir schützen unsere Quellen immer.«

Dies war ein Versuch, sie einzuwickeln, dachte Libera, und so entging ihr ein Teil dessen, was der Nachrichtenchef ihr sagte, nicht aber seine Schlussfolgerung:

»... ein Gefallen, der Sie interessieren könnte.«

»Wie meinen Sie das?«, fragte sie.

Cagnaccio tippte mit dem Zeigefinger auf den Bildschirm, auf dem ein Umbruch zu sehen war.

»Der kommt morgen raus.« Er ließ sie den Artikel von neun Spalten in Ruhe lesen. Er hatte noch keine Überschrift. Mitten auf der Seite war das Foto eines Mannes mit kräftigem Kiefer und verschränkten Armen zu sehen. Panattiere, der die Smilza mit männlichem Kennerblick begutachtete.

Es ging um ein Interview, in dem Panattiere sein Leben als zu Unrecht beschuldigter Mörder beschrieb – nach der Entdeckung des Massengrabs war er jetzt plötzlich das unschuldige Opfer, aber niemand, so beklagte er, hatte daran gedacht, sich für fast dreißig Jahre ungerechtfertigten Verdachts zu entschuldigen oder ihn wenigstens zu informieren.

Die Smilza hatte versucht, die grobe Ausdrucksweise Panattieres, die Libera selbst kennengelernt hatte, zu entschärfen. Doch das Interview war und blieb eine wuchtige Anklageschrift. Gegen die Polizisten (»Drückeberger und Schläger«), die Richter (»unfähig und anmaßend«), gegen die Journalisten, die nichts anderes könnten, als «ihren Nächsten zu ruinieren». Und gegen eine rothaarige Stalkerin, die aussähe wie Julianne Moore, aber dumm sei wie Brot, und die ihn erst neulich belästigt und in einer Bar in der Nähe seines Hauses über ihn hergezogen hätte.

»Den letzten Satz würde ich weglassen, der führt zu nichts«, sagte Cagnaccio und löschte die entsprechenden Zeilen. Dann sah er Libera schräg an, grinste und forderte sie zum Weiterlesen auf.

Libera dachte mit Schaudern an die anderen Reporter, denen Panattiere sicher dasselbe erzählen würde - jetzt, da die Schleusen einmal geöffnet waren. Im weiteren Verlauf des Interviews fand er für alle Mitspieler in seiner Tragödie freundliche Worte: für Commendatore Carluccio (»Ein solcher Idiot!«), für Carmen Minardi (»Sie hat ihr Ende verdient«), für ihre Mutter Signora Rosalia (»Eine alte Hexe, die ich wegen Schadenersatz verklagen und lebendig häuten werde, wenn sie noch einmal bei mir auftaucht«).

Arme Rosalia, dachte Libera gerade in dem Moment, als Cagnaccio sagte:

»Mir tut es nur um die arme Signora Minardi leid. Heute wird die Milani sie interviewen, dann haben wir auch noch ihre Version der Ereignisse.«

»Ihre Version ist, dass Panattiere der Mörder ist«, sagte Libera.

Cagnaccio nickte. »Und was sagen Sie zu dieser Julianne Moore?«

»Die interessiert niemanden.«

Sie lächelte ihm zu, während er begann, die Bildunterschrift zu korrigieren, und legte eine Hand auf seinen Arm. »Aber wie es aussieht, hört sich der Richter am Freitag die Version von Paola Cianciulli noch einmal an.«

Dann verließ sie die Redaktion, ohne sich noch einmal umzudrehen.

Die Version von Paola Cianciulli, der ehemaligen Freundin von Panattiere, wurde allerdings schon vorher Gegenstand der allgemeinen Debatten.

Alles begann am nächsten Morgen, als die Druckmaschinen von *La Città* die erste Ausgabe der Zeitung ausspuckten, mit dem Foto von Manuel Panattiere und seinen provozierenden Äußerungen auf der Titelseite.

In Lambrate, am anderen Ende der Stadt, fand die Rechtsmedizinerin unter den im Park gefundenen Knochen einen weiblichen Unterschenkel.

»Dann konzentrieren wir uns jetzt erst einmal darauf«, entschied die Staatsanwältin, als Gabriele Ricci ihr das Ergebnis der forensischen Untersuchung telefonisch mitgeteilt hatte und auch Vittoria hatte mithören lassen.

»Die Verhöre der Carluccio und der Cianciulli verschieben wir auf nächste Woche. Jetzt brauchen wir die DNA der Minardi, um sie mit der des Knochens zu vergleichen.«

Es vergingen drei Stunden. Rosalia wurde ins Polizeipräsidium gerufen und zog ihren widerstrebenden Ehemann hinter sich her. »Wir sind zwar gekommen, aber ich weiß jetzt schon, dass das ein Schlag ins Wasser wird«, sagte sie und öffnete wenig überzeugt ihren Mund, damit das Wattestäbchen zur Entnahme der DNA hineingeschoben werden konnte. Etwa zur gleichen Zeit kamen am Kiosk der Via dei Giardini die ersten Exemplare von *La Città* heraus, aber Rosalia las das Interview mit Panattiere nicht, sie gab kein Geld für Zeitungen aus.

Doch der Mann im Unterhemd, der morgens immer die Früchte am Obst- und Gemüsemarkt ablud, kaufte das Blatt wie jeden Tag und brachte es später seiner Nachbarin Paola Cianciulli mit. Um drei Uhr nachmittags, nachdem sie zusammen ein Risotto gegessen hatten, widmeten sich beide auf dem Bett liegend dem Studium der Stellenanzeigen.

Paola hatte den kahlköpfigen Mann mit dem kräftigen Kiefer, dessen Gesicht auf der Titelseite der *Città* prangte, zunächst gar nicht wiedererkannt. Erst als sie weiter unten ein Foto von sich aus der Zeit sah, als sie eine attraktive Blondine gewesen war, begriff sie, dass es Manuel Panattiere war, der sie vorwurfsvoll aus der Zeitung anglotzte. Sie las, und als sie an die Stelle kam, wo Panattiere sich in wenig schmeichelhaften Worten auch über sie äußerte, wurde sie rot vor Wut.

»*Walfisch ohne Hirn?!*«

Sie sprang aus dem Bett und feuerte die Zeitung auf den Boden. Dann warf sie dem Mann, der im Moment kein Unterhemd trug, einen flammenden Blick zu und fragte:

»Hast du immer noch diesen Cousin, der Anwalt ist?«

Genau fünfundzwanzig Stunden waren vergangen, in denen Libera, Iole, Vittoria, Gabriele und der Richter den Atem anhielten, während sie auf das Ergebnis der Laboruntersuchungen zur DNA des weiblichen Knochens warteten. Handelte es sich um Carmens Unterschenkel? War sie die Frau, die in Groane vergraben worden war?

Mit solchen Fragen beschäftigte sich Rosalia nicht. Sie würde niemals an die Sache mit dem Mafia-Mord glauben, ganz gleich wie die Dinge gelaufen waren. Auch Cagnaccio und die Smilza beschäftigten sich nicht mit diesen Fragen, aber nur, weil sie nichts davon wussten.

Um halb fünf am nächsten Tag rief Iole mit lauter Stimme nach ihrer Tochter, die sich in ihre Werkstatt zurückgezogen hatte, um ihre Nervosität zu bekämpfen, und gerade einen aufwändigen Braustrauß steckte. Sie lief ins Haus und fand ihre Mutter im Wohnzimmer vor dem Fernseher, wo sie ihre Lieblingssendung sah, die auch in den Ferien weiterlief. (Iole nannte sie spaßhaft »Meine Trash-Momente«).

»Sieh mal, wer da ist«, sagte sie triumphierend und deutete auf eine dicke Frau, die in einem roten Sessel der populären Talk-Masterin Viola d'Isernia gegenübersaß.

»Paola Cianciulli, Zeugin eines Verbrechens«, stand in der Schriftzeile unter ihrem Doppelkinn.

Libera dachte zu allererst an die Smilza, die in diesem Augenblick sicher eine Abreibung von Cagnaccio erhielt. Das war ein Versäumnis ersten Ranges. Ihr zweiter Gedanke galt Vittoria und Gabriele, die – wie sie – keine Zeit für »Trash-Momente« hatten und so Gefahr liefen, das Exklusiv-Interview zu verpassen. »Schick Vittoria eine SMS, sag ihr, sie soll sofort den Fernseher einschalten«, befahl Libera ihrer Mutter, dann ließ sie sich aufs Sofa fallen, stellte das Gerät lauter und konzentrierte sich auf die Sendung.

»Sie sind heute hier, um über diesen Zeitungsartikel zu sprechen«, begann die Talk-Masterin und hob ein Exemplar von *La Città* in die Höhe, als handele es sich um eine widerwärtige tote Ratte. Dann zeigte sie mit dem Finger auf das Foto von Panattiere.

»Sehen wir uns doch mal an, wie Sie Ihr früherer Freund nennt, der Mann, den Sie vor einer Mordanklage bewahrt haben.«

Sie betonte jede Silbe, damit das Publikum kapierte, dass es sich um eine gravierende Angelegenheit handelte.

»Walfisch ohne Hirn«, las sie. »Wal-fisch oh-ne Hirn. Habe ich das richtig zitiert?«

Sie sah die dicke Frau, die ihr gegenübersaß, an, als erwarte sie von ihr eine Geste des Protests.

Ein Raunen ging durch das Publikum, während Paola nickte, schüchtern und mit reichlich geschminktem Gesicht.

Sie trug ein gestreiftes, enganliegendes Kleid und sah aus wie ein fetter Tiger, vor allem im Vergleich zu der schlanken Moderatorin, die eine lässige weiße Bluse mit tiefem Ausschnitt trug.

»Dies wäre nur ein Beispiel für besonders schlechtes Benehmen«, sagte die d'Isernia und sah mit dem Gesicht eines Schiedsrichters, der die rote Karte zieht, in die Kamera, »und Gewalt gegen eine Frau, wenn ...«, hier machte sie eine jener bedeutungsvollen Pausen, für die sie berühmt war, »... wenn Paola nicht zu uns gekommen wäre, um uns eine wichtige Mitteilung zu machen.«

Auf dem Bildschirm erschien das Wort »explosiv«, während die Moderatorin zustimmend nickte. Dann versank das Studio für einen Moment in Dunkelheit.

Was die Cianciulli wohl zu sagen hat, fragte Libera sich, die sich der Spannung nicht entziehen konnte, genau wie Iole, die unbeweglich auf dem Sofa saß. Die Fernsehkamera zeigte nun in Großaufnahme Paolas Augen, ihren reglosen Blick.

»Aber zuerst«, verkündete lächelnd Viola, die so viele TV-Sendungen gemacht hatte wie niemand sonst, »lassen Sie uns über Ihre Liebesgeschichte sprechen.«

Sie hob den Arm, um der Regie die Anweisung zu geben, ein paar Fotos einzuspielen.

Auf dem Bildschirm erschienen nun Bilder von Paola und Manuel, als man ihn noch einen tollen Kerl und sie eine attraktive Blondine nennen konnte. Paola hatte offenbar ihr Fotoalbum geplündert.

»Wir haben uns im Sommer im Schwimmbad kennengelernt, das war noch vor dem –«, begann Paola und verstummte hilflos. Sie kaute auf ihrer Lippe, als suche sie mit Mühe nach Worten, aber sie konnte sich den Befragungskünsten der Moderatorin nicht lange entziehen.

»Vor dem?«, ermunterte sie ihren Gast.

»Vor dem ... Verbrechen«, antwortete Paola, während Viola überrascht die Augen aufriss.

In dieser Sendung ging man nie besonders zimperlich mit den Gästen um, vor allem wenn der Gast eine Frau war und sich gegenüber einem anderen Exemplar der weiblichen Welt unwürdig benommen hatte.

»Wussten Sie zu diesem Zeitpunkt, dass Manuel Panattiere verlobt war? Dass er bald darauf heiraten sollte?« Die Moderatorin hob wieder die Hand, und gleich darauf erschien auf dem Bildschirm ein Foto von Carmen, mit Perlenkette und dem Lächeln eines schüchternen jungen Mädchens.

Paola erstarrte, und die Kamera schwenkte zu ihren Augen, die plötzlich voller Tränen standen.

»Ich war so jung und verliebt damals«, entschuldigte sie sich.

Die Moderatorin breitete die Arme aus wie ein Priester, der seinem verirrten Schäfchen die Absolution erteilt und es in die Herde der guten Schafe zurückholt.

»Das ist Liebe!«, seufzte sie und machte ein Gesicht wie eine Lehrerin, die sich mit einem ungezogenen Schüler herumschlagen muss.

Inzwischen waren zehn Minuten vergangen, von einer explosiven Nachricht keine Spur. Die Regie zeigte weiter Fotos von der jungen hübschen Paola, die das Gegenteil von der kurzatmigen dicken Tigerin von heute war.

Hatte die Liebe das aus ihr gemacht?, dachten viele Zuschauer im Studio, und auch Libera und ihrer Mutter, die zu Hause auf dem Sofa saßen, drängte sich unwillkürlich dieser Gedanke auf. Das war der Talk-Masterin, die ihr Publikum gut kannte, durchaus bewusst.

»Aber das war nicht Ihr einziger Fehler, Paola, habe ich recht? Und deswegen sind wir heute hier. Erzählen Sie uns von diesem furchtbaren Tag: dem 8. August 1988.«

»Ja.« Paola schluckte. »Manuel hatte seine Verlobte im März verlassen.«

»Er hatte Carmen verlassen?«, fragte die Moderatorin nach. Sie zeigte auf das Foto des artigen Mädchens.

»Ja.«

»Und hat sie sich damit abgefunden?«

»Nein. Manuel sagte, sie mache ihm Szenen und schleiche ihm nach, und auch ich hatte diesen Eindruck. Einmal hat sie vor meinem Haus auf mich gewartet. Sie schien völlig verrückt zu sein.«

»Stopp!« Die Moderatorin hielt theatralisch die flache Hand in die Kamera. »In dieser Sendung wird nicht schlecht über Frauen geredet, am wenigsten dann, wenn ein Mann sie feige verlassen hat.«

»Aber sie hat mich nachts ungefähr dreißigmal angerufen ...«

»Ach, die Liebe«, seufzte Viola genüsslich.

In dem grellen Licht der Scheinwerfer, die einen mystischen Lichthof um die beiden Frauen legten, wurde Paolas blasses Gesicht feuerrot, vor allem, als die Moderatorin, die urplötzlich zum freundschaftlichen Du überging, sie jetzt fragte:

»Hatte Manuel Carmen verlassen, um mit dir zusammen zu sein?«

Paola zögerte einen Augenblick. »Damals dachte ich das, aber vielleicht ...«

»Vielleicht?«

Paola knetete ihre Hände.

»Vielleicht nicht nur. Manchmal verschwand er für ein paar Tage, dann ging er nicht ans Telefon und war auch nicht zu Hause.«

»Aber du hast ihn weiter geliebt.«

»Ja, das habe ich.«

Paola senkte den Blick, in ihren Augen schimmerten Tränen, vielleicht aus Schmerz, vielleicht aus Wut.

Viola verzog den Mund und ballte die Fäuste. Ihre aufgebrachte Miene verriet den Zuschauern, was ihr gerade durch den Kopf ging: Erst hatte dieser Mann seine Verlobte verlassen, jetzt vernachlässigte er auch noch Paola.

Mit vor Empörung zitternder Stimme fragte die Moderatorin weiter:

»Und an jenem Tag? Was passierte da?«

»Manuel holte mich an der Universität ab. Auf der Baustelle hatte er gesagt, es gehe ihm schlecht, aber in Wirklichkeit fehlte ihm nichts, er wollte nur Sex. Wir sind dann in seine Wohnung gefahren ...«

»Am See«, unterbrach die Diva sie.

»Ja, in Gera Lario. Unterwegs redeten wir über Carmen. Sie hatte ihn angerufen und wollte sich mit ihm treffen, aber er hatte das abgelehnt. Er lachte und nannte sie ›die verrückte Alte‹ oder ›die dumme Carmela‹.«

»Warum? Wie alt war Carmen denn zu dieser Zeit?«

»Vierunddreißig. Elf Jahre älter als ich«, entgegnete Paola.

Viola verdrehte die Augen und sagte:

»Habe ich das richtig verstanden? Vierunddreißig? Und das war für ihn alt?«

Auf dem Sofa in ihrem Haus war Libera mit ihrer Geduld am Ende. Was war denn nun die explosive Neuigkeit? Würde es je so weit kommen? Im Studio dachte Paola vermutlich dasselbe. Sie schwitzte im Scheinwerferlicht und sagte:

»Wir haben Sex gehabt, und dann bin ich einfach eingeschlafen.«

»Bis hierher«, unterbrach sie die Moderatorin und breitete die Arme aus wie ein Gendarm an einer Kreuzung. Dann zeigte die Kamera ihr Gesicht in voller Größe.

»Ihr müsst wissen«, raunte sie den Millionen Frauen zu, die wie jeden Nachmittag gebannt vor dem Bildschirm saßen, »dass die arme Carmen an diesem Tag verschwand. Manuel Panattiere wurde wegen Mordes verhaftet. Er rettete sich nur dank der Zeugenaussage von Paola, die der Polizei gegenüber aussagte, sie habe mit ihm den ganzen Nachmittag verbracht.«

Die Kamera schwenkte jetzt wieder auf Paola Cianciulli, auf ihre zusammengepressten Lippen, auf ihre Schuhe, die nervös auf den Boden klopften.

»Aber Paola hatte nicht die volle Wahrheit gesagt. Heute Nachmittag ist sie hergekommen, um dies endlich zu tun. Ist das richtig, Herr Anwalt?«

Jetzt zeigte die Kamera den Cousin des Mannes im Unterhemd, der feierlich nickte und die eine Sekunde Ruhm genoss. Durch das Publikum ging ein Schaudern, und man hörte ein erwartungsvolles Stöhnen.«

»Sag uns, Paola«, meinte die Moderatorin aufmunternd, »wart ihr beide, du und Manuel wirklich den ganzen Nachmittag zusammen, so wie du es der Polizei erzählt hast?«

Und das noch unter Eid, dachte Libera, während die Cianciulli mit ja antwortete.

»Aber ...«, Viola unterbrach sie mit einem listigen Lächeln, »... du kannst nicht sicher sein, das er wirklich den ganzen Nachmittag dageblieben ist, oder?«

»Na ja, ich bin ja dann eingeschlafen«, stammelte Paola.

»Und wann war das?«

»Nach dem zweiten Mal, ich glaube so gegen fünf. Ich bin erst drei Stunden später wieder aufgewacht.«

»War Manuel da bei dir?«

»Er war in der Küche und hatte sich schon angezogen.«

Die Moderatorin richtete sich in ihrem Sessel auf und machte ein Gesicht wie eine verärgerte Lehrerin. So etwas durfte ein Gast ihr nicht bieten!

»Drei Stunden, in denen Manuel Panattiere das Haus verlassen und ein Verbrechen begehen konnte!«, schrie sie triumphierend. »Und was für ein Verbrechen es auch war, an eines sollten wir uns erinnern: Carmen Minardis Leiche ist nie gefunden worden.«

Die Kamera zeigte nun ihre wütend dreinblickenden Augen.

»Warum hast du diesen Mann geschützt, Paola?«

Jetzt fehlte nur noch ein Trommelwirbel, aber die Kamera schwenkte schnell zum Publikum hinüber und zeigte die Gesichter verblüffter oder wütender Frauen.

»Weil ich nicht glaubte, dass er es war«, antwortete Paola, die nun völlig in sich zusammengesunken war. »Außerdem liebte ich ihn doch.«

»Aha!«, sagte die Moderatorin mit einem tiefen Seufzer und breitete die Arme aus. »Und warum bist du heute zu uns gekommen, um die ganze Wahrheit zu erzählen?«

Für Geld vielleicht?, dachte Libera. Um dich an ihm zu rächen? Weil in den Zeitungen so viel über das Massengrab zu lesen ist und Panattiere deshalb mit Sicherheit entlastet wird?

Jetzt ergriff der Anwalt das Wort. »Meine Mandantin weiß, dass es ein Fehler war, in ihrer Zeugenaussage ein paar Details wegzulassen«, sagte er mit ernster Miene.

»Details? Was für Details meint dieser Typ?«, fragte Iole und richtete sich vom Sofa auf. »Seine Mandantin hat ihren Fehler doch schon eingestanden, jetzt will er sich nur im Fernsehen wichtig machen.«

Als hätte er sie gehört, lächelte der Anwalt in die Kamera.

»Aber jetzt ist es ja ganz offensichtlich, dass das Verbrechen an Carmen Minardi ...«

»Wenn es überhaupt ein Verbrechen gegeben hat«, korrigierte Viola ihn.

»Die Entführung und das Verbrechen sind ganz sicher im kriminellen Milieu geplant worden. Deshalb hat sich meine Mandantin jetzt frei gefühlt, endlich die Wahrheit zu sagen.«

»Um damit ein bisschen Geld zu verdienen«, kommentierte Iole spöttisch.

Die Fernsehmoderatorin rückte den Ausschnitt ihrer Bluse zurecht und warf einen Blick auf den Zettel in ihrer Hand, wobei sie ein vorwurfsvolles Gesicht machte.

»Fürchten Sie keine Anzeige wegen Falschaussage?«

»Langsam, langsam«, sagte der Anwalt. »Meine Mandantin hat nie gelogen. Niemand hat sie jemals gefragt, ob sie eingeschlafen ist.«

Merkwürdig, dachte Viola d'Isernia jetzt vermutlich, während das Publikum heftig applaudierte.

Merkwürdig, dachten Libera und Iole mit skeptischen Gesichtern.

Der Sender hatte noch nicht die Werbepause eingeschaltet, und die Scheinwerfer zeigten immer noch erbarmungslos Paolas schwitzendes Gesicht, als Liberas Telefon klingelte.

»Ich rufe dich an, damit ich nicht auf zwanzig Anrufe von Nonna antworten muss.« Es war Vittoria, und sie redete sehr schnell. Iole hatte tatsächlich ihr Smartphone schon in der Hand.

»Die Staatsanwältin hat das Interview im TV gesehen und ist ziemlich verärgert. Sie hat die Paola Cianciulli und auch Manuel Panattiere vorgeladen. Heute Abend wird es, glaube ich, sehr spät.«

»Wir warten auf dich«, sagte Libera und legte auf. Da klingelte das Telefon erneut.

»Haben Sie diese Idiotin im Fernsehen gesehen?«, fragte Cagnaccio. »Dabei hatte sie uns noch gesagt, dass sie nichts hinzuzufügen hat. Ich habe meine Journalistin, die Milani, jetzt nach Gera Lario rausgeschickt. Mal sehen, was Panattiere dazu sagen wird.«

»Dann hatte die alte Rosalia vielleicht doch recht«, bemerkte Libera zögernd. »Auf jeden Fall hat Manuel Panattiere jetzt kein Alibi mehr.«

»Möglich. Oder diese Cianciulli ist wirklich nur ein Walfisch ohne Hirn, wie dieser Lackaffe gesagt hat. Sie hat versucht, sich an ihm zu rächen, und sich ihren Auftritt sicher teuer bezahlen lassen.«

Wenn die Untersuchungen zeigen würden, dass Carmens Leiche in Groane beerdigt worden war, wäre Paola Cianciullis Aussage über den Nachmittag ihres Verschwindens sowieso bedeutungslos, dachte Libera. Manuel Panattiere brauchte kein Alibi. Und dass seine Freundin drei Stunden geschlafen hatte, war nicht unbedingt ein Beweis für seine Schuld. Kein Gericht würde ihn nach sechsundzwanzig Jahren auf der Grundlage eines solchen Hinweises verurteilen.

Doch ganz ohne Bedeutung war das Interview von heute nicht. In jenem August 1988 hatten einige Leute der Polizei nicht die ganze Wahrheit gesagt – zuerst Carluccio, dann die Cianciulli. Sie hatten es getan, um sich selbst oder die Menschen, die sie liebten, zu schützen. Aber sie hatten es getan. Und das brachte alles wieder aufs Tapet.

»Schicken Sie jemanden ins Präsidium. Sie werden bald Paola Cianciulli befragen«, sagte Libera unüberlegt und bereute es sofort. Cagnaccio brach in zufriedenes Lachen aus.

»Wenn Sie nicht diese Hexenhaare hätten, könnte ich mich direkt in Sie verlieben.«

Er schickte einen Kuss durchs Telefon und legte auf.

»Was ist in diesem Haus eigentlich los? Bin ich die Letzte, die hier etwas erfährt?«, beklagte sich Iole.

Sie saß auf dem Sofa und hatte stumm zugehört, während Libera telefonierte.

Diese sah sich nun gezwungen, ihr zu sagen, was Vittoria und Gabriele als Nächstes vorhatten. Vorladung des zerstrittenen Liebespaars aufs Polizeirevier und ihre Befragung.

»Gut, dann haben wir wenigstens vier oder fünf Stunden Zeit. Was machen wir? Gehen wir zu Rosalia Minardi, in den Park von Groane, ins Präsidium, oder statten wir Panattiere einen Besuch ab?«

»Wir könnten auch einfach hierbleiben und warten.«

»Das ist nicht meine Art.«

»Aber wir könnten dabei den Kürzeren ziehen«, widersprach Libera und sah nach, ob ihr Handy ausreichend aufgeladen war. Diesmal würde sie es nicht zu Hause lassen, wenn sie mit ihrer Mutter wegfuhr. »Lass mich wenigstens noch meine Werkstatt abschließen.«

»Mach nur, ich setze mir inzwischen die Perücke auf.«

Libera musste unwillkürlich lächeln. Womit würde sie wohl am wenigsten Schaden anrichten, überlegte sie, während sie eilig die Werkstatt aufräumte. Bedauernd sah sie auf die weißen Röschen, die mit Kurkuma und Hortensien in den Eimern steckten. Sie roch den feinen Duft des Wiesenenzians und strich über die Bouvardien. Wie gern hätte sie sich hierher zurückgezogen und einen magischen Strauß zusammengesteckt, sogar für eine ängstliche Braut oder eine nervige Hochzeitsplanerin, viel lieber, als ihre neugierige Mutter in den Park von Groane auf der Jagd nach Skeletten zu begleiten oder zu einem Dorfbewohner in den Bergen über dem See, der vielleicht ein Mörder war. Was würde passieren, wenn sie Vittoria bei ihren Ermittlungen wieder in die Quere kämen? Das kleinste Übel war wohl, in der Nähe des Präsidiums zu warten, wo die Verhöre stattfinden sollten.

»Kommen Sie nur herein!«, hörte Libera ihre Mutter da in einem Ton zwitschern, den sie nur bei einem bestimmten Typ Mann verwendete – nämlich dem, der ihr gefiel. Auf dem Gartenweg tauchte die rundliche Gestalt von Mantovani auf.

»Suchen Sie nach meiner Tochter?«, fragte Iole. »Sie ist in der Werkstatt.«

Libera trat nach draußen, ehe die Situation peinlich wurde.

»Sie haben gar nicht auf meine Nachricht geantwortet«, rief der Koch unbefangen. Offenbar fühlte er sich selbst unter Ioles lauernden Blicken vollkommen wohl. »Ich wollte fragen, ob Sie mit mir eine Runde joggen gehen.«

Erst da bemerkte sie die riesigen orangefarbenen Schuhe mit den blauen Streifen, die er anhatte. Irgendwie versetzte es sie in gute Laune, aber ihre Mutter hüstelte bedeutsam.

»Leider haben Mama und ich schon etwas vor.«

»Es geht um wichtige Ermittlungen«, sagte Iole, »deshalb habe ich mir auch die Perücke aufgesetzt.«

»Ach ja, die Perücke«, meinte der Koch, als sei es die natürlichste Sache von der Welt. Dann wandte er sich an Libera, mit einem breiten Lächeln in seinem gebräunten Gesicht.

»Morgen Abend um sechs? Sie werden überrascht sein, wie sportlich ich sein kann.«

Der strenge Wachtposten in seiner steifen Uniform zwang sie, das Auto, das sie auf dem Bürgersteig gegenüber dem Präsidium geparkt hatten, wieder wegzufahren.

»Wie unhöflich! Da lässt er zwei ältere Damen zu Fuß gehen!«

Libera grinste, während sie den Wagen wendete.

Sie parkten ein paar Ecken weiter unter einem Schild mit der Aufschrift »Unerlaubt parkende Fahrzeuge werden kostenpflichtig abgeschleppt«. Dann traten sie eine ermüdende Wallfahrt durch angrenzende Nebenstraßen an, die an diesem späten Augustnachmittag menschenleer waren. Via dei Giardini, Via dei Marchi, Via Montebello und zurück.

Alle fünf Minuten gingen sie durch die Via Fatebenefratelli und blieben lange bewundernd vor dem Fenster eines Blumenladens stehen, unter den misstrauischen Augen des Wachtpostens, der immer noch vor dem Präsidium stand. Sie tranken drei Kaffee und zwei Tee, um länger in der einzigen geöffneten Bar sitzen zu bleiben, von der aus man den Eingang zum Präsidium sehen konnte.

Iole ging achtmal auf die Toilette, bis die Kassiererin, eine unfreundliche dicke Frau, sie fragte, ob sie vielleicht Hilfe brauche.

»Es würde mir schon sehr helfen, wenn ich hier keine mürrischen Gesichter sehen müsste«, entgegnete Iole. Dann sagte sie leise zu ihrer Tochter:

»Es ist schon fast sieben und hier passiert rein gar nichts. Im Film ist das ganz anders.«

So ist das nun mal, dachte Libera. Ihr Mann und ihre Tochter hatten ihr oft erzählt, wie langweilig die Ermittlungsarbeit für sie sei und dass sie zu einem großen Teil aus Papierkram bestünde. Akten und Papiere mussten durchforstet, Informationen miteinander abgeglichen werden. Und das galt besonderes für einen uralten Fall wie den von Carmen Minardi (*cold case* nannte man so etwas in den Krimis, die im Fernsehen liefen), der durch ein paar Lügen, die erzählt worden waren, jetzt nach Jahren wieder an die Oberfläche kam, wie schwer verdauliche Gnocchi im kochenden Wasser. Vielleicht würden Vittoria und die Staatsanwältin Paola und Manuel den ganzen Abend befragen und sich dabei die gegenseitigen Beschuldigungen des wütenden Ex-Paares anhören müssen.

Vielleicht war das alles auch nur vergeudete Zeit, und die Antwort war in einem Reagenzglas des Labors von Lambrate zu finden.

Rosalia Minardi war davon nicht überzeugt. Sie war sich sicher, dass ihre Tochter am Tag ihres Verschwindens zu Manuel Panattiere gegangen war. Aber dafür sprachen nur ihr Mutterinstinkt und ein so wenig glaubwürdiger Zeuge, dass ihn niemand mehr aufgesucht hatte, selbst als der Fall Carmen Minardi wieder in den Zeitungen aufgetaucht. Cagnaccio hatte den Mann »einen alten Säufer« genannt.

Sie erreichten die Via Cernia in dem Moment, als der Abschleppdienst gerade im Begriff war, ihren Wagen aufzuladen. Libera musste, da ihr Telefon klingelte, ihre Mutter losschicken, um die beiden Männer im Fahrzeug davon abzuhalten, das Auto mitzunehmen (tatsächlich fuhren sie schließlich ohne ihre vierrädrige Beute davon).

Am Telefon war Gabriele. »Hier draußen wurden zwei verdächtige Frauen gesichtet, die ständig ums Polizeipräsidium herumschleichen. Dürfen wir Sie vielleicht zu einem Kaffee einladen?«

»Da sind Sie ja schon wieder!«, begrüßte die Kassiererin sie barsch, als sie die Bar betraten, in Begleitung von dem Polizeipräsidenten und Vittoria, die kein Wort sagte.

»Und, was ist los?«, fragte Gabriele.

Iole kniff die Augen zusammen.

»Was los ist? Das fragen wir euch. Habt ihr die beiden endlich verhört? Was haben sie gesagt? Libera hat es zu Hause nicht mehr ausgehalten. Außerdem musste sie sich vor diesem Koch in Sicherheit bringen, der sie bedrängt.«

Bedrängung durch den Koch? Wie weit wollte ihre Mutter gehen, um Gabriele anzustacheln und seine Eifersucht zu wecken? Libera fühlte den Blick des Polizeipräsidenten auf sich ruhen und blickte auf. Sein Gesicht war grau von dem zu langen Arbeitstag, von all dem Dreck, in dem er von Berufs wegen wühlen musste.

»Die Cianciulli hat nur das wiederholt, was sie schon in dieser Talk-Show gesagt hat«, antwortete er.

»Sie ist eine dumme Kuh«, fügte Vittoria hinzu. »Sie hat überhaupt nicht begriffen, dass sie sich total in die Nesseln gesetzt hat, und ihr Anwalt ist noch schlimmer. Der wiederholt nur ständig, dass ›die Ermittlungen eine neue Wendung genommen haben‹. Als ob das für das falsche Alibi irgendeine Rolle spielen würde.«

»Und Panattiere?«, fragte Libera. »Was hat er gesagt?«

Der Polizeichef und seine Mitarbeiterin tauschten einen langen Blick, dann antwortete Vittoria mit leiser Stimme:

»Als er die Cianciulli im Fernsehen gesehen hat, ist er Richtung Schweiz geflohen. Die Carabinieri haben ihn kurz vor der Grenze erwischt. Er hatte ein paar Gläser in einer Bar getrunken und hat mit einem Schuh nach einem Militär geworfen. Die Weltmeisterschaft der Idioten! Und dann war in der Bar noch eine junge Reporterin. Sie war ihm offenbar gefolgt, und er hat es nicht mal gemerkt.«

Die Smilza, dachte Libera und war so stolz auf Cagnaccios Idee, als sei das ihre eigene Leistung.

»Und was passiert jetzt mit ihm?«

»Er wurde wegen Widerstands gegen die Staatsgewalt festgenommen, aber ich bezweifle, dass der Richter einen Haftbefehl erlassen wird. Es gibt keine Beweise dafür, dass er Carmen getötet hat, und es gibt bisher nicht mal einen Beweis, dass sie überhaupt umgebracht wurde. Auch nicht, dass sie in den drei Stunden, in denen Panattiere Zeit gehabt hätte, am See war.«

»Aber es gibt doch diesen Zeugen«, wandte Libera ein.

»Der ist leider vollkommen unglaubwürdig«, sagte Gabriele und seufzte. Dann stand er schwungvoll auf, als er eine zierliche, etwa dreißigjährige Frau im auberginefarbenen Kostüm an der Eingangstür entdeckte.

»Wie viele sind Sie denn noch?«, bemerkte die unfreundliche Bedienung, während die Frau auf ihren Tisch zusteuerte.

Sie begrüßte die Kriminalbeamten, aber ihre erstaunten Blicke streiften Libera und Iole.

»Hier seid ihr also gelandet.«

Vittoria reagierte zuerst. Mit einem bemühten Lächeln stellte sie sie einander vor. »Frau Doktor Spallanzani ist die für unseren Fall zuständige Staatsanwältin. Und das sind meine Mutter und meine Großmutter. Sie ... Sie haben mir die Hausschlüssel gebracht, die ich dummerweise vergessen hatte.«

»Wie reizend«, sagte die Staatsanwältin und musterte Iole und Libera mit hochgezogenen Augenbrauen, während Gabriele versuchte, die allgemeine Verlegenheit zu zerstreuen.

»Na, dann hätten wir das ja geklärt. Wollen wir ins Büro zurückgehen?«

Die Staatsanwältin nickte. Sie ging ein paar Schritte voraus Richtung Ausgang, kam dann aber wieder zurück.

»Finden Sie das nicht auch seltsam, Doktor Ricci?«, fragte sie.

»Was?«

»Dass die Dame hier der amerikanischen Schauspielerin ähnlichsieht, von der die Cianciulli bei ihrer Befragung gesprochen hat? Die, die zu ihr nach Hause gekommen ist – in Begleitung einer älteren Frau, die ungehörige Fragen gestellt hat.«

Sie sah Iole scharf an.

»Eine ältere Frau – wie Ihre Großmutter, Signorina Deidda.«

Es entstand eine angespannte Stille in der Bar. Eine Stille, die einen Moment später wurde durch Ioles schrille Stimme durchbrochen wurde.

»Verehrte Frau Staatsanwältin, man kann mich gern als erwachsen bezeichnen, aber ich würde mich nicht alt nennen. Die beiden Frauen, von denen Sie soeben gesprochen haben, waren vermutlich verkleidet. So wie ich, passen Sie gut auf!«

Sie zog ein beleidigtes Gesicht und nahm vor aller Augen die Perücke vom Kopf.

11

Die grausame Wahrheit

»Was für eine Farce!«, sagte Rosalia Minardi und schüttelte den Kopf, die Hände am Griff ihrer schwarzen Tasche.

Libera hatte sie am Vormittag in ihrer Werkstatt vorgefunden, als sie – noch unter dem Eindruck der letzten Schreckensnacht – hinüberging. Vittoria war gar nicht erst nach Hause gekommen. Wahrscheinlich war sie zu erbost über den neuen Coup ihrer Mutter und Großmutter.

»Vielleicht ist sie ja bei ihrem geheimnisvollen Liebhaber«, hatte Iole gemutmaßt, bevor sie mit ihren Freundinnen zum Yoga-Retreat aufbrach. »Mach dir keine Sorgen, sie kommt schon wieder.«

»Eine Farce, finden Sie nicht?«, sagte Rosalia erneut. Dann bemerkte sie Liberas erstauntes Gesicht. »Ach, wissen Sie es noch gar nicht? Panattiere ist wieder zu Hause. Der Richter hat keinen Haftbefehl erlassen. Er ist mit einer Anzeige davongekommen, genau wie die Cianciulli.«

Eine Farce. Die alte Frau hatte recht. Ein grausamer Scherz des Schicksals. Die Lösung des Falles von Carmen Minardi rückte in weite Ferne, wie es so oft geschah, wenn die Wahrheit ganz nah zu sein scheint. Der Mann, den sie für den Mörder hielt, hatte zwar sein Alibi verloren, kam aber als freier Mann davon. Die Frau, die ihn sechsundzwanzig Jahre lang gedeckt hatte, beschuldigte sie, eine Verrückte zu sein, landete im Fernsehen, bekam Geld und erhielt für ihre Lüge noch Applaus.

»Dabei war Carmen an dem Nachmittag dort, wo die beiden waren«, sagte Rosalia wohl zum hundertsten Mal im Brustton der Überzeugung. »Aber Ihre Tochter und auch der Richter sagen, dass es keine Beweise gibt.«

Libera antwortete ihr nicht. Sie fand keine Worte, welche die Frau hätten trösten können.

Die Laboruntersuchungen hatten ergeben, was Rosalia Minardi vorhergesagt hatte. Der im Parco delle Groane gefundene Unterschenkelknochen stammte nicht von Carmen, sondern von einer anderen Frau, die den falschen Mann geliebt hatte und sich von ihm hatte trennen wollen, als sie von seinen Geschäften erfahren hatte.

»Ein neuer Schlag ins Wasser«, sagte Rosalia verbittert. »Ich wette, die Ermittlungen werden wieder eingestellt, und diesmal für immer.«

Sie stand auf. Libera wusste nicht, was sie noch hätte sagen können, und ihr fiel nichts Besseres ein, als der alten Frau einen Strauß für Carmen zu schenken, für die Hochzeit, die sie nie erlebt hatte. Rote und weiße Rosen, Glyzinien und ein Olivenzweig für ihr Mädchenzimmer.

Sie sah der schwarzgekleideten kleinen Gestalt nach, wie sie Richtung Umgehungsstraße fortging, mit ihrem Strauß in der Hand und so gebeugt wie noch nie.

Wenn die Wahrheit offenbar wird, kann sie grausam sein, aber es ist grausamer, die Wahrheit nicht zu kennen.

Der Wind hatte sich plötzlich gelegt. Nach den Tagen des Regens im Juli ließ eine blasse August-Sonne die Zucchini und Tomaten im Garten leuchten, aber die Haut wurde nicht warm. Es war wie im Oktober, nicht wie sonst im August, aber es war doch ein Zeichen, dachte Libera, und so ging sie ins Haus und nahm ihre Autoschlüssel.

Sie wusste nicht, warum sie es tat. Vittoria und Gabriele, die es ihr vielleicht hätten ausreden können, gingen nicht ans Telefon.

Rosalia hatte sie nicht darum gebeten, aber Libera meinte, sie sei es ihr schuldig. Vielleicht deshalb, weil sie auch eine Frau war, die seit Jahren die Wahrheit nicht kannte.

Sie nahm die Umgehungsstraße und fuhr Richtung Norden, dann bog sie auf die Statale 36 ein. Sie fuhr die über hundert Kilometer bis Colico, wo der einzige Zeuge wohnte, der Rosalias Meinung bestätigte. Der geschworen hatte, ihre Tochter am Tag ihres Verschwindens in der Nähe des Hauses von Panattiere gesehen zu haben.

Libera fühlte eine diffuse Angst in sich aufsteigen, als sie sich ihrem Ziel näherte. Sie hätte jetzt gerne eine Buchhandlung gehabt mit schön aufgereihten Romanen, die andere Welten zu bieten hatten, interessanter, phantasievoller und magischer als die normale Welt. Eine Welt, in der sogar ein Unglück, das eigentlich sinnlos war, wie das Verschwinden einer Tochter, Teil eines Plans war und damit einen Sinn bekam. Einen Sinn, der nicht unbedingt positiv sein musste, der sich einem in der realen Welt aber nicht zeigte.

Doch hier gab es keine Buchhandlungen, und so parkte Libera den Wagen, bevor sie ins Dorf hineinfuhr, kurz vor dem grünen Ufer des Sees in der Bucht von Piona, um ein bisschen spazieren zu gehen und Ordnung in ihre Gedanken zu bringen. Sie ging an denselben Maisfeldern, Platanen und Maulbeerbäumen vorbei, die sie, wie sie sich erinnerte, als Mädchen mit ihrem Großvater gesehen hatte. Die kleinen Bahnwärterhäuschen entlang der Gleise erregten ihre Aufmerksamkeit: das gelbe an der Ausfahrt der Statale, das lachsfarbene neben dem Bahnhof von Piona, das verlassene Häuschen am Ende einer winzigen Schotterstraße, ein Gemäuer, das von Efeu überwachsen war, mit einem Brunnen aus Naturstein im Garten und zwei alten Nussbäumen, die das Haus zu bewachen schienen. Sie dachte, es wäre schön, es wieder zum Leben zu erwecken, wie es Spartaco mit dem seinen gemacht hatte. Man müsste sich darum nur ein wenig kümmern, wie man sich um alles kümmern musste: um Menschen und Dinge.

Aber wer hatte sich um Carmen Minardi gekümmert? Wer wusste eine Antwort auf den Schmerz ihrer Mutter?

Libera ging schnell den Weg zurück, stieg wieder ins Auto und fuhr zum Bahnhof. Sie hatte vor, Carlo Bettigas frühere Kollegen nach seiner Adresse zu fragen. Er war der berühmte Zeuge, dem keiner geglaubt hatte und der bis zu seiner Rente Eisenbahner gewesen war. Sie brauchte nicht lange nach ihm zu suchen.

Sie fand ihn in der Bar, in der alles angefangen hatte. Er dämmerte auf einem Hocker vor sich hin, die Arme auf den Tresen gestützt, während der Lautsprecher den Zug nach Chiavenna für 14 Uhr 04 ankündigte.

Trotz der frühen Stunde hatte er schon ziemlich getankt.

»Immer bereit, einer schönen Frau zu helfen«, nuschelte er und richtete sich auf. Dabei rutschte er von seinem Barhocker. Libera half ihm aufzustehen. Er reichte ihr etwa bis zum Kinn.

»Erinnern Sie sich an diese junge Frau?«, fragte sie und zeigte ihm das Bild von Carmen aus *La Città*. »Das ist die Frau, die vor sechsundzwanzig Jahren verschwunden ist. Sie haben damals gesagt, Sie hätten sie hier in Colico gesehen.«

Bettiga schaute sie mit seinen Triefaugen unter schweren Lidern an.

»Mein Gedächtnis braucht einen kleinen Weißen«, sagte er.

Er trank den Wein, den Libera bezahlte, in einem Zug. Dann schloss er die Augen:

»Sie stieg aus dem Autobus«, sagte er, »sie hatte eine Bluse mit kleinen Blümchen an, sie war eine schöne Frau, glauben Sie mir. Das habe ich schon dem Maresciallo und auch dem Richter gesagt, als sie mich befragt haben.«

Er rutschte auf seinem Hocker hin und her, sah sie an und leckte sich die Lippen.

»Noch einen Weißen?«, fragte er.

Unzuverlässig, dachte Libera mit einem unguten Gefühl in der Magengegend. Um ein Glas Wein zu bekommen, würde er allen möglichen Unsinn erzählen.

»Wissen Sie noch, wo Sie sie gesehen haben?«

»Da«, sagte Bettiga und zeigte auf die Glastür. »Ich bin rausgegangen, um besser zu sehen.«

»Um Carmen besser zu sehen?«

»Doch nicht Carmen, das Auto!«, sagte er. »Es stand genau hier auf dem Platz. Eine *Giulietta TI*, sahneweiß und innen dunkles Leder. Solche Autos werden heute gar nicht mehr gebaut.«

Libera spürte, wie ihr Mund plötzlich trocken wurde.

»Und wer saß in dem Auto drin?«

»Weiß ich nicht, das hab ich nicht gesehen«, antwortete Bettiga und hob das leere Glas in die Höhe. Der Barmann brachte Nachschub. »Kurz darauf ist das Auto weggefahren.«

»Bevor oder nachdem der Bus gekommen war?«

»Danach«, erklärte Bettiga.

Dann zwinkerte er, legte den Kopf auf den Tresen und schlief ein.

Libera lief nach draußen und sprang ins Auto. Sie fuhr, als sei der Teufel hinter ihr her. Auch als sie an die Stadtgrenze von Mailand kam, raste sie weiter, ohne auf die Geschwindigkeit zu achten. Eine dunkle Ahnung breitete sich in ihrer Brust aus. Aber wem hätte sie von ihren Zweifeln, von diesem schrecklichen Verdacht erzählen können? Weder Vittoria noch Gabriele, die seit

Stunden nicht zu erreichen waren. Und auch nicht ihrer Mutter, die vermutlich gerade eine Ayurveda-Massage genoss. Sie dachte kurz an Rosalia, schob den Gedanken aber schnell beiseite.

Dann nahm sie ihr Telefon und rief bei *La Città* an.

»Ich war in Colico und habe mit diesem Zeugen gesprochen«, erklärte sie Cagnaccio.

»Dem Säufer?«

»Ja, genau. Er hat in mir einen Verdacht geweckt ...«

Sie sagte es und bereute es sofort wieder. Ihren Verdacht in Worte zu fassen, würde ihm ein Gewicht geben, das er, wie sie hoffte, nicht hatte. Wie sollte sie den Journalisten bremsen, wenn sie ihm am Ende nicht die Wahrheit erzählte, weil sie sich vor der Wahrheit fürchtete?

»Erzählen Sie«, befahl Cagnaccio. Sie hielt zuerst den Atem an. Dann redete sie, um ihre furchtbare Vermutung mit jemandem zu teilen.

»Es ist ja erst mal nur eine Vermutung«, sagte Cagnaccio beruhigend, als sie geendet hatte. »Und sie beruht auf einer Eingebung, die sich als falsch erweisen kann.«

Er schwieg eine ganze Weile, dann fuhr er fort:

»Ich würde sie aber nicht unberücksichtigt lassen. Immerhin könnte etwas dran sein. Was wollen Sie jetzt machen? Reden Sie mit Ihrer Tochter darüber?«

Libera sagte ihm, was sie vorhatte, und löste damit bei Cagnaccio eine heftige Reaktion aus.

»Gehen Sie nicht allein hin, ich verbiete es Ihnen.«

Sie beendete das Gespräch, drückte die Stumm-Taste und trat heftiger aufs Gaspedal als vorher.

Die Garage von Dominco Minardi befand sich in einem Hinterhof der Via Don Giuseppe Andreoli, einer Straße, die den Parkplatz der Station Bovisa mit dem neuen Sitz des Polytechnikums verband, das nur wenige Meter vom Haus in der Via Morghen entfernt lag. Rosalia war am Telefon gewesen, als sie anrief, und hatte ihr gesagt, wo sie ihren Mann finden konnte. Sie sprach mit tonloser Stimme und fragte nicht mal, warum sie ihn sprechen wollte.

»Ach, Sie sind das«, sagte Domenico Minardi wenig begeistert, als er sie kommen sah. Er erhob sich von dem Ledersessel, in dem er die *Gazetta dello Sport* gelesen hatte. Er war gut angezogen, trug einen braunen Anzug mit Weste, und auch die Garage, in deren Regalen die Werkzeuge des gelernten Automechanikers lagen, war blitzblank und verströmte einen Geruch wie in einer Kunstgalerie. Man sah, dass hier seit Jahren nicht mehr gearbeitet worden war, außer der Pflege der vier Automobile, die hier ihr Zuhause gefunden hatten und im Glanz ihrer polierten Karosserien erstrahlten: eine *Alfetta* von 81, ein *Montreal Coupé* und ein *Duetto*, wie ihr Signor Minardi stolz erklärte. Die blaue *Giulia* kannte sie bereits – in die war Rosalia eingestiegen, als sie so aufgebracht ihr Haus verlassen hatte.

An den Wänden hingen Kalender mit Witzfiguren, eingerahmte Fotos von anderen »Mädchen« mit vier Rädern. Sie sah sie aufmerksam an, erkannte aber keins wieder.

»Ist Ihnen eigentlich klar, was Sie damit angerichtet haben, dass Sie sich in diese unselige Geschichte eingemischt haben?«, sagte Minardi und strich über den Kotflügel eines seiner Schmuckstücke. »Rosalia hat vor lauter Enttäuschung ihre Stimme verloren.«

Er sagte dies in vorwurfsvollem, bitterem Ton.

Auf der Fahrt hierher hatte Libera überlegt, wie sie vorsichtig mit ihm ins Gespräch kommen könnte. Wie sollte sie dem Vater des Opfers von ihrem Verdacht erzählen, ohne sich zu weit aus dem Fenster zu lehnen? Es gab keinen diplomatischen Weg zur Wahrheit, sagte sie sich schließlich. Jedenfalls nicht in dieser Sache.

»Warum sind Sie Carmen an besagtem Nachmittag gefolgt?«, fragte sie geradeheraus.

Jetzt waren die Worte ausgesprochen, und sie konnte sie nicht mehr zurücknehmen.

Der alte Mann fuhr zusammen. Er drehte sich um und wandte seinen Autos den Rücken zu. Dann schob er sein dünnes Brillengestell zurecht.

»*Wem* soll ich gefolgt sein?«, fragte er, nachdem er eine Weile geschwiegen hatte.

Seine Stimme zitterte so sehr wie seine Hände, stellte Libera fest. Er schien zutiefst verstört zu sein, zu sehr für eine so einfache Frage, auch wenn sie sie direkt gestellt hatte. Vielleicht wusste er nicht genau, worauf sie hinauswollte.

»Ich weiß, dass Sie Carmen gefolgt sind«, wiederholte sie mit fester Stimme.

Minardi schüttelte heftig den Kopf und trat einen Schritt zurück. Er sah sie an, als sei sie ein gefährliches Raubtier.

»Nein, das bin ich nicht«, stammelte er.

Er hat Angst vor mir, dachte Libera, vielleicht hält er mich für verrückt. Ob ich mich doch geirrt habe? Hatte das alte Auto, das der Zeuge in Colico gesehen hat, vielleicht gar nichts mit Minardi zu tun?

Zum ersten Mal seit sie in die Garage gekommen war, fragte sie sich, ob sie nicht einen unverzeihlichen Fehler begangen hatte.

Sie hatte indirekt einen Mann beschuldigt, der im Leben sehr verletzt worden war. Auch wenn er alles hatte vergessen wollen, auch wenn seine Art, mit dem Schmerz umzugehen, anders war als die seiner Frau, war das kein Grund, Minardi so anzugehen. Oder vielleicht doch?

Was hätte Mama Ramotswe an ihrer Stelle getan?

Libera holte tief Luft. Es gab jetzt kein Zurück mehr.

Sie sagte, wobei sie jedes Wort betonte:

»An diesem Tag hat ein Autofan ein Foto von einem weißen Auto auf dem Bahnhofsvorplatz von Colico gemacht. Es wurde in einer Lokalzeitung abgedruckt, und ich habe es gefunden. Damals haben die Carabinieri ihm kaum Gewicht beigemessen, weil sie sich auf Panattiere konzentriert hatten ...«

Es war eine Lüge, ein reiner Bluff, den sich Libera spontan ausgedacht hatte, um Carmens Vater in die Falle zu locken. Die Lüge sprach von einem Foto, das es gar nicht gab. Das einzige Bild dieser Limousine war vor sechsundzwanzig Jahren auf der Netzhaut eines alten Säufers aufgetaucht.

Auch als sie jetzt den Autotyp nannte, war es nichts als ein Bluff. Libera wusste nicht, ob Minardi jemals einen Alfa besessen hatte, aber möglich war es, da er von alten Alfas begeistert war.

»Sie reden von einem Auto«, murmelte Minardi und ließ sich schwer wie ein Sack in den Sessel fallen. »Das war kein Auto, Signora. Es war eine *Giulietta TI* von zweiundsechzig!« Ein Lächeln zeigte sich auf seinen schmalen Lippen. »Der schönste Wagen, den ich je besessen habe.«

Sein Blick richtete sich automatisch auf eine Konsole an der Wand rechts von dem Sessel zwischen den Werkzeugregalen. Libera hatte sie nicht bemerkt. Sie trat näher und sah die zwei Bilderrahmen, einer enthielt das Foto eines hellen Autos. Der andere ein vergilbtes Polaroidfoto von Carmen als Mädchen auf dem Arm ihres Vaters. Früher hatte hier vielleicht mal eine Kerze gestanden. Auf dem Holz waren noch Wachsspuren.

Sie sah Minardi an, der immer noch in seinem Sessel saß. Sein Gesicht war kreidebleich, seine Augen geschlossen, als denke er an etwas, das für immer verloren war.

An etwas, das für immer verloren war?

»Warum haben Sie Ihre Tochter verfolgt?«, fragte sie zum dritten Mal.

»Weil ich mir Sorgen machte«, antwortete Minardi seufzend. Sein Körper war in sich zusammengesunken, schien noch schmächtiger, als habe er alle Luft verloren.

»Sie war so aufregt an diesem Tag. Rosa hatte mir noch gesagt: ›Sie hat sicher etwas vor.‹«

»Und woher wussten Sie, dass Carmen nach Colico fahren würde, als sie in den Zug stieg?«

Er sah zu ihr auf, aber sein Blick war weit weg. Er holte aus seiner Tasche ein perfekt gebügeltes Taschentuch und wischte sich damit über die Stirn.

Ein Mann, der methodisch vorgeht, dachte Libera. Dann sah sie seine »Mädchen« an, die so hell glänzten, ein stummes Denkmal der Schönheit.

»Ich war ihr schon einige Male gefolgt.«

Minardi senkte den Kopf, beinahe abwesend, als erlebe er einen Traum zum zweiten Mal.

»Ihre Tochter stieg also in Colico aus dem Zug, wie Sie es vermutet hatten. Sie wollte zu Panattiere.«

»Dieses Schwein!«

Libera starrte ihn an, zwischen Mitleid und Wut hin- und hergerissen. Warum hatte er in all den Jahren nichts gesagt?

»Und was passierte dann?«

Minardi tupfte sich weiter die Stirn ab und sah ins Leere.

»Carmen hat den Bus genommen, wie ich es mir gedacht hatte, und ist nach Gera Lario gefahren.« Er sprach leise und langsam, als koste ihn die Erinnerung große Anstrengung.

»Sie ging zum Haus von Panattiere, das auf dem Hügel lag. Sie hat gesungen. Sie schien so glücklich, und es war ein strahlend schöner Tag.«

Er hielt inne und holte Luft. Er war wie in Trance. Kleine Tränen schimmerten in seinen Augenwinkeln.

Er tat Libera leid. Sie wollte ihn unterbrechen und ihm sagen: Das ist nicht so wichtig. Aber es war ihm sehr wichtig.

»Ich bin ihr langsam gefolgt, mit dem Wagen. Ich wollte nur verhindern, dass sie eine Dummheit begeht. Nach einer Kurve verschwand sie hinter einem Baum. Ich beschleunigte das Tempo, um sie nicht aus den Augen zu verlieren. Und so stand sie plötzlich vor mir ...«

Er bedeckte sein Gesicht mit den Händen, als wolle er einen unerträglichen Anblick auslöschen, selbst noch in der Erinnerung, selbst nach fast dreißig Jahren.

»Sie stand da und war nackt von Kopf bis Fuß. Nackt und ohne Scham. Ich schloss die Wagentür und ging zu ihr. Da fing sie an zu schreien wie eine Besessene. Ich wollte ihr eine Jacke überziehen, sie bedecken, sie ins Auto tragen und nach Hause bringen. Aber Carmen wollte nicht nach Hause«, erklärte Domenico Minardi und stöhnte verzweifelt. »Sie wollte zu Manuel Panattiere gehen und erreichen, dass er seine Meinung wegen der Hochzeit ändert.« Er brach in Lachen aus und schluchzte dann. »Sie sagte: ›Du wirst sehen, ich überzeuge ihn.‹ Sie öffnete ihre Hand, in der sie ein Scheckbuch hielt. ›Es sind fünfundzwanzig Millionen! Ich habe sie diesem Schwein von Carluccio weggenommen und werde sie mit Manuel vor euren Augen ausgeben!‹«

»*Vor euren Augen!*«, wiederholte Domenico und verzog das Gesicht. Sein Körper wurde von einem heftigen Schütteln gepackt. »Vor den Augen ihrer Mutter und ihres Vaters. Wir hatten alle unsere Ersparnisse ausgegeben, um den Kredit dieses Bastards zurückzuzahlen und ihr die Möbel zu kaufen!«

Er schlug mit der Faust auf die Arbeitsfläche. Offenbar galt sein Zorn Manuel Panattiere.

Oder vielleicht Carmen, die noch an diesem Tag ihren abtrünnigen Verlobten verteidigte? Carmen, die sich um die Opfer ihrer Eltern nicht scherte?

»Waren Sie wütend auf Ihre Tochter, Signor Minardi?«

Minardi gestikulierte mit den Armen in der Luft herum. Seine Wangen und seine Ohren wurden feuerrot.

»Das war nicht mehr meine Carmen«, antwortete er. Er sah Libera ins Gesicht, und zum ersten Mal schien es ihr, als sähe sie Carmen jetzt vor sich und nicht eine Szene, die sich vor sechsundzwanzig Jahren abgespielt hatte.

»Ich hatte ihr so oft gesagt: Mach mit diesem Kerl Schluss, blick endlich nach vorn!« Aber sie blieb stur, wurde böse mit mir und sagte nur: ›Ich liebe nur ihn.‹ Ihre Mutter hat sie immer noch verteidigt. Ich war der Gefühllose, der nichts begriff.«

»Dabei wollten Sie ihr nur helfen, die Vergangenheit zu vergessen«, sagte Libera.

Minardi nickte und sah sie weiter fest an. »Ich wollte ihr helfen, nach vorne zu schauen«, murmelte er, und sein Blick verschleierte sich wieder, während er in die Vergangenheit zurückkehrte.

»Was haben Rosalia und ich davon gehabt, dass wir sie immer verwöhnt haben?«, sagte er mit einem schmerzlichen Lächeln. »Wir haben eine Diebin großgezogen, eine undankbare Schlampe, die einen Mann dafür bezahlen wollte, dass er bei ihr bleibt. Das habe ich an diesem Nachmittag bei dem Streit mit Carmela begriffen.«

Minardi bedeckte wieder sein Gesicht mit den Händen und sagte nichts mehr.

So harrten sie eine Weile aus: zwei Statuen aus Gips, die einander still gegenübersaßen, in schlimme Gedanken vertieft, bis Domenico Minardi einen langen Seufzer ausstieß, der klang wie das Zischen eines Ballons, der die Luft verliert.

»Es war ein Unfall«, murmelte er.

»Ein Unfall?«, fragte Libera und versuchte, seinem Blick zu begegnen.

»Ein Unfall. Ich habe versucht, sie zu packen, sie hat sich gewehrt und das Gleichgewicht verloren, und dann ist sie nach hinten gefallen. Sie rollte die Böschung herunter, rutschte immer weiter und blieb erst liegen, als sie mit dem Kopf gegen einen Baumstamm geprallt war. Da lag sie dann wie eine zerbrochene Puppe.«

»Da lag sie dann«, wiederholte Libera tonlos. Aber Carmens Körper war nicht dortgeblieben, auch nicht ihre Kleider oder ihre Tasche oder irgendeine Spur von ihr. Die junge Frau war einfach verschwunden. Als hätte sie nie existiert, als hätte Rosalia sie nie geboren und ihr Leben lang geliebt und beweint.

»Ich habe etwa eine Stunde gebraucht, um sie nach oben zu ziehen.«

Seine Augen blickten wieder ins Leere.

»Warum haben Sie nicht den Rettungsdienst angerufen?«

»Was sollten die noch machen? Carmela war tot, und Rosa hätte mir nie verziehen, ganz gleich, was ich ihr gesagt hätte. Ich hätte sie verloren, aber auch sie hätte alles verloren: ihre Tochter, und dann noch mich.«

Genau darüber hatte Libera die ganze Zeit nachgedacht, als sie im Auto von Colico nach Mailand fuhr, und ihr war das Herz schwerer und schwerer geworden. Wie würde Rosalia auf eine Wahrheit reagieren, die schlimmer war als alles, was sie befürchtet hatte? Hatte ihr Domenico damals im August wirklich an seine Frau gedacht, als er die Leiche seiner Tochter ins Auto getragen und sie irgendwo abgeladen hatte? Oder war die Angst, seine Frau und sein normales Leben zu verlieren, vielleicht sogar seine geliebten Autos, stärker gewesen? Und war Carmen wirklich den Abhang hinuntergefallen, oder hatte ihr Vater sie hinuntergestoßen, weil er so wütend war?

»Wenn ich daran denke, dass ich alles für sie geopfert habe«, begann Minardi erneut, während er die Fotos auf der Konsole betrachtete.

Dass ich alles für sie geopfert habe.

Libera stellte die Frage, als sei sie ein anderer Mensch, eine Frau, die klar und kühl überlegte und deren Herz nicht in ihren Ohren trommelte.

»Was ist aus dem Auto geworden?«

»Es ist unten im See, zusammen mit ihr. Auf dem Rückweg zwischen Derivo und Bellano gibt es eine Kurve, dort ist das Wasser zweihundert Meter tief ...«

Er holte tief Luft. Das Taschentuch in seinen Händen zitterte.

»An diesem Tag bin ich im Zug zurückgefahren und habe mein Auto als gestohlen gemeldet. Ich bin seither oft zu den beiden rausgefahren.«

Er war zu den beiden gefahren. Seiner Tochter und seiner *Giulietta TI*. Sicher hatte er manchmal geweint, es vielleicht auch bereut, aber er hatte nie etwas gesagt. Weder den Ermittlern, die Panattiere verdächtigten (*Im Grunde war der nur ein Schweinehund*), noch Rosalia, die sich im Warten verzehrte. Er hatte sich in seiner Garage den kleinen Altar eingerichtet, um sich an sein schönes Auto und die Tochter zu erinnern, die er geliebt hatte, bevor sie zu einer Frau wurde, für die er sich schämte. Eines Tages hatte er das Grablicht ausgepustet und weggeworfen. Wahrscheinlich, um alles hinter sich zu lassen und neu anzufangen. Seine Frau hatte das nicht tun können.

»Was wollen Sie jetzt machen? Werden Sie es Rosa sagen?«, fragte Minardi plötzlich, als ahne er, was ihr durch den Kopf ging. Er war aufgestanden und hatte seine Wangen mit dem nassen Taschentuch abgewischt, seine Augen voller Tränen getrocknet. Innerhalb einer Stunde war sein Körper ganz steif geworden. Voller Mitleid sah Libera auf seine verquollenen Augen und seine schlaffe Haut. Wenn sie nicht gefürchtet hätte, ihn damit zu beleidigen, hätte sie ihm über die Hand gestreichelt.

»Ich weiß es nicht«, antwortete sie ehrlich, bevor sie die Garage verließ.

Da verspürte sie plötzlich einen heftigen Schmerz am Hinterkopf.

Die Welt um sie herum wurde schwarz.

Als sie aufwachte, dachte sie, es müsse Abend sein. Jedenfalls kam es ihr so vor, da ihre Augen den Himmel hinter der Fensterscheibe nicht erkennen konnten.

»Sie ist wieder da«, sagte eine Stimme, die sehr emotional klang.

Was machte Gabriele denn hier?

Auf ihrem Arm spürte sie Vittorias kalte Hand. Irgendwo hörte sie Iole am Telefon reden, im Haar eines ihrer auffälligen bunten Tücher, doch ihr Gesicht war ungewöhnlich müde und sehr blass.

Für einen Moment schloss sie kurz die Augen.

»Was ist passiert?«, fragte sie dann.

Zuerst sagte niemand etwas, dann folgte ein leises Gemurmel. Schließlich hielt ihr Iole eine Zeitung hin. Auf der Titelseite stand in großen roten Lettern *Amateurdetektivin findet zufällig den Mörder. Eine mutige Journalistin von La Città kommt ihr zu Hilfe.*

Findet zufällig den Mörder?

Zuerst ärgerte sie sich, dass man sie nicht ernst genommen hatte. Dann wurde ihr klar, dass der angebliche Zufall ihrer Entdeckung, von dem in dem Artikel die Rede war, sie vielleicht vor unangenehmen Fragen von Polizei und Richter bewahren konnte. Wie hätte sie Gabriele und noch schlimmer ihrer Tochter erklären sollen, dass sie sich bewusst in eine so gefährliche Situation begeben hatte?

Wie immer hatte Cagnaccio genau das Richtige getan. Auch wenn er die Milani auf sie gehetzt hatte. Die in der Schlagzeile genannte Journalistin, die sie gerettet hatte, war sie. Das sah man an den Fotos, die den Artikel illustrierten: die Trage, auf der Libera weggetragen wurde, Domenico Minardi in Handschellen zwischen zwei Polizeibeamten, und dahinter die Smilza.

»Das Mädchen hat Mut«, sagte Gabriele. »Als sie dich stöhnen hörte, hat sie uns nicht nur sofort angerufen, sondern ist in die Garage gerannt. Dann hat sie Minardi daran gehindert, sein Werk zu vollenden.«

Er muss völlig verzweifelt gewesen sein, dachte Libera, die trotz allem nicht anders konnte, als Mitleid mit Carmens Vater zu empfinden, dem Ehemann von Rosalia, dem Mann, der vor ein paar Stunden (*oder vor ein paar Tagen?*) noch so schüchtern gewirkt hatte und ihr mit einem Schraubenschlüssel auf den Kopf geschlagen hatte. Sie bekam eine Gänsehaut: Nicht zum ersten Mal war Domenica Minardi gewalttätig geworden.

»Habt ihr Carmens Leiche gefunden?«, fragte sie.

Vittoria nickte. »Das Auto lag unten im See. Im Kofferraum waren ihre sterblichen Überreste, die noch untersucht werden. Es wird Monate dauern, aber es gibt wenig Zweifel. Diese Stelle des Sees ist wirklich tief, und ohne Minardis Geständnis hätten wir nie etwas gefunden.«

Arme Rosalia, dachte Libera, während Iole, die ihr Telefon ausgeschaltet hatte, sie ansah und wohl ahnte, woran sie gerade dachte.

»Sie bleibt allein zurück.«

Allein.

Libera setzte sich mühsam auf und sah sich im Krankenzimmer um, das sie mit zwei anderen Patientinnen teilte, einer älteren Frau, die leise vor sich hin schimpfte, und einem jungen Mädchen, das auf seinem iPad herumtippte. Die drei wichtigsten Menschen standen gleich neben ihrem Bett, aber auch Franca war gekommen. Zwei Kundinnen seien da gewesen, sagte ihre Mutter, aber auch ein dicker, kahlköpfiger, schwitzender Mann, der nur kurz vorbeigekommen sei (*sicher Cagnaccio*). Alle hatten Blumen, Zeitschriften und Pralinen mitgebracht.

»Was für ein Durcheinander«, beklagte sich Iole, und Libera musste an die ordentliche Wohnung von Rosalia Minardi denken, ihren würdigen und ernsten Schmerz.

»Sie war immer allein, Mama«, sagte sie.

Dann schloss sie Augen und spürte, wie Vittoria ihre Hand nahm, während sie in traumlosen Schlaf versank.

»Kirschblüten«, flüsterte ihr die Tochter ins Ohr, als sie wieder aufwachte. Nur sie war noch bei ihr geblieben, zwanzig Minuten länger als die Besuchszeit es erlaubte, und jetzt stand sie auf, um zu gehen.

Libera schaute sie verständnislos an. »Was?«

»Kirschblüten. Keine Rosen oder Pfingstrosen, ich möchte in meinem Strauß nur Kirschblüten haben.«

Die Blumen des Samurai, dachte Libera voll Freude. Am liebsten hätte sie noch gesagt: *Dann musst du aber im April heiraten.* Aber ihre Tochter, die schon an der Tür stand, kam ihr zuvor: »Ich habe allerdings nicht vor zu heiraten. Damit musst du dich abfinden.«

Die Blumen des Samurai.

Trotz der tausend Nadelstiche in ihrem Kopf schaffte es Libera, ihr Bett zu verlassen und Schritt für Schritt zum Fenster zu gehen, das nur einen Meter von ihrem Nachttisch entfernt war.

Sie sah hinunter auf den Parkplatz, wo gerade über den blühenden Linden die Lichter angingen. Sie sah ihre Tochter in ein grünes Auto mit kaum lesbarem Nummernschild steigen. Wenn ich wieder draußen bin, kümmere ich mich um diese Geschichte, schwor sie sich und starrte auf den Wagen, der mit qualmendem Auspuff den Parkplatz verließ. Sie wollte den Mann mit der Haartolle kennenlernen. Sie wusste nicht wie, aber das würde ihr schon gelingen.

Was bist du eigentlich? Eine Mischung aus Miss Marple und Donna Letizia?, hörte sie ihre innere Stimme spöttisch fragen und griff sich an die schmerzenden Schläfen. Ich wette, dass Vicky in Fragen der Liebe keine Ratschläge von dir braucht.

Leicht schwankend ging sie in ihr Bett zurück, als Paula, die rumänische Krankenschwester, die sie schon an diesem Abend im Krankenzimmer in Aktion gesehen hatte, hereinkam.

»Was machen Sie denn da! Sofort zurück ins Bett!«, schimpfte sie und reichte ihr dann ein lavendelfarbenes Päckchen. Darin befand sich ein winziger rosenförmiger Feigenkuchen.

»Und all das nur, um nicht mit mir joggen zu müssen?«, hatte Furio Mantovani dazu geschrieben.

Zum ersten Mal, seit sie aus ihrer Bewusstlosigkeit erwacht war, musste Libera lachen.

Sie verbrachte eine weitere Woche im Krankenhaus, ehe die Ärzte ihr erlaubten, in Begleitung von Iole und Vittoria nach Hause zu gehen. Ihr Kopf tat nicht mehr weh, aber ihr linkes Fußgelenk, das sie sich bei dem Sturz verstaucht hatte, ließ sie noch humpeln.

»Ich habe an diesem Wochenende frei«, sagte Vittoria und stieg aus dem Auto, das sie in der Via Pesto parkte. Sie reichte ihr den Arm, damit sie sich einhaken konnte, und führte sie zum Gartentor. Ein feiner, dichter Regen fiel vom Himmel, als sie nebeneinander hergingen. Ihre Tochter reichte ihr nur bis zum Kinn und wog zehn Kilo weniger als sie, aber ihr Griff war kräftig und entschlossen, dachte Libera in mütterlichem Stolz. Und auch wenn sie oft brüsk und abweisend erschien, konnte man doch auf sie zählen.

»Was für ein großartiges Mädchen meine Enkelin doch ist«, spottete Iole. Sie ging hinter ihnen und ließ den Sack mit der Wäsche hin- und herbaumeln.

»Den ganzen Sommer schuftet sie im Büro, und wenn sie mal zwei Tage frei hat, hat sie nichts Besseres zu tun, als sich ihrer armen, kranken Mutter zu widmen.«

Sie warf die große Tasche im Eingang zu Boden, setzte sich im Lotossitz aufs Sofa und sah die beiden mit einem provokanten Lächeln an.

Erstaunlich, dachte Libera, während sie sich neben sie fallen ließ und wieder einmal die Fähigkeit ihrer Mutter bewunderte, die Gefühle zu erkennen, die ihre Gegenüber hinter ihren Worten verbargen. Sie musste nur einen flüchtigen Blick auf Vittorias Wangen werfen, die rot geworden waren wie zwei Kirschen, um zu wissen, dass ihre Mutter mal wieder ins Schwarze getroffen hatte.

Iole hasste Krankenhäuser und Ärzte. Jetzt, in ihren Siebzigern, scheute sie Arztkittel wie mit zwanzig die Uniformen der Carabinieri. Und am meisten scheute sie Heuchelei. Iole sagte immer ehrlich, was sie sich wünschte.

»Und du, Libera, hast du uns nichts zu sagen?«, fragte sie jetzt.

»Ich glaube, ich würde gern ein bisschen allein sein«, sagte Libera leise. Es war nicht nur eine Ausrede, sie wünschte es sich wirklich. Sie freute sich über die Zuwendung ihrer Tochter, hatte aber auch das Bedürfnis, sich wieder selbst zu orientieren und nach dem Schock durch den Angriff und die Zeit im Krankenhaus ihr inneres Gleichgewicht wiederzufinden.

»Dann gehe ich jetzt mal zur Arbeit«, erklärte Vittoria, aber ihre geröteten Wangen verrieten sie.

Iole holte aus ihrer indischen Umhängetasche einen Umschlag und reichte ihn ihrer Enkelin. »Lass die Arbeit sausen«, forderte sie sie auf, »wenn ich du wäre, würde ich dieses kleine Geschenk nutzen.« Und während Vittoria den Umschlag nahm, wandte Iole sich Libera zu und flüsterte ihr ins Ohr: »Ein Gutschein für ein

Wochenende im Wellness-Hotel. Ich wollte eigentlich mit Thomas hin, aber er wird mir in letzter Zeit etwas zu aufdringlich.«

»Ein Kuschelwochenende für zwei«, las Vicky mit empörter Stimme. »Was denkst du dir eigentlich, Nonna?«

»Der See ist wunderschön, das Essen exzellent und die Massagen werden von echten Profis gemacht«, sagte Iole. »Fahr allein dahin oder mit wem du willst, aber lass bitte deine Pistole zu Hause.« Dann stand sie vom Sofa auf, ging auf ihre Enkelin zu und schob sie zur Tür.

»Amüsier dich gut, du kannst es brauchen«, sagte sie.

Vittoria kam kaum noch dazu, Libera zum Abschied zu winken. An der Schnelligkeit, mit der ihre Tochter sich hatte überreden lassen, erkannte sie, dass der tätowierte Kerl ein Wellness-Wochenende am See verbringen würde.

»Amüsier dich!«, rief Iole ihr noch mal hinterher und schloss die Tür hinter ihrer Enkelin.

»Und jetzt zu dir«, sagte sie forsch.

Sie lief die Treppe hinauf und kam nach knapp drei Minuten wieder herunter, unterm Arm eine Leinentasche. Die hatte sie wohl schon am Vorabend gepackt, dachte Libera.

»Ich glaube, du brauchst jetzt ein bisschen Zeit für dich.« Iole setzte sich für einen Moment neben sie aufs Sofa. »Ich lass dir zu Hause deine Ruhe. Wenn du etwas brauchst, ruf ruhig an, dann komme ich sofort vorbei.«

Pfeifend ging sie zur Tür. Vorher hatte sie sich noch die schwarze Perücke aufgesetzt, die sie von einem der

Bücherregale genommen hatte. (Was hatte die dort zu suchen?)

»Du gehst zu einem Freund?«, fragte Libera. »Bist du dir sicher?«

»Aber ja.«

»Und warum fährst du in dieser Verkleidung dahin?«, fragte sie misstrauisch. Hatte ihre Mutter vielleicht nach dem Erfolg bei den Ermittlungen im Fall Minardi Lust bekommen, sich gleich wieder dem nächsten Fall zu widmen, einer neuen Runde von Beschattungen und Befragungen?

Iole wandte sich noch einmal um und zwinkerte ihr zu. »Dieser Freund liebt Verkleidungen. Du müsstest mal sehen, was ich hier alles in der Tasche habe!«

Mit einem sündhaften Seufzer schloss sie die Tür hinter sich.

Alles wie immer, dachte Libera, aber sie dachte es mit einer gewissen Erleichterung.

So außergewöhnlich und spannend es war, an Ermittlungen teilzuhaben und dabei einen Schlag auf den Kopf zu bekommen, ihr normales Leben war ihr lieber. Sie humpelte auf die Tasche zu, die Iole im Eingang abgestellt hatte, nahm die Wäsche heraus und steckte sie in die Waschmaschine. Dann sah sie nach, ob im Kühlschrank etwas Frisches war, womit sie etwas kochen konnte, und nickte zufrieden. Sie hatte genug von verkochten Zucchini und Pasta ohne Geschmack. Und dann ging sie nach draußen, setzte sich unter den

Sonnenschirm und genoss den Garten. Später würde sie nachsehen, in welchem Zustand ihre Werkstatt war.

Während der Tage im Krankenhaus hatte sie sich ihre Blumenwerkstatt als duftendes, warmes Refugium ausgemalt, als ihren Ort in der Welt, an dem sie sich von aller Hässlichkeit erholen konnte, aber als sie später hineinging, empfingen sie verwelkte Blüten und ein leicht modriger Geruch. Vittoria und ihre Mutter hatten nicht die Zeit gehabt, sich um die Blumen zu kümmern, und waren auch gar nicht auf die Idee gekommen, dass Blumen und Pflanzen genauso bedürftig waren wie Menschen.

Libera öffnete die Fenster, und feuchte Regenluft drang herein, sie machte alle Lichter und Kerzen an, warf die verrotteten Pflanzen weg und kehrte die Blätter auf. Im Garten pflückte sie drei rosafarbene Rosen, die den Regen überlebt hatten, und eine große blaue Hortensie für einen Willkommensstrauß. Schließlich war sie glücklich, wieder zu Hause zu sein. Morgen würde sie sich um den Tischschmuck für Franca kümmern (die Party für ihre Freundin, die Verlegerin, rückte näher), außerdem um die Gestecke, die Furio für die Einweihungsfeier seines Restaurants bestellt hatte. Wie immer, wenn sie an den Koch dachte, musste sie lächeln.

»Ich sehe, Sie sind froh, wieder zu Hause zu sein«, sagte eine Stimme an der Tür.

Es war Rosalia Minardi, die wie immer von Kopf bis Fuß in Schwarz gehüllt war und ihre kleine Handtasche unter dem Arm hielt.

»Ich bin noch einmal gekommen, um mich zu verabschieden, denn ich gehe fort.« Mit einer verneinenden Bewegung ihres Kopfes lehnte sie Liberas Einladung ab, sich hinzusetzen. »Um zwanzig nach zwölf geht mein Zug, und ich muss vorher noch die Straßenbahn erwischen.«

Libera fragte sie nicht, wie es ihr ging. Rosalia hätte es ihr nie gesagt, sie redete nur selten über ihre Gefühle, wahrscheinlich war das für sie Zeitverschwendung.

»Wohin gehen Sie? Zurück nach Favignana?«

Rosalia schüttelte den Kopf.

»Niemals!«, sagte sie entschlossen

Sie reichte ihr eine Ausgabe von *La Città*, die vor drei Tagen erschienen war. Darin stand ein Artikel der Smilza mit der Überschrift: *Domenico Minardi unter Hausarrest*. Im Artikel hieß es, dass er nach Favignana überführt worden war, wo seine Schwester lebte.

Immerhin hatte Minardi erreicht, was er sich gewünscht hatte. Er war auf seine Insel zurückgekehrt, auch wenn er auf seine Frau verzichten musste.

»Er ist vierundachtzig, und der Richter ist der Meinung, dass er nicht gefährlich ist. Er wartet zu Hause auf seinen Prozess und wird wohl keinen Tag im Gefängnis verbringen, aber seine Autos kriegt er nicht zurück ...«

Sie presste die Lippen zusammen. Auf ihrem Gesicht zeigte sich die alte Bitterkeit. »Ich habe sie alle an einen Schrotthändler verkauft.«

Libera dachte an die vier alten Mädchen aus Blech, die so viele Jahre in der Garage von Bovisa ausgeharrt hatten, versorgt und gepflegt wie Kinder, und jetzt zur einzigen Zielscheibe des verständlichen Grolls von Rosalia Minardi geworden waren. Libera hoffte, dass der Schrotthändler ihren Wert erkannte und die alten Autos verschonte und – wenn auch nur aus Profitgier – an einen anderen Liebhaber verkaufte.

»Warum bleiben Sie nicht in Mailand?«, fragte sie dann. Sie dachte an die saubere Wohnung in der Via Morghen, an Carmens Mädchenzimmer, das Museum ihrer Kleider, all die Fotos und Erinnerungen. Vielleicht wollte Rosalia an diesem Punkt auch die Vergangenheit hinter sich lassen. Das wird schwierig werden, dachte Libera und musterte ihre schwarze Gestalt. Und tatsächlich ...

»In das Haus von Domenico? Da will ich keinen Fuß mehr hineinsetzen. Ich habe die Wohnung am Tag seiner Festnahme einem Makler übergeben und bin ins Hotel gezogen. Ich habe nur meine Kleider und Carmens Sachen mitgenommen. Die habe ich schon dahin geschickt, wo ich in Zukunft wohnen will.«

»Und wo soll das sein?«

Rosalia starrte sie an, als seien ihre Zweifel ein Fluch.

»Natürlich da, wo meine Tochter in all den Jahren war. Es gibt da eine Siedlung kurz vor der Galleria, die zu der Kurve über dem See führt. Ich habe dort eine Zweizimmerwohnung gefunden.«

»Aber Sie kennen da keinen Menschen.«

»Ich brauche niemanden«, entgegnete Rosalia Minardi und wandte sich zum Gehen. An der Tür blieb sie noch einmal stehen und drehte sich um.

»Ich bin auch gekommen, um Ihnen zu danken.«

Sie hob die Hand zum Gruß, und das war die ausdrucksvollste Geste, die Libera bei ihr bisher gesehen hatte.

»Sie danken mir? Aber ich habe Ihnen doch Ihr Leben ruiniert.« Gerührt trat sie einen Schritt auf die kleine Frau zu.

Da stellte sich Rosalia auf die Zehenspitzen. Zögernd streckte sie ihre Hand aus, an deren Ringfinger kein Ehering mehr saß, und berührte vorsichtig Liberas Verband.

»Ich hätte es wissen müssen«, antwortete sie nachdenklich. Dann ging sie fort, mit durchgedrücktem Rücken und erhobenem Kopf, wie beim ersten Mal, als Libera sie gesehen hatte.

Sie sah ihr nach, bis sie in der Unterführung verschwand, der auf die Alzaia führt. Sie seufzte und hoffte, dass die stille Schönheit des Sees, die sanften Hügel und die Blätter der Platanen und Amberbäume, die der Herbst bald rot färben würde, Rosalia helfen würden, mit ihrem Schmerz fertigzuwerden. Bereit zu sein, ihn mit jemandem zu teilen, vielleicht auf einer Bank am Seeufer, die manchmal so etwas wie Beichtstühle sind. Ihr Blick glitt über das kleine Bücherregal neben dem Fenster und suchte den Roman von Scerbanenco, den sie am liebsten mochte. *Die Mailänder töten samstags* – die Geschichte eines Vaters, der den Mord an seiner Tochter rächt, doch sein Sieg ist bitter. Libera schüttelte den Kopf, nahm ein anderes Buch aus dem Regal, steckte es in eine Plastiktüte und verließ humpelnd und ohne Schirm die Werkstatt.

Sie lief durch den Regen und fragte sich, ob sie Rosalia noch einholen würde?

An der Brücke San Cristoforo sah sie sie auf der anderen Seite des Naviglio auf die Straßenbahn warten und rief ihren Namen. Mühsam stieg sie die Steinstufen hinauf, aber Rosalia kam ihr schon entgegen.

»Das ist ein Geschenk für Sie, lesen Sie es«, sagte sie außer Atem und reichte ihr die kleine Plastiktüte, in die sie das Buch gesteckt hatte. Rosalia machte die Tüte überrascht auf und holte einen Band mit Erzählungen von Jane Austen in einer Sonderausgabe heraus. Einen Ziegelstein von tausenddreihundert Seiten mit einem Einband in zartem Rosa, dessen Farbe an ein Marshmallow erinnerte oder an den Strampler eines neugeborenen Mädchens. Ob Rosalia es jemals lesen würde?

»Für meine einsamen Abende? Danke.«

Sie klemmte das Buch unter den Arm und lächelte.

Als Libera humpelnd und triefend nass nach Hause kam, nahm sie eine lange warme Dusche. Dann legte sie sich aufs Bett und umarmte ihr frisch überzogenes Kissen, das nach Lavendel roch. Ein Gefühl von Ruhe und Frieden überkam sie.

Sie schloss die Augen und hing noch einmal den Gedanken nach, die ihr in der letzten Woche Gesellschaft geleistet hatten, während sie so tat, als schliefe sie, um unnötiges Geplauder mit ihrer inneren Stimme zu vermeiden. Wenn einem wegen einer Krankheit oder eines Unfalls oder wie in ihrem Fall eines versuchten Mordes der Tod ganz nahe gekommen ist, sieht man viele Dinge anders.

Sie machte sich besonders den Vorwurf, in all den letzten Jahren wie auf Reserve gelebt zu haben, in einer Komfortzone mit Ritualen und Gewohnheiten, die sie beruhigten, aber für Veränderung nur wenig Raum ließen. Sie hatte sich auf nichts eingelassen und somit auch nichts erlebt. Jenes Prickeln, das man zum Leben braucht, hatte sie unterdrückt, indem sie es gar nicht erst zuließ. Das einzige Abenteuer, das sie sich erlaubt hatte, war, sich in den Fall Minardi einzumischen. Die Suche nach der verschwundenen Braut hatte sie in Lebensgefahr gebracht, ihr aber auch deutlich gemacht, wie viel Intuition sie besaß, wie viel Unternehmungslust, und das trotz ihrer Ängstlichkeit.

»Vertrau dem Leben«, hatte ihre Mutter ihr immer gesagt, schon als sie noch klein war, wenn sie bei etwas zögerte, aber sie hatte nie allzu großes Vertrauen gehabt. Ob sie in der Lage war, das zu ändern, jetzt, da sie bald fünfzig wurde? Wollte sie es überhaupt?

Spontan griff sie nach ihrem Telefon, das sie auf die Steppdecke geworfen hatte, und wählte eine Nummer, die sie auswendig kannte. Nach dem dritten Klingeln hörte sie die warme Stimme von Gabriele Ricci.

»Wie geht es dir, meine Liebe?«

Wie es mir geht? Libera fragte es sich selbst, während ihr das Blut in den Ohren rauschte.

Im Krankenhaus hatte Gabriele Witze über ihre Fähigkeiten als Ermittlerin gemacht. Die Aufklärung des alten Falls hatte ihr eine Gehirnerschütterung und ihm und seiner Mannschaft ein Lob von höchster Stelle eingebracht. Er hatte ihr als Entschädigung ein Abendessen versprochen, aber sie war nicht darauf eingegangen.

Sie setzte sich auf und betrachtete sich im Spiegel, der gegenüber dem Bett hing. Ich bin furchtbar blass und habe Ringe unter den Augen, dachte sie. Sie zog versuchsweise ein paar Haarsträhnen über ihren Verband, lächelte sich zu und sagte:

»Meine Mutter und Vicky sind nicht zu Hause, wenn du möchtest, könnten wir morgen zusammen abendessen.«

Sie legte schnell auf, bevor sie ihren Entschluss bereuen konnte.

Auf der Kommode stand das Foto von Saverio, der sie mit ernstem Blick ansah.

Libera stand auf und humpelte zu dem Schrank, in dem immer noch die Sachen ihres Mannes hingen. Sie nahm sie von den Bügeln, Stück für Stück, und faltete sie liebevoll zusammen. Sie zu berühren verursachte ihr immer noch einen Schmerz in der Brust. Sie überlegte, dass gemeinnützige Vereine mit diesen Anziehsachen noch etwas anfangen könnten, dass diese seit Jahren unbenutzten Kleidungsstücke noch jemanden vor Kälte schützen könnten.

Oft nimmt das Leben unsere Pläne nicht ernst.

Zuletzt war der karierte violette Blazer von Saverio an der Reihe, den er nur zu Hause trug, ein Geschenk ihrer Mutter, das er zu auffällig fand. Auch an seinem letzten Tag hatte er ihn getragen, erinnerte sich Libera, aber dann hatte er noch mal zur Arbeit gehen müssen. Sie war gerade mit Vittoria beschäftigt, und so hatten sie sich nicht mal einen Kuss gegeben.

Sie setzte sich aufs Bett und hielt den Blazer in den Armen. Sie hatte sich nie getraut, ihn zu waschen, und jetzt, nach all den Jahren, roch er nach Mottenkugeln und nicht mehr nach Saverio.

Sie legte ihn sorgfältig zusammen, und als sie das Revers gerade zog, berührte ihre Hand die Brusttasche. Darin steckte ein Zettel, eine zusammengefaltete Seite aus einem kleinen Notizblock mit Karos. Sechs Wörter waren mit weiblicher Handschrift darauf notiert:

Dienstag, 25. Oktober, um sieben Uhr auf dem Parkplatz.

Wer war die Frau, die das geschrieben hatte?, fragte sich Libera und fröstelte. Warum und für wen hatte sie diese Nachricht geschrieben? Und was bedeutete diese Verabredung?

Sie wusste noch genau, dass am Dienstag, dem 25. Oktober kurz vor sieben Uhr abends der Polizist Saverio Deidda, ihr Mann, seine Jacke angezogen und das Haus verlassen hatte und dabei eine junge unerfahrene Frau und ein kleines Mädchen zurückließ.

Dann war er seinem Mörder begegnet.

ISBN 978-3-85179-537-0
2. Auflage 2024
Alle Rechte vorbehalten

Titel der italienischen Originalausgabe: *La sposa scomparsa*
© 2016 First published in Italy by
Sonzogno di Marsilio Editori s.p.a. in Venezia
This edition published in arrangement with Grandi & Associati

© 2024 für die deutschsprachige Ausgabe
Thiele Verlag in der Thiele & Brandstätter Verlag GmbH, Wien
Umschlaggestaltung: Christina Krutz, Biebesheim am Rhein
Umschlagillustration: Fabio Visintin
Satz: Christine Paxmann • text • konzept • grafik, München
Druck und Bindung: GGP Media GmbH, Pößneck

www.thiele-verlag.com